吞噬星空
典藏版 18

我吃西红柿 著

1~18册全国热销中

U0621983

我吃西红柿 著

超凡现世，
热血传奇！

新版
雪鹰领主

异界大陆类高人气小说

第4册即将上市

雪鹰领主
雪鹰领主 3
雪鹰领主 2
雪鹰领主 1

全册内容简介

　　年少时的一场巨变改变了东伯雪鹰的人生轨迹，将他卷入一个巨大的阴谋之中。东伯雪鹰为了救出父母，保护弟弟，重振雪鹰领，勤学苦练。一次偶然的机会，他激发了深藏体内的太古血脉。终于，他学有所成，去异界大陆历练，结识了银月级大法师余靖秋、长风骑士池丘白等人。他与伙伴一起战恶魔、保卫夏族，屡入险境，一路披荆斩棘，最终成长为身怀滔天谋略、掌控全局的雪鹰领主。

我吃西红柿 著

典藏版

11

莽龙

黄河出版传媒集团
阳光出版社

图书在版编目（CIP）数据

盘龙：典藏版. 11 / 我吃西红柿著. -- 银川：阳
光出版社, 2023.2
　　ISBN 978-7-5525-6716-8

　　Ⅰ. ①盘… Ⅱ. ①我… Ⅲ. ①长篇小说－中国－当代
Ⅳ. ①I247.5

中国国家版本馆CIP数据核字(2023)第000508号

PAN LONG DIANCANG BAN 11

盘龙 典藏版 11
我吃西红柿　著

责任编辑　　谢　瑞　郑晨阳
装帧设计　　曹希予　佘彦潼　周艳芳
责任印制　　岳建宁

 黄河出版传媒集团 阳光出版社 出版发行

出 版 人　薛文斌
地　　址　宁夏银川市北京东路139号出版大厦（750001）
网上书店　https://shop129132959.taobao.com
电子信箱　yangguangchubanshe@163.com
邮购电话　0951-5047283
经　　销　全国新华书店
印刷装订　北京盛通印刷股份有限公司
印刷委托书号　（宁）0025312

开　　本　710 mm×1000 mm　1/16
印　　张　18
字　　数　262千字
版　　次　2023年2月第1版
印　　次　2023年2月第1次印刷
书　　号　ISBN 978-7-5525-6716-8
定　　价　36.80元

目 录

C O N T E N T S

第465章
脉动铠甲

"当从下位神境界突破到中位神境界时，天地法则虽然仅仅包裹灵魂片刻，但是让灵魂变得更强大了，这完全赶得上吸收十一颗紫晶中的灵魂能量的效果了。"林雷在心中惊叹不已。

当初购买的十一颗紫晶，里面的灵魂能量早就被他炼化吸收了。

林雷的灵魂不仅比过去强大了许多，还再次蜕变了，这种蜕变也比吸收灵魂精华的效果更好。

"迪莉娅，那两颗灵魂金珠里的灵魂精华吸收完了吧？"林雷看向迪莉娅，问道。

当初，林雷让迪莉娅购买了两颗灵魂金珠。吸收灵魂金珠里的灵魂精华能让迪莉娅的灵魂变强大，还能让她有能力抵抗别人的灵魂攻击。

那一次，迪莉娅不单单买了两颗灵魂金珠，还买了一颗紫晶。

"两颗灵魂金珠里的灵魂精华都吸收完了，不过紫晶中的灵魂能量还没有。吸收紫晶里面的灵魂能量的速度还真慢。"迪莉娅感叹道，"怪不得购买灵魂金珠的人多，购买紫晶的人少。"

"老大，我们什么时候去参加使徒考核啊？"贝贝突然问道。

贝贝一直在等这一天。

"什么时候？"林雷看了看外面的天色，笑道，"不急，现在连中午都没到。我们先去餐厅吃上一顿，庆贺一番，等吃完再去使徒城堡也不迟。"

"去餐厅？"贝贝的眼睛顿时亮了。

待林雷他们三人从餐厅里出来，已经是傍晚时分了，他们立即出发前往使徒城堡。

当他们三人抵达使徒城堡的时候，发现里面依旧有很多人。

接着，他们三人进入了使徒城堡的第一层大厅。

"老熟人啊。"林雷一眼就看到了柜台后的尤娜，三人走了过去。

"尤娜小姐，我们想要参加使徒考核。"林雷开口说道。

尤娜抬头看了三人一眼，忽然瞪大眼睛，然后笑了起来："是你们三个！"

尤娜对林雷他们三人的印象很深，毕竟那一天连城主帝翼大人都出现了。

"你达到了中位神境界。"尤娜看了林雷一眼。

"上次你过来的时候应该快突破了。"尤娜笑道。

尤娜并没有很吃惊。在她看来，林雷上一次就应该处于瓶颈了。突破瓶颈，说快也快，说慢也慢。

林雷只是笑了笑，说道："帮我们三人办理使徒考核申请的相关事项吧。"

尤娜看了林雷他们三人一眼，点了点头："行，规矩你们也知道了，一人缴纳一万块墨石，三人就是三万块墨石。"

林雷一翻手，从空间戒指中取出了三根湛石长条。

尤娜笑着接过三根湛石长条，然后拿出了三枚印有独眼图案的图章，分别递给了林雷他们三人。

"这是什么？"贝贝好奇地看着手中的图章，询问道。

"这是参加使徒考核的证明——使徒图章。"尤娜笑道，"对了，你们将住处的地址告诉我，我记录一下。"

"尤娜小姐，你还没告诉我使徒考核的任务呢，要我们的地址干什么？"林雷不解。

尤娜摇头说道："使徒考核的任务，只有你们正式参加使徒考核时才会知道，现在没人知道，甚至连参加使徒考核的时间也无法确定，平常都是凑足人数后才会进行一次集体性的使徒考核。"

"凑足人数……"林雷有些明白了。

只有报名的人数达到一定的数量，使徒考核才会进行。

不管是谁来报名，都无法确定考核的时间。

"还要等？不会要等个几十年吧？"贝贝连忙说道。

"当然不会。其实，前天就有一批人去参加使徒考核了，结局依旧很残酷。成功的不足百人，殒命的人太多了。"尤娜叹息一声，"你们也别着急，一般一个月就能凑足人数。"

一个月……

林雷他们三人也不急了。

"等凑足考核人数，我们使徒城堡的工作人员会去你们的住处通知你们。因此，你们需要留下地址。"尤娜笑道。

林雷他们三人恍然大悟，当即留下了住处地址。

"嘿，美丽的尤娜小姐，"贝贝嬉笑道，"我想问你，上一次那个连续两次考核失败却依旧参加了使徒考核的安吉，他第三次是成功了还是失败了啊？"

听贝贝这么一问，林雷和迪莉娅也看向了尤娜。

"你说安吉？"尤娜笑了起来，"他运气不错，第三次使徒考核，他成功了。成功后，他接了一个长途护送任务离开了帝翼城。现在，他恐怕早就出了烨暮府的范围。当然，他也有可能在护送过程中遇到危险完蛋了，谁知道呢？"

林雷他们三人都为安吉感到庆幸，无论如何，那个执着的家伙最终还是成功了。

于是，他们回到住处安心等待，这一等就是二十多天。

帝翼城，林雷他们三人居住的那座幽静小院。

血色阳光照耀着院子，林雷正盘膝坐在庭院的地面上，体表的土黄色气浪翻滚。

"老大的防御力已经远超用来防御的中位神器了，而且还在不断增强。"贝贝感慨道。

贝贝坐在椅子上，抓着装有果酒的酒瓶一边喝酒一边说道："地狱中的果酒比较低廉，一块墨石就可以买十瓶，口感却比玉兰大陆上那些被吹嘘的果酒好多了。"

不像林雷把大部分精力都花在修炼上，贝贝喜欢吃喝玩乐，只会偶尔花点修炼。

另一边——

"这差不多是极限了。"林雷体表的土黄色气浪不再翻滚，化为一套土黄色长袍。

在地系禁忌魔法中，有一招是大地守护圣铠。

一旦达到下位神境界，修炼者单凭强大的精神力和神力就可以形成黑钰级别的大地守护圣铠，可这种级别的防御铠甲只是最简单的。

在领悟了土之元素奥义后，林雷就可以在体表形成元素铠甲。

元素铠甲的威力远超黑钰级别的大地守护圣铠，防御力堪比正常的防御中位神器。

在领悟了大地脉动后，林雷还有防御力比元素铠甲略胜一筹的脉动防御。

幸亏林雷融合了大地脉动和土之元素这两大奥义，能够对这流动的脉动防御和固定的元素铠甲不断进行改良。最终，林雷成功了。

现在，林雷身上这套土黄色长袍就是脉动铠甲。

如果仔细看就会发现，长袍上有细微的土黄色神力波纹，它们彼此相连，按照特殊的规律形成一个整体。

因此，林雷身上的这一套长袍也可以说是由无数神力波纹构成的。

脉动铠甲是在脉动防御和元素铠甲的基础上形成的，防御力是一般防御中位神器的十倍。

"这就是奥义融合的威力！"林雷心中十分欣喜，"如果没有融合奥义，即使我分别领悟了大地脉动和土之元素奥义，防御力也会比现在弱得多。"

林雷现在有些明白了，为什么上位神之间的差距会那么大。

"我仅仅是融合了地系元素法则中的两种奥义，威力便增强了近十倍。如果融合了三种奥义或者四种奥义呢？"林雷慨叹不已，"难怪那个克朗普顿在城主大人的面前害怕成那样。"

因为将一种元素法则中的两种或几种奥义融合后，那威力确实惊人。

"当初大地脉动大成，我领悟出了虚无剑波。如今，我将地系元素法则中的两种奥义完全融合，虚无剑波的威力增强了近十倍。若是以精神力为主，那就是灵魂攻击；若是以神力为主，那就是物质攻击。"

土之元素奥义，一般用于物质攻击。

大地脉动奥义，一般用于灵魂攻击。

将这两种奥义融合，不但令物质攻击的威力变强了，还令灵魂攻击的威力变强了。

忽然，砰砰的敲门声响起。

"我去开门。"贝贝直接跃到了门前。

林雷和迪莉娅朝门口看去。

门已打开，外面站着一个黑发青年。

黑发青年问道："你们三个是要参加使徒考核的吗？"

"你是来通知我们的？"贝贝惊喜地问道。

黑发青年点头笑道："是的,你们三人将使徒图章拿出来给我看一下。别介意,只有这样,我才能确定你们的身份。"

林雷他们三人一翻手,手中分别出现了那一枚使徒图章。

"嗯,你们明天早晨去帝翼城城门口集合,准备参加使徒考核。我们使徒城堡的工作人员会在那里接待你们。"黑发青年笑着说道。

"明天早晨。"林雷他们三人都有些期待了。

"那使徒考核的任务呢?"迪莉娅询问道。

黑发青年摇头说道:"这个我不知道,要等你们集合了才会知道。"

"使徒城堡的工作人员不认识你们,到时候你们只要出示使徒图章就可以了。"黑发青年说完便离开了。

林雷他们三人对望。

"老大,我们很快就要成为使徒了!"贝贝期待地说道。

林雷却在心中打定了主意,无论如何都要保护好迪莉娅、贝贝。

"或许贝贝还不需要我保护。"林雷看了贝贝一眼。

第二天清晨,林雷他们三人早早出发去城门口了。

当抵达城门口的时候,林雷他们三人看到了城外悬浮着的大型金属生命,上面还有使徒的标志。

"有不少人了。"林雷透过金属生命两侧的透明金属,看到里面有不少人影。

林雷他们三人立即朝金属生命飞去。

金属生命的通道口正站着一个银发老者,他看向林雷他们三人:"你们是来参加使徒考核的?"

"嗯。"林雷他们三人点头。

"请出示一下使徒图章。"银发老者的脸上没有一丝笑容。

见到林雷他们三人手中的使徒图章后，银发老者微微点头："进去吧。"

金属生命内部有一条宽阔的走廊，连接了前舱和后舱。

此刻，走廊上也有人。那人看到林雷他们三人后，开口说道："参加使徒考核的，进入后舱。"

于是，林雷他们三人进入了后舱。

进去后，林雷一惊："好多人！"

"老大，足有好几百人吧。"贝贝惊叹道。

迪莉娅也感叹道："而且现在人还没来齐呢！林雷，我们去边上坐吧。"

说着，林雷他们三人找了靠边的座位坐下。

后舱中，每二十个座位为一排，每一排都被四条过道分开了。

贝贝透过一旁的透明金属看向外面，说道："现在还有许多人在上来。咦？老大，你看，还有佩戴使徒勋章的人来了，人数还不少呢。"

"一群使徒来干什么？"林雷看了过去。

可这一看，林雷脸色一变。

他见到了熟人！

贝贝也吃惊地说道："老大，那个臭光头也来了！"

第466章
月亮湖城堡

"林雷，是那个叫克朗普顿的光头，他也来了。"迪莉娅也注意到了那个熟悉的身影。

林雷清晰地看到克朗普顿和其他使徒一同进入了金属生命，不过那些使徒最后进入了金属生命的前舱。

"参加使徒考核的在后舱，那些使徒在前舱。"林雷松了一口气，可依旧有些担忧，"这些使徒进来干什么？"

林雷其实并不在乎这些使徒，只是这批和他们同行的使徒中竟然有那个克朗普顿，这让他有些介意。

林雷承认他讨厌那个克朗普顿，估计那个克朗普顿也讨厌他。如果有机会，克朗普顿一定会干掉他。

"一个克朗普顿，如果真的斗起来，我们三个还有一丝希望。"林雷在心中暗道。

克朗普顿是靠炼化神格才达到上位神境界的，实力在上位神中算弱的，因为他的灵魂没有被天地法则包裹过。

林雷虽然初入中位神境界，但是因为融合了大地脉动和土之元素两大奥义，灵魂攻击的威力是一般中位神的十倍。他的灵魂攻击足以让克朗普顿有生命危险。

不过，林雷也没有十足把握，毕竟克朗普顿是上位神，至少领悟了一种元素法则中的所有奥义。即使克朗普顿没融合奥义，也不能小瞧他。

"对付克朗普顿，如果我和贝贝拼一把，或许还有希望。可克朗普顿不是一个人，他还有朋友。"林雷眉头皱着，有些担忧，"现在不是在城内，而是在城外，禁止战斗的禁令已经没有用了。一旦克朗普顿发现了我们三个，说不定会来报复……"

想来想去，林雷也不知道该如何应对。

"唉，使徒那么多，怎么那么巧这个光头就来了……"林雷在心中叹息。

不管怎么想，林雷还是得面对这件事。

"现在只能希望那光头不会发现我们。"林雷在心中祈祷。

这还是有可能的，毕竟林雷他们三人在后舱，克朗普顿他们在前舱。只要大家不碰面，那就没问题。

"林雷。"迪莉娅看向他，眼中有一丝担忧。

"别担心。"林雷轻声说道。

贝贝也明白，若那个光头发现他们仨了，事情就会变得很糟糕。于是，贝贝灵魂传音："老大，如果我们仨真的被那个光头发现了，那个光头就由我来对付！我虽然没把握赢他，但还是有把握缠住他拖延时间，保住自己的小命的。"

林雷有些惊讶地看了贝贝一眼。

贝贝在中位神境界也就数十年而已，竟然有把握去缠住上位神。

"真的假的？"林雷的眼中带着一丝笑意。

"哼！"贝贝一扬脑袋，灵魂传音，"老大，我可是无数位面中的第二只噬神鼠，你可别小瞧我！"

贝贝能够轻易消化神格，岂能没有一些特殊的本领？

轰隆隆的声音响起，金属生命出发了。

仅仅片刻，一道紫黑色巨型幻影就消失在帝翼城城门外的上空。

遥远的天际处隐隐有一个黑点，一眨眼的工夫，那黑点就不见了。

金属生命内部的一大群人透过一旁的透明金属看向外面。

"怎么回事？到现在都还不知道考核任务。"贝贝嘀咕道。

"别急。"林雷淡笑道。

坐在林雷身旁的一个银色短发女子开口说道："这使徒考核任务有固定的地点，离帝翼城非常远，估计在路上就要花费很长时间。这使徒城堡的工作人员自然也不急着告诉我们使徒考核任务的内容。"

林雷在心中赞同。

"我叫林雷。"林雷笑着和这个银色短发女子打招呼。

这个银色短发女子穿着银色的服装，整个人显得干净利落。她看了林雷一眼，嘴角有一丝笑意："我叫瑞金娜。林雷先生，旁边这两位是和你一起的吧？"

在使徒考核中，若几个人联手，考核通过的概率会大一些。如果遇到危险，相互扶持的人活下来的概率也大一些。因此，瑞金娜想和林雷他们三人搞好关系。

"是的。"林雷笑着点头。

贝贝伸头朝这边看来："瑞金娜小姐，你的眼睛好迷人……啊，忘了自我介绍，你可以叫我贝贝。"

瑞金娜看向贝贝，被贝贝那双炯炯有神的眼睛吸引了，说道："贝贝，你的眼睛更迷人。"

贝贝闻言，笑得更灿烂了。

"瑞金娜小姐，你知道那些使徒为什么和我们同行吗？"林雷将心中的疑惑说了出来，"这是使徒考核，他们都已经是使徒了，为什么也在这里？"

瑞金娜摇头说道："这点我也不太清楚。"

"好吧。"林雷只能再次将疑惑埋在心底。

金属生命飞行了整整一个白天。

待天色昏暗后，使徒城堡的工作人员终于来到了后舱。

"使徒城堡的工作人员来了。"瑞金娜开口说道。

林雷他们三人立即坐直，抬起头朝后舱最前面站着的三个人看去。

那三人正是使徒城堡此次派出的管理人员，为首的是那个银发老者。

"各位！"银发老者面带笑容，朗声说道，"此次参加使徒考核的一共是一千人！想必大家都知道，使徒考核非常危险，死亡概率极高，可你们还是来了，至少在胆识方面，你们足以成为使徒了。"

接着，银发老者严肃地说道："不过，光有胆识还不行，还需要实力！"

"这一次的考核地点距离帝翼城足有三千多万里，名叫月亮湖。按照金属生命飞行的速度，大概一个月就能够抵达目的地。"银发老者朗声说道。

此刻，金属生命后舱中一千个参加使徒考核的中位神都仔细听着。

"需要郑重说明的是，使徒考核任务不是随意来的。"银发老者的声音在后舱内回荡着，"凡是对使徒比较熟悉的人应该知道，使徒们可以在使徒城堡接一些任务，这些任务是分级别的！

"至于你们的考核任务，是我们从大量任务中选出来的适合你们的一星级任务！"

银发老者郑重地说道："只要你们完成了这个任务，就是一星使徒！"

"至于任务的详细内容，洛琳，你来说。"银发老者站到了一边。

一个穿着黑色长袍的美女站了出来。

洛琳声音清亮，大声说道："任务地点，月亮湖！月亮湖中有一座古老的城堡，这座城堡的主人实力非常可怕。他身边有一个管家、十个黑衣卫以及数百个金衣卫！

"你们的任务是解决一个金衣卫。记住，解决金衣卫后，将金衣卫的月亮指环带到使徒城堡交给相关工作人员。有了这枚月亮指环，才能证明你完成了任务！"

"当然，月亮指环内储存的东西，你们可以自己取走。"洛琳笑着说道，"我说完了。"

顿时，整个后舱喧哗起来，大家都彼此讨论着。

"安静！"那个银发老者朗声说道。

于是，大家讨论的音量降了下来。

"有什么疑惑可以一个一个说出来。"银发老者开口说道。

一个足有三米高的壮硕青袍男子站了起来，大声说道："大人，你说任务完成的证明是拿到那枚月亮指环。难道所有金衣卫都有月亮指环吗？"

"按照情报，所有金衣卫应该都有月亮指环。即使金衣卫手指上戴的空间戒指不是月亮指环，那空间戒指内也应该有月亮指环。"银袍老者淡笑道，"但是，不排除会出现特殊情况。"

"因此，如果你们解决了一个金衣卫，却发现这个金衣卫没有月亮指环，那么只能算你们倒霉。没有月亮指环，是得不到我们使徒城堡的肯定的。"银发老者说道，"不过，金衣卫没有月亮指环的这种情况很少。"

知道了自己想要的信息，那个壮汉坐了下来。

坐在林雷身旁的瑞金娜站了起来，说道："大人，那城堡主人那么厉害，身边还有管家以及黑衣卫，他们不会任凭我们动手吧？"

闻言，林雷心中一动。

不单单是林雷，发现此次有使徒同行的人也有了一些猜测。

"此次出发去月亮湖的不只是你们，还有一些三星、四星使徒，甚至还有一支五星使徒小队。"银袍老者淡笑道，"估计出发的时候，你们当中的一些人也看到了。"

"果然！"林雷在心中已经有了确定的答案。

那个银发老者继续说道："他们的任务是对付黑衣卫、管家和城堡主人！"

根据使徒城堡的工作人员的介绍，林雷他们也猜出来了。金衣卫只达到了中位神境界，而黑衣卫、管家、城堡主人达到了上位神境界。

足足飞行了三十二天，金属生命终于抵达了目的地。

"你们出去后，只要向南方前进数里，就可以看到月亮湖。"银发老者在后舱中朗声说道，"这里不是帝翼城，生死决斗随时会发生，大家都小心点。我们就在这里等你们。"

所有人都沉默起来，一时间气氛十分压抑。

来参加使徒考核的有一千人，能活着回去的有多少？

以往的数据已经说明了使徒考核的危险程度。

使徒城堡既然选择了这个任务当考核任务，那难度就绝对不会小。

"前舱的人已经下去了，你们也下去吧。"银发老者淡漠地说道，"顺便嘱咐你们一句，不但要小心月亮湖的人，还要小心同样参加使徒考核的人。许多人没有在任务过程中因为任务殒命，却被同是参加使徒考核的人干掉了，这样的情况太多了。"

林雷心中一震。

的确，如果别人没得到月亮指环，他得到了，那么，别人就有可能偷袭他，夺取月亮指环。

毕竟这里不是帝翼城。

"走吧。"林雷说道，然后和迪莉娅、贝贝跟着人群朝外面走去。

一群人逐渐走出金属生命。

此刻，金属生命外面，一片杂草丛生的空地上聚集了二三十个使徒。其中，克朗普顿站在自己朋友的面前，随意地朝四处看着，忽然，他的视线不动了。

"嗯？"克朗普顿盯着金属生命的通道口，脸上多了一丝笑容，"没想到，他们三个竟然参加了这次使徒考核，还真是够巧的啊。"

第467章
粉红色雾气

　　林雷不想和克朗普顿碰上面，可是他们三人只要走出金属生命就有可能碰到克朗普顿，这是没办法躲避的。

　　当林雷他们三人走出来的时候，克朗普顿正好看向通道口。

　　而林雷一直警惕着，朝克朗普顿瞥去。

　　一瞬间，二人双目对视！

　　"不好！"林雷脸色一变。

　　克朗普顿的脸上却浮现了一丝笑容。

　　"暂时不要和那光头纠缠，如果他硬要来找麻烦，那就只能拼了。"林雷在心中暗道。

　　此刻，他也没别的办法，只能和参加使徒考核的人一起从金属生命中飞出来，降落在杂草丛生的地面上。

　　"嘿，兄弟，你看。"克朗普顿碰了碰身边的人，然后用目光示意，"那个就是让我在帝翼大人面前丢脸的小子。"

　　"还真是他们三个。"克朗普顿旁边的几个使徒也看向林雷，显然都很惊讶。

　　其中一人开口笑道："克朗普顿，你的运气还真是不错。看来，你有机会报仇了。"

克朗普顿阴冷一笑。

"原本我以为自己没机会了，谁知道他竟然被送到我的面前了。"克朗普顿自然不会放过这个机会。

就这么一会儿，参加使徒考核的一千人都从金属生命中走了出来。

此时，林雷他们三人在人群中。

"林雷。"瑞金娜向林雷他们三人打招呼。

可是林雷他们只随便地应了一声。

瑞金娜眉头一皱，有些疑惑，她哪知道林雷他们三人在烦恼克朗普顿的事情呢？

"老大，克朗普顿走过来了。"贝贝忽然说道。

林雷看了过去。

克朗普顿正冷笑着朝他们走过来。

"退！"林雷他们三人朝后面退去。

见到这一幕，克朗普顿嗤笑一声："想跑？"

克朗普顿的速度陡然变快，他不再掩饰，直接朝林雷他们三人冲过去，面目狰狞。

"当年，你一个下位神也敢骂我！"克朗普顿心底积压的怒火终于爆发了。

如果当初不是在帝翼城，他早就动手了。

"迪莉娅，你马上退到远处，同时用风之空间束缚他，尽量减缓他的速度。"林雷神识传音，"贝贝，我们俩准备动手。"

林雷目光冷厉，既然克朗普顿找碴，那他们就拼一把。

"那个臭光头！"贝贝眼中掠过一丝不满。

"哼！"克朗普顿哼了声，瞬间追了过来。

林雷他们三人中除了迪莉娅飞速后退外，林雷和贝贝的后退速度并不快，反而像在等克朗普顿一样。

"你在干什么？"一声呵斥突然在克朗普顿的脑海中响起。

同时，一个人影出现在克朗普顿的身前。

克朗普顿看到眼前人，心中的愤怒被惊恐取代，结结巴巴地说道："洛伊修斯大人，我……我……"

"嗯？"林雷他们三人聚集在一起，疑惑地看着眼前的这一幕。

竟然有一个使徒站在克朗普顿的身前阻止了克朗普顿，而克朗普顿在这个使徒的面前显得极为惊恐。

"他是谁？"林雷疑惑地看着那个使徒。

这个使徒的棕黑色长发随意披散开来，目光冷厉。

"克朗普顿，你想对付那三人？"洛伊修斯冷冷地看着克朗普顿。

"我……"克朗普顿想说"是"又不知道该如何解释。

洛伊修斯，五星使徒。

这次来月亮湖的使徒中，为首的便是洛伊修斯和他的两个同伴。

三个五星使徒是这次使徒队伍中最强大的一股力量。

"哼，我不管你想干什么，"洛伊修斯冷冷地说道，"战斗还没开始，如果你对付三个中位神产生的能量波动引起了月亮湖城堡主人的注意，令他不战而逃，导致我们的任务完成不了，那就不要怪我无情了。"

"是、是，我明白。"克朗普顿十分惊惧。

此时，他心底也十分后悔："我怎么忘记这个了！"

神级强者之间的战斗产生的能量波动很明显，若他这个上位神真的和那三个中位神战斗，一定会引起月亮湖城堡主人的注意。若那城堡主人逃跑了，洛伊修斯等人的任务自然就失败了。

"哼！"洛伊修斯瞪了克朗普顿一眼，然后走开了。

克朗普顿则愤愤地瞪了林雷他们三人一眼，在心中暗道："算你们好运！不过，一旦战斗开始，我就一定会解决你们。现在，就让你们三个多活一会儿！"

克朗普顿被洛伊修斯训斥，自然把怒火转移到了林雷他们三人的身上。

"各位，我们清楚你们是来参加使徒考核的。"一个声音在林雷等一千人的脑海中响起，"我们的任务和你们不同，我们的任务是解决月亮湖城堡的主人，所以，我希望你们别着急。等我们解决了月亮湖城堡主人，你们再动手也不迟。"

林雷一惊："神识覆盖所有人，这范围至少方圆数千米了。"

当年，林雷进入众神墓地的时候发现自己的神识只能覆盖方圆数十米，但是在玉兰大陆的时候，他的神识能覆盖方圆上千里。

初到地狱，他就发现自己神识的覆盖范围是有限的。那时，他还是下位神，即使灵魂比过去强大了不少，可是神识的覆盖范围也就方圆十余米。

在吸收了十一颗紫晶中的灵魂能量，又突破到了中位神境界后，林雷如今的神识最多覆盖方圆百米。

"上位神的神识至少能覆盖方圆千米。"林雷在心底推测。

另一边，洛伊修斯继续神识传音："现在出发去月亮湖，你们一千人跟在我们的身后。"

随即，以洛伊修斯等三个五星使徒为首的二十余个使徒同时腾空而起，朝月亮湖飞去。

顿时，参加使徒考核的千人大军也飞了起来，同时朝月亮湖飞去。

"单单一个克朗普顿倒也不用害怕，至于他那些朋友……"林雷在心中暗道，"在战斗过程中，估计他那些朋友也不会帮他。"

从克朗普顿那些朋友之前在使徒城堡中煽风点火的表现来看，恐怕他们也没将克朗普顿当生死兄弟。

月亮湖浩浩荡荡，方圆近十里，微风吹来，湖面泛起道道涟漪。

在月亮湖的中央，有一座古老的城堡。这座城堡占地方圆数里，算是比较大的城堡了。

二十余个使徒和一千个中位神站在月亮湖湖岸上。

洛伊修斯有两个伙伴——一个紫发黑袍女子、一个青发壮硕大汉，他们几乎同时腾空而起，朝月亮湖城堡疾速飞去，其他使徒也跟在他们的后面飞去。

"走！"林雷等一千人也不迟疑，立即飞起来跟了上去。

三道幻影瞬间就到了月亮湖城堡上空，正是洛伊修斯他们三人。

"不愧是五星使徒，速度这么快。"克朗普顿等一群使徒在心中惊叹。

洛伊修斯居高临下，俯视这座城堡："我可不想进入城堡内战斗，老三，你来劈开这座城堡。"

"是，大哥。"青发壮硕大汉一翻手，一柄黑色长刀出现。

这长刀刀面很宽，足有三十厘米，通体散发出骇人的气息。

青发壮硕大汉身影一动，同时挥出手中的黑色长刀。

噗的一声，黑色巨型刀影直接劈向那座城堡。

刀影所过之处，空间开始扭曲，产生了剧烈震荡的空间波纹。

空间波纹沿着刀影朝下方散开，下方被波及的月亮湖湖水竟然发出哧哧的声音。

片刻后，这块区域的湖水竟然消失了。

旋即，月亮湖其他区域的湖水朝这边涌来。

砰的一声，黑色巨型刀影劈在了城堡上。

城堡的墙壁上突然出现了各种复杂的黑色魔法纹路，上面光芒闪烁，卸去了那一刀的攻击力。

洛伊修斯他们三人脸色一变。

"这座城堡的主人是谁？这巨型防御魔法阵是他自己布置的，还是请人布置的？"洛伊修斯心里有一丝担忧。

他三弟的物质攻击是三人中最强的，那一刀的威力他非常清楚。能挡住这一刀，这巨型防御魔法阵只有研究魔法阵的大师才能布置出来。

如果是请大师来布置的巨型防御魔法阵，那这座城堡主人肯定非常富有。

如果是城堡主人自己布置的巨型防御魔法阵，那这座城堡内部肯定危机重重。

"怪不得是六星级任务！"洛伊修斯皱着眉头。

后方的使徒们以及一千个中位神却都疑惑地看着这一幕。

"这座城堡好像不一般啊。"贝贝咂着嘴巴说道，"就跟当初光明圣廷的防御魔法阵差不多。"

"同是魔法阵，可这个的威力要大千万倍。"林雷也觉得这次的使徒考核任务不是那么容易就能完成的，"看来，一千人中能活下来的真的很少。"

就在这时候，那座城堡竟然散发出了粉红色雾气。

粉红色雾气弥漫的速度非常快，瞬间覆盖了整个月亮湖区域，所有使徒和一千个中位神都在覆盖范围之内。

"嗯？"林雷不禁皱起眉头。

粉红色雾气很浓，林雷只能勉强看清周围数米的状况。

扑哧一声，刀剑刺入身体的声音响起。

"浑蛋，去死，都去死吧！"

远处陡然传来打斗的声音，令林雷他们大吃一惊。

林雷展开神识，想一探究竟。

仅仅片刻，林雷就觉得心中生出了杀意，灵魂也受到了影响，好在他灵魂海洋中的青光亮起了。

"不对。"林雷清醒过来。

"大家别展开神识，也别将这雾气吸入体内。"洛伊修斯大声说道，"这粉红色雾气是由修炼死亡规则的上位神大师炼制出来的一种毒雾，专门用来引动战斗欲望的。千万不要让精神力碰触这粉红色雾气。"

神识是什么？

神识就是释放展开的精神力。

精神力一旦碰触到这粉红色雾气，就会受到影响。

第468章

被迫前进

月亮湖上空，粉红色雾气弥漫。

在这浓浓的雾气中，林雷一群人不约而同地施展出神之领域，让周围的粉红色雾气渐渐消散。一个神级强者施展出神之领域，威力或许不大，可是上千个神级强者同时施展出神之领域，那威力就大了

过了一会儿，城堡上空已没有一丝雾气了。

"城堡都还没进入，就有人殒命了。"林雷在心中暗道。

刚才粉红色雾气散发开来，令不少人沾上了毒雾。

他们这一群人，大多数本来就战斗欲望极强，现在被这毒雾一影响，不少人变得更想战斗了。

于是，一些人就这么打了起来。

一眨眼的工夫，就有近十个中位神殒命了。

"这雾气还真厉害。"贝贝感慨一声，"幸好我刚才没展开神识。"

迪莉娅却说道："我刚才听到打斗声，便展开了神识，想要看看发生了什么。不过在听到那个提醒声后，我又瞬间收回了神识。"

林雷不由得转头看向迪莉娅："迪莉娅，你没事吧？"

"你看我有事吗？"迪莉娅笑道。

"我刚才感到有些烦躁，不过还能控制自己。"迪莉娅继续说道。

林雷忽然眉头一皱，转头朝旁边看去，旁边正有两个中位神在谈论。

"阿克苏，我们这次麻烦了。由修炼死亡规则的上位神大师炼制出来的毒雾，那是非常昂贵的，可这个月亮湖城堡主人就这么随意使用，还有之前那巨型魔法阵，这都说明一点，城堡主人非常富有啊。"

"这引动战斗欲望的毒雾还不算厉害。在帝翼城黑沙城堡中，我见过有人卖一种更厉害的毒雾。只要精神力沾染上那种毒雾，就会导致灵魂自燃崩溃。不过，那价格也是天价。"

参加使徒考核的中位神们悬浮在半空议论起来，等那二十余个使徒作出决定。如果使徒们不先出手对付城堡主人和黑衣卫，他们可不敢冲进城堡。

此刻，包括林雷他们三人在内的一群人都明白了，这月亮湖城堡主人到现在展示出来的恐怕只是一丁点手段罢了，真正的绝招还没使出来。

林雷他们这些中位神怎么敢进去送死？

月亮湖城堡底层，宽阔大厅内。

一个穿着紫色服装的管家站立着，一个眉毛垂到胸前的黑发老者在品着美酒。

黑发老者淡然说道："贝洛姆，外面的情况探察清楚了吗？"

"大人，外面为首的是一个五星使徒，"紫衣管家眉头皱着，"情况好像有点不妙，恐怕有人故意在使徒城堡发出了攻击我们的任务。"

使徒出马，谁都会感到麻烦。

这座城堡的主人也一样。

"嗯？"黑发老者双眉蹙起，沉思起来。

"不管其他了，凡是进入城堡内的，一律灭掉！"黑发老者声音低沉地说道，"你去安排所有金衣卫，还有，将屠神矢等武器全部发放下去。竟然有人故意对付我！等这件事情结束，一定要探察清楚。"

"是，大人！"紫衣管家躬身回复。

月亮湖城堡上空悬浮着一群人，为首的洛伊修斯此刻十分烦恼。

洛伊修斯很清楚，如果有足够的钱财和势力，绝对可以在黑沙城堡中购买到许多禁忌物品，完全可以将一座城堡布置成死亡之地，就是他也不敢乱闯。

"没其他办法了。"洛伊修斯沉着脸，看向周围的使徒。

一群使徒对望。

这种情况他们不是没有遇到过，他们都知道此刻该怎么做——让那些参加使徒考核的人走在队伍前面。

嗖嗖声响起，二十余个使徒瞬间就飞到了林雷这一大群人的上空。

一个声音响起："此刻毒雾弥漫，这座城堡又坚不可摧，我们只能进入城堡内部！现在，你们一千人分成十支队伍，依次从各个窗户进入城堡内部。我们使徒也会分成十支小队，跟在你们的身后。普通的金衣卫由你们来解决，如果遇到黑衣卫，我们使徒自会出手！"

闻言，一千个中位神的脸色都变了。

"浑蛋，让我们走在队伍前面！"林雷在心底暗骂。

瞬间，所有中位神都明白了，可是他们不敢反抗，因为他们都知道厉害的上位神实力如何。

如克朗普顿这样靠炼化神格成神的上位神，或许能被一群中位神联手解决。

可是，如洛伊修斯这种五星使徒就不同了。能成为五星使徒，那就说明他至少融合了某种元素法则中的两种奥义。

一个五星使徒解决他们一千人都不是难事，更别说三个五星使徒；而且，这里还有一堆四星使徒，他们这一群中位神根本无法反抗。

"你们这些人是一队。"使徒们开始分队伍了。

可是，中位神们没有动。

"快点，难道你们现在就想死吗？"冷冷的声音响起。

中位神们对视，只好动起来，他们没得选择。

毕竟使徒们不是要对付他们，只是让他们先进去，他们还有生的希望。

"中位神们联手攻击使徒，这根本不可能。"林雷瞥了一眼月亮湖城堡，思考着，"城堡内的走廊应该不会太宽，最多让两三人并行……"

"嘿，我们负责这一队。"克朗普顿的声音响起。

"哈哈，克朗普顿你这家伙。"顿时有人笑了起来。

他们知道克朗普顿与林雷他们三人有过节，所以选择负责监督这一队。

城堡大门紧闭，十支百人队伍只能从一个个窗户鱼贯而入。

林雷他们三人进入城堡中，沿着走廊开始小心地寻找敌人。

"这粉红色雾气充满了整个城堡，根本看不见前面有什么，一不小心就可能中招。"林雷牵着迪莉娅，和贝贝一同小心翼翼地走在他们这支队伍靠前的位置。

林雷不敢靠后，因为后面有克朗普顿等人。

林雷的身前没有雾气，因为所有的中位神都施展了神之领域。可是在整个队伍的前面，也就是神之领域范围之外，依旧有无尽的粉红色雾气。

所有人都小心翼翼地缓缓前进着。

"老大，你说那些毒雾是怎么搞出来的？"贝贝与林雷神识传音，"竟然能直接影响灵魂。刚才听别人说，还有更可怕的毒雾，能让灵魂自燃崩溃。"

"谁知道？在玉兰大陆，我中过大巫师的魂丝，那是一种能影响灵魂的毒液。对了，在紫荆城堡中，你没看到屠神矢吗？屠神矢就是沾上毒液后才这么厉害的。"林雷神识传音，"听说，一些更可怕的武器或物品只有黑沙城堡能卖。"

贝贝撇了撇嘴，神识传音："不知道这座城堡中还有什么。"

"林雷，我总有一种不好的感觉。"迪莉娅神识传音，"你小心点，别逞能。在地狱中，有许多攻击方式我们都没见过。像这种能引动战斗欲望的毒雾你之前见过吗？小心点。"

看着迪莉娅关切的眼神，林雷心中不禁涌出一股暖流。

"前面的快点，走得太慢了！"后面响起克朗普顿的怒斥声。

林雷这一群中位神心底都有些不满，可是也不敢吭声。

城堡有好几层，林雷在的这一支队伍是通过最上面一层的窗户进入城堡的。

他们在走廊上寻找，没发现一个人，便沿着楼梯到了下面那一层。

这一层明显要比上一层大得多，布局也复杂得多。

"好诡异！"大家都感觉十分压抑。

不管走到什么地方，他们前方总有大量粉红色雾气。

不知前方会有什么的感觉令他们精神紧绷，也令他们很疲惫。

呼的一声，一阵风陡然刮过，扑哧扑哧的声音接连响起。

林雷还没反应过来，一支箭就出现在他的身前了。

噗的一声，那支箭射在了林雷的土黄色长袍上。

这长袍可不是普通的长袍，而是防御力极强的脉动铠甲，那支箭当然射不穿。

然而在林雷的前方，已经有二十人倒在了地上，他们被箭射中了，再也站不起来了。

因为他们的倒下，远处有大量粉红色雾气立即弥漫过来。

林雷一时间愣住了。

林雷前方原本有三十人，现在只有十人了。

那些箭是从走廊尽头突然射过来的，而且数量很多。凡是被射中的中位神，几乎都殒命了，只有两个还活着，林雷就是其中一个。显然，另外一个中位神的灵魂防御不错。

林雷前方幸存的中位神竟然用空间戒指将尸体收了起来。要知道，那些尸体上有神格、空间戒指，空间戒指内还可能有大量财富。

林雷一时错愕，尸体很快就被收光了

"老大，你反应太慢了。"贝贝也趁机用空间戒指收了两具尸体。

"林雷，你没事吧。"迪莉娅看向林雷。

"老大能有什么事？"贝贝嬉笑道，"老大的灵魂防御还有体表防御都很强。"

其实，贝贝也很担心林雷；不过，贝贝和林雷的灵魂相连，林雷是否有事，贝贝自然会知道。

"退，后退！"前面有中位神喊了起来。

后面的克朗普顿咆哮道："继续前进！怕什么？继续前进！"

前面的中位神不由得在心中咒骂起克朗普顿来。

不过，他们既然敢来参加使徒考核，就还是有胆识的，不会轻易退却，只是一个个更加小心翼翼了。

"迪莉娅，你去我身后。"林雷说道。

此时，林雷已经到队伍的前面了，他前面也只有几个人。

这几个人都经历过刚才的危险，前进的速度自然慢。

克朗普顿在后面轻松地走着，在心中暗道："没想到你（林雷）还活着，下次就该到你了。"

"队长，刚才那支队伍还在前进。"

一条暗道内，十个一身金色长袍的战士弓身行走其中，他们的手指上都戴着月亮形状的空间戒指。

"哼，都有一批人倒下了还敢继续前进，真有胆识。等他们到了下一个关口，我们再给他们来一下，先解决几十个再说。"

"这样还真轻松。"

"平常我们能这样肆无忌惮地用屠神矢吗？这玩意贵得很呢。"

这些金衣卫很快就到下一个关口了。

林雷他们一群人继续小心翼翼地前进，不知危险在向他们靠近。

走廊危机

走廊前方弥漫着大量粉红色雾气，前方一切都是未知的。

哧哧声响起，林雷的双手上覆盖了一层土黄色薄膜。片刻后，他的脖子、脸上也覆盖了一层土黄色薄膜。此时，他用的是自己的地系神分身，风系神分身和本尊都在灵魂海洋中。

之前林雷身上的土黄色长袍只能覆盖身体大部分，此刻林雷几乎"全副武装"，唯一露出来的是一双眼睛。不管是土黄色长袍还是土黄色薄膜，都是脉动铠甲。

在被箭射过一轮后，林雷所在的这支队伍的其他中位神也明白了，想要保全性命，就得做好全身防御。

头部、双手、双脚、脖子……都要保护好！

现在，这支小队还有八十人，他们在走廊上小心翼翼地走着，很安静。

只是他们后面偶尔会响起克朗普顿那讨厌的呵斥声："前面的，快一点！"

这呵斥声在走廊中回响，显得整个城堡越发安静。

"啊！"惨叫声从远处传来，同时还响起了怒骂声。

林雷他们停了下来。

"又有一支小队遭到袭击了。"林雷他们都有了猜测。

"这座城堡主人使用粉红色雾气，原来是为了这个。"林雷恍然大悟。

面对粉红色雾气，林雷他们根本不敢展开神识。

一旦展开神识，他们的灵魂就会被粉红色雾气影响，即使不发狂，战斗力也会降低。

对方虽然也不敢展开神识，但是熟悉城堡结构，知道内部的一些机关暗道等，这就令林雷他们处于弱势了。

"前面的快点走！"后面的一个使徒呵斥道，"一个个怎么了？吓得腿软了？"

队伍前面的一群人心中极为愤恨。他们走在队伍最前面已经很危险了，还让他们快点前进，这不是逼他们送死吗？

可他们又不敢反抗这些使徒，毕竟这些使徒都达到了上位神境界。

"要转弯了！"

队伍走到了一处弯道，开始转向另外一条走廊。

一条暗道内，十个金衣卫准备着。

"差不多了，他们已经转弯了！"这支金衣卫的队长低声说道，"大家准备动手！"

"知道，队长。"那些金衣卫双眼放光。

他们手持神弓，弓弦上有五支箭。

对金衣卫而言，虽然一次性射五支箭会影响命中率，但是箭只要射出去就可以了。

"你们还真是浪费。"队长感慨道，他的弓弦上只有一支箭。

"谁中了队长你这一箭，那绝对活不了了。"一个金衣卫说道。

队长淡然一笑。

其实，使徒城堡的情报并不准确。月亮湖城堡中的确有黑衣卫和金衣卫，黑衣卫也通常由比较厉害的上位神组成，可是，金衣卫不全是由中位神组成的。

准确地说，金衣卫中绝大部分是中位神，极少数是上位神。金衣卫中的上位神若没成为黑衣卫，就会被安排为金衣卫的队长。

金衣卫只分为普通成员和队长，而金衣卫队长都听命于黑衣卫。十个黑衣卫管理所有金衣卫。

这支准备伏击林雷他们的金衣卫队伍的队长，便是一个上位神。

是一个靠炼化神格达到上位神境界的上位神。

"我开启墙壁后，你们听到命令就立即射击！"这个队长吩咐道。

暗道一旁的石壁突然移动了，露出了里面的十个金衣卫。

因为前面的路被粉红色雾气覆盖了，所以林雷他们根本不知道这条道路的尽头有十个金衣卫。

那个金衣卫队长冷冷地看着离他们还有一段距离的粉红色雾气。

"射击！"队长神识传音。

嗖嗖声响起，四十六支箭同时朝前方射去。

等箭射完，那面石壁又瞬间合拢了。从外面看，根本看不出这面石壁是可以移动的。

林雷他们正小心地往前走着。

突然，林雷瞳孔收缩，脸色剧变。

数十支箭越过走廊朝他们而来。

这些箭的速度很快，当林雷他们看到时，箭距离他们只有数十米。

数十米距离，林雷他们根本无法闪躲。

"迪莉娅！"林雷展开双臂挡在迪莉娅的面前，尽量让迪莉娅在自己的身后。

咻咻声响起，有两支箭射中了林雷。

不过，这两支箭带来的可怕穿透力被林雷身上土黄色长袍上的神力波纹卸掉了。

贝贝也被一支箭射到了。

锵的一声，金属撞击声响起。

那箭的尖端竟然炸得粉碎。

"太弱了。"贝贝自得一笑。

林雷见迪莉娅、贝贝都没事，不禁松了一口气。

突然，林雷脸色一变，因为他的视线中出现了一支箭！

"还有一支箭！"林雷惊呼道。

这是最后射出的一支箭，是那个金衣卫队长射出的一支箭，也是最可怕的一支箭！

这支箭的尖端闪烁着黑光，它穿透空间，疾速朝林雷的胸口飞去。

噗的一声，这支箭射中了林雷。

这支箭的穿透力太可怕了，即使是林雷身上土黄色长袍上的神力波纹也不能卸掉这穿透力。

"啊！"林雷大叫一声，直接半跪在地上。

原本还在旁边收尸体的贝贝脸色一变，惊呼道："老大！"

之前松了一口气的迪莉娅也十分震惊。

"终于倒下了吗？"在队伍最后面的克朗普顿一直注意着林雷，当看到林雷跪坐在地上时，脸上不禁浮现出一丝笑容，"我可没动手，是别人动手的，哈哈！"

克朗普顿十分高兴。

那些射过来的箭都是屠神矢，屠神矢本身并不可怕，可怕的是箭尖上沾的毒液。

此时，一股灰色气流冲入了林雷的脑海中，向林雷的灵魂袭去。

砰的一声，这股灰色气流撞击在覆盖了灵魂海洋的透明薄膜上。

这透明薄膜是由那残破的灵魂防御主神器形成的。破损处的那个豁口被林雷用由精神力形成的补丁封住了，其他区域则都是完好的。

这股灰色气流仅仅撞击一次，能量就损失了一大半。

这股灰色气流仿佛有灵性似的，知道这透明薄膜不好惹，竟然全部散开，化为一个个灰色光点，想覆盖整个透明薄膜。

"这是什么玩意？"林雷心中十分震惊。

仅仅片刻，灰色光点就发现补丁处比较弱，于是立即疯狂地冲向补丁。在消耗了部分能量后，灰色光点冲破了补丁，冲入了林雷的灵魂海洋中。

此刻，大量灰色光点竟然形成了三股细小的灰色气流，分别朝林雷的神格、风系神分身、本尊冲了过去。

林雷虽然大吃一惊，但还是控制精神力形成了脉动防御。

大量精神力波纹和三股细小的灰色气流相撞。

片刻后，灰色气流消失殆尽，林雷的精神力也消耗过半。

"还真是够可怕的。"林雷松了一口气。

"老大，老大！"

"林雷，林雷！"

贝贝和迪莉娅都在林雷身旁呼唤着。

终于，林雷睁开了眼睛。

"我没事。"林雷对他们露出一丝笑容。

迪莉娅和贝贝这才松了一口气。

林雷在心底感慨："那毒液还真是够可怕的，怪不得紫荆城堡的服务人员说屠神矢能解决一般的中位神。"

在林雷看来，屠神矢箭尖的毒液有灵性，因为它能避强击弱。

不过，也因为灵魂对这种毒液有很强的吸引力，这种毒液才会专门攻击与他灵魂有关的本尊、神格、风系神分身。

队伍后面——

"还活着？"克朗普顿见林雷站了起来，吃惊得瞪大了眼睛，旋即面目狰狞，"哼，熬过这一次，我看你还能熬几次！即使扛过了屠神矢的灵魂攻击，他的精神力也会消耗殆尽吧。"

"快走！"克朗普顿又咆哮起来。

这一次，队伍中又有十几人殒命了。经过两次袭击，只剩下六十多个中位神了。林雷他们三人现在在队伍的最前面。

"老大，不能再这么下去了。"贝贝担忧地说道。

"我知道。"林雷也明白。

谁知道敌人还有什么手段？如果总是处于这种防御状态，一旦防御不住，那就完蛋了。

林雷他们沿着楼梯缓缓朝下面走。

"大家小心点。"一个中位神开口说道，"下面一层肯定更危险！"

城堡内，原本一间空荡荡的房间里面突然出现了十个金衣卫。

"这次主人动真格的了，连死神傀儡都拿出来了。"金衣卫们都很兴奋。

"死神傀儡总共就二十个，我们小队能分到一个就不错了。"金衣卫队长淡笑道，"艾瑞，这个死神傀儡就由你来操控吧，我就不需要了！"

金衣卫队长毕竟是上位神，虽然死神傀儡厉害，但是实力和他差不多。

这一层的面积更大，布局也更乱。大家走着走着，甚至都不知道该沿哪条路走，只能乱走。

"不能再这么下去了！"林雷在心中暗道。

他们前方总有粉红色雾气，没人知道会冒出来什么。

忽然——

"站住！"

"兄弟们，逃啊！"

城堡其他区域传来混乱的声音，令林雷这支小队一怔。

林雷一喜，立即展开神识，覆盖了这六十多个中位神，神识传音："兄弟们，再这么下去我们就完蛋了。大家一起逃，散开来才不会被城堡内的人一网打尽！"

"兄弟们，逃啊！"林雷陡然高声喊道。

一瞬间，中位神们或是朝旁边的房屋蹿去，或是朝远处迷雾飞去，或是朝弯道拐去……

很快，六十多个中位神全部跑光了。

克朗普顿这三个使徒顿时傻眼了。

"我……我们追谁？"克朗普顿转头看向旁边的两个使徒。

"追什么追！"一个使徒骂道。

死神傀儡

六十多个中位神逃逸了，而监督他们的使徒才三个，这三个使徒能抓回来几个？

其中一个金发使徒神识传音："现在别想那些参加使徒考核的人了。走，我们去找黑衣卫！"

于是，两个使徒立即朝前面飞奔。克朗普顿虽然不甘心，但还是跟上了。

"林雷，别再让我撞上你，下一次你就没那么好运了！"克朗普顿后悔没有早点解决林雷。

其实，就算克朗普顿当时想解决林雷，他也解决不了。

当时，如果克朗普顿要解决林雷，恐怕其他使徒不会答应。因为如果那个时候无缘无故解决了林雷，估计其他参加考核的人会直接散开来。

月亮湖城堡内一片混乱。

一处乱，处处乱！

走廊上的粉红色雾气却渐渐消散了。

十支队伍都接连逃窜了，好几百人分散在城堡的各个区域。

隐藏在一些房间中的金衣卫错愕地发现，竟然有人冲向他们！

数百人乱跑，自然能撞到一些隐藏的金衣卫。

战斗瞬间开始！

爆炸声、怒喝声、打斗声在城堡的各个区域响起。

一间隐秘的房间，林雷、迪莉娅、贝贝在里面躲着。

"外面还真是闹腾。"贝贝脸上满是笑容，旋即看向林雷，"老大，我们躲在这里，那金衣卫如果都被解决了，我们不就得不到月亮指环了吗？"

"别急。"林雷皱着眉说道，"那些金衣卫人数可不少。这城堡主人的手段恐怕比我们想象的还要多。"

林雷还记得之前的那一箭。

他的脉动铠甲是在结合了两大奥义的基础上领悟到的，防御力比一般中位神的防御力强十倍。

有这么强的防御力，他的脉动铠甲还是被射穿了，林雷相信射出那一箭的人就是一个上位神。

"城堡内，最强护卫黑衣卫不会一开始就来偷袭，偷袭我们的多半是金衣卫。"林雷在心中猜测。

林雷感叹一声，说道："迪莉娅、贝贝，你们要小心金衣卫。金衣卫中，并非所有成员都是中位神，应该有上位神。"

如果对金衣卫大意了，他们很可能会完蛋。

"不管是解决中位神境界的金衣卫，还是解决上位神境界的金衣卫，都有可能得到月亮指环。"贝贝撇嘴说道，"希望我们运气好点。"

以防万一，三人谈话时，林雷施展了神之领域，不让声音传到外面去。

砰的一声，木门猛然一震。

"外面有人在战斗！"林雷、迪莉娅、贝贝瞬间站了起来，快速移动到门后。

如果有人从门外冲进来，林雷他们三人联手，可以将其瞬间击败。

砰的一声，又是一次撞击。

这木门虽然结实，但是此刻也直接碎裂开来了。一个人从外面摔进来，砸在了地上。

林雷他们三人没动。

片刻后，他们判断那人没气息了。

地面上，一枚神格滚动着。

林雷、迪莉娅、贝贝屏息不动。

一个人影突然冲了进来。

"上！"林雷他们三人都动了。

迪莉娅瞬间施展风之空间，令那人的速度大减。

林雷毫不留情地将手中的黑钰重剑刺向那人，施展出他的最强攻击——虚无剑波！

"滚吧！"贝贝一脚踢在那个人的脑袋上。

砰的一声，那人狠狠地砸在旁边的墙壁上，而后重重地落在地上。

墙壁表面的魔法纹路亮了亮，墙壁丝毫无损。

"嗯？"林雷他们三人却脸色剧变。

那人竟然站了起来。

它原本的头颅被贝贝踢裂了，露出了里面的金属头颅，金属头颅的双眼位置是两颗红色宝石。

它诡异地盯着林雷他们三人，发出笑声："三个中位神？不错！"

金属头颅表面神力流动，瞬间就把它的头颅恢复成正常的了。

"那不是人，也没有灵魂！"林雷大吃一惊。

他施展出的虚无剑波并没有攻击到对方的灵魂。

林雷感知到，眼前是一个表面包裹着人皮的金属怪物，根本没有一丝灵魂气息。

"这是什么？"林雷、迪莉娅、贝贝都疑惑了。

即使是金属生命，也应该是有灵魂的。

只要是生命，就应该有灵魂，可眼前的怪物没有灵魂！那这怪物为什么还有意识，还能说话？

"一个奇特的分身？"林雷在心中猜想。

"老大，这个怪物的身体很硬。我刚才全力一脚都没有让它受重创，真奇怪。"贝贝也不明白。

贝贝的力量有多可怕，他自己很清楚，单论力量，连林雷都不如他。

这是噬神鼠在消化神格后的一种本领。

"遇到我，你们三个就别想活了！"这个怪物发着红光的双眸盯着林雷他们三人，然后冲向他们。

贝贝也冲了上去，和这个怪物斗了起来。

砰砰的声音接连响起。

贝贝和这个怪物仿佛两个野人一样，用拳头打、用脚踢，用最原始的方法对付对方。

这番疯狂的打斗，令那个怪物逐渐露出了里面的金属身体。

"怎么……这怎么可能？"怪物大吃一惊。

"我倒要看看我们两个的身体，谁的更坚硬！"贝贝暴喝道。

贝贝对自己身体的坚硬度很自信，在心中暗道，"消化了那么多神格，我身体的坚硬度如果连这个怪物都赶不上，那就太丢噬神鼠的脸了。"

"老大，这个绝对不是真身，真身应该在外面！"贝贝神识传音。

嗖的一声，林雷立即飞了出去。

果然，走廊上，一个金衣卫满眼惊骇。他惊骇的不是出来的林雷，而是贝贝："没想到有人的身体会这么坚硬，敢和死神傀儡硬碰硬！"

他真的难以置信。

实际上，死神傀儡是一种人形兵器。准确地说，这是一种神器，一种特殊的神器。

月亮湖城堡内的二十个死神傀儡都是最高等级的死神傀儡，是达到了上位神境界的人形兵器。

死神傀儡的能量核心是体内的神晶。若想操控死神傀儡，只要对其滴血使其认主就可以了。

死神傀儡虽然坚硬至极，但是无法进行灵魂攻击，因为它没有灵魂。

"管你是谁！"那个金衣卫冷然一笑。

片刻后，和贝贝战斗的死神傀儡手中猛地出现了一柄战刀，上面沾了毒液，和屠神矢箭尖上一样的毒液。这种毒液进入人体后，就会立即攻击人的灵魂。

不过，战刀上的毒液只能使用一次。

金衣卫平时舍不得用，现在却不得不用了。

"用刀？"贝贝一瞪眼，"哼，我不和你浪费时间了。"

贝贝手中出现了一柄匕首，是贝鲁特当初送给他的黑色匕首。

屋内，贝贝和死神傀儡在战斗。

屋外，林雷和那个金衣卫在战斗。

和林雷交手的刹那，金衣卫一分为二。

"神分身！"林雷大吃一惊。

不过，林雷仍旧挥动黑钰重剑朝对方劈过去。

这一招——虚无剑波！

锵的一声，武器碰撞的声音响起，一道透明剑影袭向金衣卫神分身。

金衣卫本尊想一剑刺向林雷，却发现他的速度陡然变慢了。

"风之束缚！"金衣卫本尊瞬间反应过来。

在林雷身后不远处，迪莉娅猛地将手中的哥特斯长矛扔了出去，瞬间就刺中了金衣卫本尊。

金衣卫本尊不由得全身一颤。

"不好！"金衣卫本尊脸色一变，吃惊地看向林雷。

他的神分身中了虚无剑波，已经没了，但他本尊也完全感受到了虚无剑波的可怕之处："这么惊人的灵魂攻击，他绝对融合了某种元素法则中的奥义！"

"逃！"金衣卫瞬间作出判断，直接朝远处逃窜。

"想逃？"林雷的速度瞬间飙升。

这个金衣卫痛苦地发现，他的速度只有平常的一半，因为他全身都受到了束缚。

"可恶的女人！"他知道这是迪莉娅的"杰作"，也明白自己根本斗不过林雷。

"啊！"面对林雷再次攻过来的一剑，这个金衣卫只能拼命抵挡。

噗的一声，这个金衣卫也倒下了，林雷将两具尸体收入了空间戒指中。

"迪莉娅，谢谢！"林雷走向迪莉娅。

"可惜我不懂灵魂攻击。"迪莉娅笑了笑。

当初，林雷在卖掉一件上位神器后，将另外一件上位神器哥特斯长矛给了迪莉娅，让迪莉娅学着用它施展风系元素法则中的奥义。

又因为他们三人都报名了参加使徒考核，为了提升自己的实力，迪莉娅便开始研究如何让哥特斯长矛发挥出风系元素法则中快奥义和风之空间奥义的威力。

从刚才的战况来看，迪莉娅的研究成果不错。

"怎么停了啊？"屋内传来贝贝不满的声音。

屋外，林雷和迪莉娅对视一眼，笑了。

怎么停了？死神傀儡的主人都没了，死神傀儡自然不动了。

林雷、迪莉娅进入屋内。

此时，死神傀儡已经倒在墙角一动不动了。

贝贝见林雷二人进来，连忙说道："老大，这个怪物不动了，你们解决了本尊？"

林雷说道："没有什么本尊，是一个金衣卫在操控它。金衣卫没了，这个怪物自然就不会动了。"

"这是什么呢？"迪莉娅疑惑地看向死神傀儡。

林雷他们三人之前从没见过死神傀儡。

死神傀儡是非常贵重的人形兵器，比一般的上位神器要珍贵得多。单单这一个死神傀儡，价格就远超一枚上位神神格。

"先将这个怪物收起来。"林雷说道，"等我们离开这里后，再查查它是什么。"

林雷他们三人并不知道，只要对这个怪物滴血，就能让这个怪物认主，然后就能使用这个怪物了。

贝贝一翻手，将这个金属怪物收入了空间戒指内。

第471章
月亮指环

月亮湖城堡内，打斗声在各处响起，战况非常惨烈。

一间房屋内。

"现在，我们只得到一枚月亮指环，还差两枚。"迪莉娅说着看向林雷、贝贝。

贝贝眉毛一扬，说道："不就差两枚吗？走，我们出去，再去解决两个金衣卫就行了。"

"别急。"林雷取出那枚月亮指环，对其滴血使其认主，然后取出了月亮指环内的所有物品，"这个金衣卫还真是富有，足有上百万块墨石。嗯，还有不少紫晶，真巧。"

之前，林雷抵挡屠神矢上毒液的入侵，又连续施展了虚无剑波，精神力消耗太大了。

于是，林雷将一颗紫晶收入盘龙戒指中，利用盘龙戒指将其炼化，然后让精神力吸收了紫晶中的灵魂能量。

在重复了几次这种操作后，林雷的精神力就完全恢复了。

"还是老大聪明，先将里面的宝贝弄出来。"贝贝笑道。

旁边的迪莉娅也笑了。

使徒考核的通过证明就是这枚月亮指环，至于月亮指环里的东西，考核的管理人员不会在意。

"我们出去吧，不过要小心一点。"林雷嘱咐道。

于是，林雷率先朝屋外走去。

刚到门口，林雷脸色一变，一杆长枪快速袭向林雷。

砰的一声，林雷来不及作出反应，便被长枪带得飞向空中。

林雷在半空调整了一下身体，然后稳稳地落在了地上。他看向长枪刺来的方向，那里有一个持着银色长枪的金衣卫。

这个金衣卫十分震惊："好厉害的防御力！"

他没想到林雷被他的长枪一刺，连体表的衣服都没破。

贝贝和迪莉娅出来了，见此情况也是大吃一惊。

"三个中位神！"这个金衣卫脸色剧变，"逃！"

他很清楚自己的实力，一对二或许还有一点希望，可一对三，他绝对要完蛋。

一眨眼的工夫，这个金衣卫就蹿到了百米外。

"嗷——"贝贝发出刺耳的声音，身后出现了他本体噬神鼠的幻象。

这一次，噬神鼠的幻象有五六米高，和走廊的高度相当。

"啊！"这个金衣卫发现自己竟然不能动了。

"怎么可能？"这个金衣卫的双眸中满是惊恐。

当贝贝嘴巴张开时，这个金衣卫感到一股诡异的力量包裹了他。

这个金衣卫惊恐地看向贝贝，感觉自己的灵魂在战栗，神格在颤动。

"不——"他大喊一声，然后就没了气息。

两枚神格从金衣卫的脑中飞了出来，直接落在了贝贝的嘴中。

咕噜一声，贝贝直接吞下了这两枚神格，说道："敢偷袭？哼！"

说着，贝贝身影一闪，到了金衣卫的尸体前，然后将这具尸体收入了空间戒指中。

这个金衣卫的空间戒指就是月亮指环。

"老大，又有一枚月亮指环了。"贝贝嬉笑着看向林雷。

"贝贝，你这噬神的天赋神通别急着用。"林雷说道，"城堡中比较危险，关键时刻用才好。"

林雷知道施展天赋神通对精神力的消耗很大。

"没事，我不懂灵魂攻击，也不懂灵魂防御，只能靠这个啦！"贝贝大大咧咧地说道。

林雷摇头，无奈一笑。

林雷他们三人在这一层好好探察了一遍，没有发现其他金衣卫，而下面一层隐隐传来了打斗声。

"这一层还真是！"贝贝低声骂道，"那些神器、神格和月亮指环都没有了，全部被人收掉了！"

林雷和迪莉娅听贝贝这么说，不由得笑了起来。

"林雷，这一层看来没有什么东西了，我们去下面那层看看？"迪莉娅看向林雷。

"嗯。"林雷回复。

他们现在只有两枚月亮指环，还差一枚。

于是，他们三人沿着石质阶梯朝下一层小心翼翼地走去。

片刻后，林雷他们三人到了新的一层，这一层的范围也比上一层更大。

他们三人选择了一条宽阔的走廊，小心地前进着。

"上——"

"啊——"

"冲——"

前面一间房间里传来打斗声，听起来比较混乱，估计有不少人在战斗。

林雷他们三人互相看了一眼，悄然靠过去。

突然，三个人从里面冲了出来。

在见到林雷他们三人后，其中一个人开口说道："哦，是你们三个，希望你们好运。"然后，这三人立即离开了。

"是和我们一起来参加使徒考核的。"林雷他们三人十分清楚。

参加使徒考核的总共就一千人。

作为神级强者，他们的记忆力自然好。当初从金属生命中走出来时，他们只是目光一扫，便记住了其他人的模样。

砰的一声，一具尸体从那间房间飞了出来，砸向墙壁，然后又掉在了地上。

"那是参加使徒考核的中位神！"林雷他们三人一眼就认出来了，"屋内肯定有金衣卫。"

林雷他们三人毫不犹豫，快速飞向那间房间。

可是还没等林雷他们三人靠近房门口，屋内就冲出一个金发青年，用空间戒指收了地面上的那具尸体。

那个金发青年显得很得意，可很快就发现了林雷他们三人。

金发青年看了林雷他们三人一眼，立即朝另外一个方向飞去。

"他也是参加使徒考核的。"林雷很吃惊，心头涌现一个想法。

"为了月亮指环解决自己人？"林雷回忆起使徒城堡那个银发老者说的话。

银发老者让他们小心，除了要提防月亮湖城堡的人，还要提防同行的人。

"果然是这样……"林雷心底一寒，"看来，我们要小心了。"

对于其他参加使徒考核的人，他们不敢放松警惕，说不定别人也会因贪图他们的月亮指环对付他们。

现在，那间房间里应该没有人了，林雷他们三人不打算进去了，便沿着走廊继续前进。

在一条狭窄的走廊上，林雷他们三人发现了四个人，那都是熟人。在金属生命后舱中，那四个人就坐在林雷他们的后面。

"嘿，林雷，是你们啊！"为首的秃头大汉笑道。

"费蒂斯，是你们啊！"林雷的脸上也露出了笑容。

只不过林雷他们三人没有完全放松下来。

费蒂斯他们四人笑着走过来，为首的费蒂斯开口说道："你们的情况如何？得到几枚月亮指环了？"

听到月亮指环，林雷更加警惕了，同时给贝贝、迪莉娅神识传音："小心点，不能对他们放松警惕。"

"知道，老大，我还希望他们动手呢。"贝贝也神识传音。

林雷在心中暗自点头。

"月亮指环？如果我们得到了足够的月亮指环，早就离开这座城堡回金属生命了。"林雷淡笑道。

费蒂斯他们四人却心中一动。

显然，林雷有月亮指环，只是数量不够。

"嗯，我们也是。希望你们好运，我们就先走了。"费蒂斯笑着说道。

林雷友好地点了点头。

费蒂斯他们四人虽然说走，但却朝林雷他们三人走来。

当费蒂斯他们四人走过来时，林雷他们三人便开始蓄势了，随时准备出击。

果然，当与林雷他们三人擦肩而过时，费蒂斯他们四人发动了攻击。

林雷他们三人早就有了准备，在对方发动袭击时，他们也开始了进攻。

"哈哈——"贝贝一边笑着，一边进攻。

林雷的黑钰重剑快速劈向对方。

费蒂斯他们四人，两人联手对付林雷，一人对付贝贝，一人对付迪莉娅。

显然，费蒂斯他们四人知道林雷他们三人以林雷为首，实力最强的是林雷。

四对三。

砰砰声响起，费蒂斯一方瞬间已有两个人倒下：一个是被林雷施展的虚无剑波解决了，一个是被贝贝的匕首解决了。

除了眼睛，林雷身上早就被脉动铠甲保护起来了。费蒂斯砍在林雷脑袋上的一刀，对林雷没有任何影响，中了虚无剑波的费蒂斯却当场倒地身亡。

至于对付迪莉娅的那个人，已被迪莉娅的风之空间束缚住了。当迪莉娅用哥特斯长矛刺向这个人时，他拼命挣脱了束缚，躲过一劫。

"逃！"幸存的二人见势不妙，快速逃窜。

这时，倒在地上的费蒂斯尸体内竟然冒出了一个神分身。那个神分身迅速将空间戒指收了起来，然后飞速逃窜。

林雷拿着紫血神剑反手就是一剑——次元斩！

次元斩的威力早就不是林雷当初在玉兰大陆时可以比拟的了。

在风系元素法则中，林雷已经把快、慢两大奥义融合了一大半。

在这种前提下施展出来的次元斩，威力增强了四五倍。

这样的一剑，让费蒂斯的神分身根本无法抵抗。

"原来只是一个下位神神分身。"林雷感慨道。

"费蒂斯恐怕想靠自己的力量让下位神神分身成为中位神神分身，而不是靠炼化神格。"迪莉娅瞥了一眼地上的尸体说道。

林雷伸手，将费蒂斯和另外一人的尸体收入空间戒指中。

"贝贝、迪莉娅，我们先去一旁的房间，查看一下他们是否得到了月亮指环。"林雷说道。

在林雷看来，那四人以费蒂斯为首，估计月亮指环在费蒂斯的空间戒指内。不过，若不看一下，林雷也无法确定。

于是，他们三人走向一间看似是储物室的房间。

林雷他们三人进入房间，大吃一惊。

他们发现里面的墙壁竟然被挪开了，露出了后面的通道，通道斜着朝下延伸，估计和下一层有关联。

"暗道！"林雷他们三人对望。

"不急着进去。"林雷说道，"如果费蒂斯的空间戒指内有月亮指环，我们就不必冒险了。"

可就在这时候——

一个人影仿佛一阵风突然从暗道中逃窜出来。

林雷他们三人大吃一惊，贝贝更是惊呼："瑞金娜，怎么是你？"

瑞金娜见到林雷他们三人，顿时喊道："救命！"然后，她立即蹿到林雷他们三人身旁，舒了一口气。

片刻后，暗道中又冲出来两个人。他们见到瑞金娜有了帮手，还是三个人，吓得又逃回了暗道中。

"林雷，杀了他们，他们有一个死神傀儡！"瑞金娜连忙说道。

"死神傀儡是什么？"贝贝疑惑地看着瑞金娜。

第472章
黑衣卫

月亮湖城堡内，战斗不休，极为混乱。

一间房间内，林雷他们三人和瑞金娜在一起。

瑞金娜见林雷他们三人不去追那两个人反而问她，感到无奈："你们浪费了一个难得的机会啊！"

在瑞金娜看来，林雷他们三人听到死神傀儡后应该立即追过去才对。

没承想，林雷他们三人都没动。

"瑞金娜小姐，你说的死神傀儡到底是什么？"林雷开口问道。

瑞金娜惊疑地看着林雷他们三人，过了一会儿才说道："林雷，你们三个是真的不知道还是装不知道？我都怀疑你们是不是在故意戏弄我了！"

死神傀儡在地狱中还是很出名的。

"让你说就说呗！"贝贝撇嘴。

瑞金娜又看了林雷他们三人几眼，说道："好吧，我说。这死神傀儡是一种比较特殊的人形兵器。你们可以将它们当成一个人类形态的神器。"

"和普通的神器一样，死神傀儡一般由金属炼制而成，也有神力，只是它的神力由神晶提供。"瑞金娜继续说道，"死神傀儡不会灵魂攻击，也不怕灵魂攻击。全身极为坚硬，一般很难缠。"

林雷、迪莉娅、贝贝互相看了一眼。

"原来，那是死神傀儡啊！"贝贝感叹一声，而林雷和迪莉娅都笑了。

他们终于知道了，那个和贝贝打斗的金属怪物是死神傀儡。

死神傀儡的确难缠，就是上位神遇到死神傀儡也会感到头疼。对付死神傀儡的唯一办法，就是干掉操控死神傀儡的人。解决了操控者，死神傀儡就成了无主之物。

"若没有贝贝，那个死神傀儡真的很难解决。怪不得那个死神傀儡在连续的猛烈攻击下都没有受到什么损伤。"林雷在心底慨叹，然后看向贝贝，"遇到贝贝，操控死神傀儡的人才会无奈吧。"

贝贝的能力很逆天。只是像贝贝这样的噬神鼠，无数空间中也只有两只。

"据我观察，那个死神傀儡应该是最高等级的。"瑞金娜感叹道，"这种最高等级的死神傀儡比一般的上位神器要贵重得多，就是一枚上位神神格也远远不及那个死神傀儡。"

"有多贵啊？"贝贝双眼发光。

瑞金娜瞥了贝贝一眼，又看向林雷、迪莉娅，叹息道："炼制死神傀儡比炼制神器麻烦得多，死神傀儡的价格也是贵得离谱，一般需要一亿块墨石。"

"一亿？"林雷、迪莉娅、贝贝心头一喜。

现在看来，他们如今最大的宝贝不是那枚上位神神格，而是那个死神傀儡。

"所以我刚才才会让你们去追那两个人啊！我们四个联手，一定能成功。那可是死神傀儡啊！"瑞金娜此刻依旧有些不甘心，"被那两个浑蛋弄走了，我心里真不舒服！"

林雷他们三人却笑了。

轰的一声，暗道中忽然传来剧烈的动静。

林雷眉头一皱："这动静是从下面传来的。"

"走，去看看。"贝贝好奇不已。

瑞金娜也同样有些期待："走，我们去看看吧。"

于是，他们进入了那条暗道中。

暗道很狭窄，比城堡中正常的走廊要狭窄得多，最多让两个人并行。

林雷他们四人动作灵活，瞬间就行了百米距离。

"就是这里！"林雷他们四人停下了。

轰隆声通过暗道一旁的墙壁传出来，而且这墙壁上已经有好几条裂缝了。显然，这暗道墙壁不受防御魔法阵保护。

贝贝蹲着，透过裂缝朝里面看。

"老大，你们快过来。"贝贝神识传音。

于是，其他三个人都好奇地靠过来。

这裂缝的另一面到底有什么？

通过裂缝，林雷足以看到另一面的情况。

"竟然是那个光头克朗普顿！"林雷大吃一惊。

昏暗的空旷大厅内，三个身影正在交手。

砰的一声，克朗普顿被踢得狠狠地砸向墙壁，然后摔在地上。

"哼！"克朗普顿恶狠狠地盯着远处的那个黑衣卫，"这个黑衣卫还真难缠。"

"克朗普顿，你这个笨蛋！你在远处施展重力空间影响他就行了，记住，别影响到我！"正在和一个黑衣卫战斗的使徒气得神识传音。

克朗普顿知道自己实力弱，只能回复："知道。"

然后，克朗普顿一踏地面，正在和使徒战斗的黑衣卫感觉自己的行动变慢了。

这个黑衣卫感到一股奇特的力量在影响自己，身体好像瞬间重了万倍。

"是重力空间奥义！"黑衣卫反应过来了。

重力空间奥义是地系元素法则中的六大奥义之一。

片刻后，黑衣卫的身体开始扭曲起来，逐渐变成一个模糊的黑影。

与黑衣卫对战的那个使徒，一剑刺过去，根本伤不到黑衣卫。

于是，那个使徒化为闪电，向黑衣卫发起猛烈的进攻。

砰砰声不断响起，两大强者每次交手，都会引起剧烈震动。

"这个黑衣卫怎么这么强？解决黑衣卫根本不该是四星级任务，应该是五星级任务。"克朗普顿骂道，同时还努力运用重力空间奥义去影响那个黑衣卫。

这个黑衣卫的确很强，还有一个上位神神分身。

实际上，克朗普顿他们是三对一，三个使徒对付一个黑衣卫。

他们三个正是当初监督林雷他们那一支小队的三个使徒。

克朗普顿他们三人中，有一个使徒已经陨灭了，黑衣卫的上位神神分身也陨灭了。

现在，这个黑衣卫只有一个身体了，三个使徒只剩下克朗普顿和正在打斗的奥普尔了。

噗的一声，奥普尔那闪烁着电光的一剑终于刺中了模糊的黑影。

"啊！"一声惨叫响起。

那个黑影逐渐变得清晰，再次变成了人类形态。

此刻，黑衣卫十分生气，在心底暗骂："使徒就会几个对付一个！"

"大哥，快过来！！！"黑衣卫陡然大喊道。

闻言，不管是克朗普顿还是战斗中的奥普尔，都脸色一变。

"速战速决！"奥普尔本不想拼命，可现在由不得他了。

奥普尔愤怒地咆哮着，化为一道青黑色的雷电劈向黑衣卫。

黑衣卫脸色剧变，化为黑色的幻影朝那雷电斜飞过去。

砰的一声巨响，两个身体都倒在了地上。

奥普尔已经殒命，黑衣卫虽然精神力消耗殆尽，但是还活着。

"想解决我？你的灵魂防御可远不如我。"黑衣卫气喘吁吁地说道。

嗖的一声，一个人影出现在黑衣卫的面前。

黑衣卫脸色剧变，一抬头就看到了面目狰狞的克朗普顿。

克朗普顿挥舞着一柄长刀朝黑衣卫使出灵魂攻击，大声喊道："去死吧！"

"啊——"

受了重伤的黑衣卫再次被重力空间束缚住，只能怒吼着施展出灵魂攻击。

论灵魂攻击，黑衣卫的确比克朗普顿厉害，可此刻黑衣卫的精神力消耗殆尽，克朗普顿的精神力很充足。

砰的一声，两股精神力碰撞在一起，令空间产生了巨大的震动，黑衣卫想借力逃窜。

可是克朗普顿手腕一动，一柄匕首出现在他的手中。

扑哧一声，这柄匕首刺中了准备逃窜的黑衣卫。

黑衣卫从半空坠落，倒在了墙角，眼中满是不甘。

"不甘心？"克朗普顿嗤笑一声。

克朗普顿知道自己实力弱，所以斥巨资购买了一种灵魂之毒，涂在自己的匕首上。

飞掷匕首这一招是克朗普顿的撒手锏，蕴含了地系元素法则中的力量奥义。如黑衣卫这种已经受了重伤的人，一旦被匕首射中，必死无疑。

"奥普尔，在我面前，你们总是很嚣张，还对我呼来喝去！"克朗普顿面目狰狞，狠狠地瞪了一眼地上的两具使徒尸体，"最后，不还是我克朗普顿活了下来！哈哈，得到这枚黑色的月亮指环后，我马上就是四星使徒了。"

克朗普顿一挥手，将两个使徒的尸体收进了空间戒指中，然后准备收起黑衣卫的尸体。

可是，地面上空空的，黑衣卫的尸体没了！

"怎么……怎么可能？"克朗普顿的眼睛一下子瞪得滚圆。

"快走！"林雷神识传音。

他们四人在暗道中快速前行。

"哈哈，那克朗普顿一定气死了，哈哈。"贝贝也神识传音，显然十分高兴。

那具黑衣卫尸体是靠在墙壁上的，距离墙壁上最近的一道裂缝不足一米。林雷快速移动到了那道裂缝处，然后将那具尸体收入了空间戒指中。

这么短的距离，空间戒指自然可以轻松收入黑衣卫的尸体。

克朗普顿在震惊了一会儿后，视线落在了因打斗而有了裂缝的墙壁上。

"啊，里面！"克朗普顿瞬间就明白了。

"浑蛋！"克朗普顿咆哮着冲向墙壁，蕴含着力量奥义的一脚狠狠地踢向墙壁。

墙壁轰然碎裂，露出一个大洞，一条暗道出现了。

"月亮指环，我的月亮指环！"克朗普顿十分不甘。

若有了那一枚黑色的月亮指环，他就可以完成任务了。这代表他不但能得到巨额赏金，还能成为四星使徒。

"逃去哪边了？"克朗普顿站在洞口，看向暗道两边，一时间无法确定。

这时候，两个人影瞬间出现在房间中，是两个黑衣卫。

"你杀了老五？"这两个黑衣卫盯着克朗普顿。

克朗普顿转头，吓了一大跳。一个黑衣卫就那么难对付了，更何况是两个？

"逃！"克朗普顿顾不上那么多了，往暗道的一个方向冲去。

那个方向也是林雷他们前进的方向。

第473章

无路可逃

月亮湖城堡的黑衣卫是经过筛选的上位神，都是精英。

克朗普顿三个使徒对付一个黑衣卫，还是险胜。

"才解决了一个，竟然又来两个。若被追上，必死无疑！"克朗普顿沿着暗道逃窜。

克朗普顿脸色一变："怎么回事？"

暗道前方竟然没路了，只有一面墙壁！

"怎么可能？不可能没路啊，应该有出口才对啊！"克朗普顿十分慌张。

其实，为了防止被克朗普顿追杀，林雷他们四人早就按下了墙壁上的机关，墙壁移动，将暗道封住了。

现在，克朗普顿只顾逃命，怎么会留意到暗道墙壁上的机关？他根本就没有这个时间，只要迟疑刹那，他就会被后面的两个黑衣卫追上。那时，他就真完蛋了。

虽然前方是一面墙壁，但是克朗普顿也只能往前冲！

临近墙壁，克朗普顿猛地一拳砸了过去，而且是毫无保留的一拳。

砰的一声，墙壁轰然碎裂，克朗普顿破墙而入，冲入了一间房间。

然而仅仅片刻，那两个黑衣卫就已经追上来了。

"想逃？"愤怒的咆哮声响起。

一个黑影穿过破碎的墙壁，将手中带有一股毁天灭地力量的刀劈向克朗普顿。

这一刀令空间剧烈震荡起来。

克朗普顿竭尽全力举起自己的战刀，硬是抵挡住了这疯狂的一刀。

然而，这一刀带来的震荡产生了诡异的空间波纹。空间波纹朝克朗普顿袭去，进入了克朗普顿的脑海中。

克朗普顿脸色剧变："不——"

克朗普顿面目狰狞，垂死挣扎，最终化为齑粉。

那个黑影逐渐变得清晰起来，原来是一个持着战刀的银色短发男子。

他身后的黑衣卫低声说道："老大，我们只看到了老五神分身的尸体，没有看到他本尊的尸体。从当时现场的情况来看，老五应该殒命了。"

他们心中都很难受。

银发男子低声说道："我们十个，估计绝大部分已经殒命了。如果一对一，那些使徒不一定是我们的对手，不过他们的人数比我们多。"

的确，使徒有二十多个，而黑衣卫只有十个。

实力弱的使徒，两三个联手就能对付一个黑衣卫。实力强的使徒，如四星使徒，也可能一对一与黑衣卫打个不相上下。

忽然，激烈的打斗声从这一层的其他区域传来。

"过去。"两个黑衣卫毫不迟疑朝那片区域赶去。

月亮湖城堡的这一层，有一个很宽阔的大厅。

大厅内有许多长桌，足以坐下数百人，估计金衣卫们常在这里聚餐。

在大厅的旁边有一间小房间。

林雷、迪莉娅、贝贝、瑞金娜就在这小房间内。

听到那凄厉的惨叫声，贝贝眉毛一扬，说道："老大，那声音似乎是那个臭光头的。"

林雷心中一动："对，根据声音传来的方向，应该是连接暗道的那间房间。克朗普顿很可能是发现尸体不见了，想要追我们，不过在暗道遇到了其他人。"

林雷知道，如果克朗普顿还活着，肯定会找他的麻烦，他都已经准备好和克朗普顿来一场大战了。

现在看来，有人帮他解决了克朗普顿。

迪莉娅笑着看向瑞金娜，询问道："瑞金娜，你得到月亮指环了吗？"

"还没有。如果得到了，我早就离开这座城堡了，何必在这里冒险？不过，金衣卫似乎被解决得差不多了，我们之后很难找到金衣卫了。"

瑞金娜摇头，无奈地说道。

林雷也发现了这一点。

"一开始，殒命的主要是参加使徒考核的人。不过无论如何，我们的数量都比金衣卫多。"瑞金娜感叹道，"之后，使徒也会对付金衣卫，金衣卫的数量便逐渐减少了。"

林雷在心中表示赞同。

使徒们虽然主要是对付黑衣卫，但若是遇到金衣卫，也不会轻易放过他们。

轰的一声巨响，令林雷他们所在的房间地面都震动了。

"就在旁边！"林雷大吃一惊。

月亮湖城堡中战斗频繁，远处的战斗，林雷并不在乎；然而，现在有一场战斗就在他们旁边的大厅中进行着。

林雷他们四人不禁将房门打开了一点，透过门缝朝大厅看去。

"三个黑衣卫，十一个使徒？"林雷他们十分震惊。

那三个黑衣卫是逃过来的，而使徒们是追过来的。

看到这种情景，林雷他们不禁交谈起来。为了不让大厅中的人听到他们的声音，他们施展了神之领域，隔离了声音。

"黑衣卫的数量还是太少了，肯定要输。"贝贝下了判断。

林雷则惊叹道："那三个黑衣卫，特别是那个银色短发的，实力好强。他修炼的是风系元素法则！"

林雷的视线紧跟着那个银色短发男子。

解决了克朗普顿的两个黑衣卫赶去发生打斗的地方，发现一个黑衣卫正被三个使徒围攻，自然也加入了这场战斗。可没过多久，又有别的使徒赶过来了。

使徒太多了！

很快，战斗双方人数变成了十一对三！

嗡嗡声突然响起，低沉又难听，让人觉得仿佛被重锤砸在了心脏上。

这是黑衣卫首领——银色短发男子，手持战刀，将风系元素法则中的奥义全部施展出来的结果。

月亮湖城堡的十个黑衣卫是按照实力排名的，作为黑衣卫的老大，银色短发男子的实力和管家不相上下。

战刀舞动间，呜呜声不断响起。

"什么怪声！"使徒们听了心烦意乱。

即使他们施展了神之领域，这声音也会传入他们的脑海中。

银色短发男子眼神冷厉，将黑色战刀直接劈向一个使徒。

锵的一声，战刀被挡住了，然而嗡嗡声传入了使徒的脑中。

仅仅片刻，这个使徒便化为齑粉，一枚神格落在了地上。

"大家小心，他已经将风系元素法则中的声乐奥义和声波奥义完全融合了！"使徒中有人见多识广，一下子就判断出来了。

声乐奥义和声波奥义完全融合，才是风系元素法则中的声音奥义。

这蕴含声音奥义的一招，不但能进行物质攻击，还能进行灵魂攻击。

风系元素法则包含了九种奥义，任何两种奥义融合都有很大的威力。不过，由声乐奥义和声波奥义融合成的声音奥义是最出名的，威力最大的！

在小房间内偷偷观战的林雷，也是研究声乐奥义和声波奥义的；因此，在看到银色短发男子的攻击后，林雷十分震惊。

"没想到，由声乐奥义和声波奥义融合成的声音奥义竟然有这么大的威力！"林雷吃惊之余还很不解，"可是，那声音、那振动为什么……"。

对风系元素法则中的声乐奥义和声波奥义，林雷尚处于入门阶段，需要领悟的东西还有很多。

"看来，这个银色短发男子已经完全领悟声音奥义了。"林雷在心中推测。

"上位神都被震成了齑粉，声波奥义怎么会有如此威力？"林雷心中满是疑惑。

林雷联想到银色短发男子的攻击，又有些明白了："啊，不对，错了，声波奥义的振动……外部的物质攻击……"

渐渐地，林雷发现了声乐奥义和声波奥义的共同点，便盘膝坐了下来。

这一共同点，就是声乐奥义和声波奥义融合的起点！

一旁的迪莉娅、贝贝、瑞金娜看到林雷的行为，不禁愣住了。

片刻后，瑞金娜问道："他……他怎么了？"。

贝贝表情古怪，低声说道："老大……老大可能又领悟到什么了吧。"

"顿悟？"瑞金娜十分吃惊。

虽然黑衣卫首领厉害，但是十一个使徒中也有强者。

在打斗过程中，原本的三个黑衣卫已经有两个殒命了，只剩下黑衣卫首领了，而使徒也只剩下七个了。

七个使徒围攻一个黑衣卫。

"都没了，老二、老三……他们都没了，都没了！"黑衣卫首领疯狂了。

"啊——"黑衣卫首领仰头咆哮。

空间开始剧烈震荡起来，以黑衣卫首领为中心，一圈圈空间波纹向四周荡漾开去！

这一声怒吼是黑衣卫首领的撒手锏，蕴含了声音奥义最大的威力。

此时，七个使徒中，已经有两个使徒开始脑袋发晕了。

嗖嗖声突然响起，三支屠神矢被黑衣卫首领甩了出去，目标是脑袋发晕的一个使徒。

扑哧一声，那个使徒被刺中了，然后倒在了地上。

"可惜只有三支屠神矢了，否则就能多解决一个使徒。"黑衣卫首领在心底默默说道。

单单一支屠神矢箭尖上的毒液不足以解决一个上位神，因此他用了三支屠神矢。

"上！"其他五个实力强大，受怒吼影响不太深的使徒同时攻击黑衣卫首领。

砰的一声，黑衣卫首领的身体爆裂开来。

大厅内一片狼藉，六个使徒终于松了一口气。

"修炼风系元素法则，速度快，招式变幻无常，还融合了声乐奥义和声波奥义。"其中一个使徒感叹道，"遇到这个家伙，我们还真是够倒霉的。不知道这次活下来的使徒有没有十个。"

林雷沉浸在感悟中，不知道那个黑衣卫首领已经殒命了。

可是——

"老大，快醒醒！"贝贝灵魂传音，将林雷叫醒。

"怎么了，贝贝？"林雷看向贝贝。

"最精彩的一战也是最危险的一战，我们可能会被波及啊。"贝贝低声说道。

此刻，贝贝、迪莉娅、瑞金娜都吃惊地看向门缝外。

林雷见了，也看向门缝外。

大厅中，一只背上满是尖刺的黑色巨龙在半空盘旋着。

洛伊修斯和一个五星使徒凌空而立，与那只黑色巨龙对峙。

其他六个使徒则站在大厅一角。

"你逃不掉了。"洛伊修斯说道。

"说，你们的任务赏金是多少？我出十倍赏金给你们。"那只黑色巨龙发出低沉的声音。

"没想到，月亮湖城堡的主人是一只神兽。"洛伊修斯冷笑道，"给我们十倍赏金？哼，解决了你，你空间戒指内的所有财富都是我们的，还有，我二妹命丧你手，你觉得我会放过你吗？"

第474章

你会后悔的

月亮湖城堡的战斗已经进入最后时刻了。

城堡主人即使化为黑色巨龙本体，也没有信心和使徒们一战。

大厅中的情况，被躲在小房间内的林雷他们四人看得清清楚楚。

其实，使徒们已经发现了林雷他们。当感知到林雷他们只是中位神时，那些使徒就懒得理会他们了。

"洛伊修斯说那只黑色巨龙是城堡主人？"林雷不解。

迪莉娅解释道："林雷，刚才你在感悟，我们就没有打扰你。那时候，城堡主人逃进了这大厅中，看到里面还有六个使徒时，变成了黑色巨龙，估计是没信心了。"

林雷微微点头。

"嗯？"林雷心中一动。

"月亮湖城堡都到了这个地步，那些金衣卫即使活着，恐怕也逃离了城堡。"林雷猜测现在恐怕很难在城堡中遇到金衣卫了。

金衣卫不是一群愚笨的人，城堡主人都沦落至此了，他们还会继续为城堡主人效命吗？

"贝贝，"林雷把一枚空间戒指递给贝贝，"看看里面有没有月亮指环。"

"嗯。"贝贝接过这枚空间戒指,滴了一滴血在上面,然后查看里面的东西。

林雷打算查看另外一枚空间戒指。

这两枚空间戒指是从之前袭击林雷他们三人的费蒂斯那个团体中得来的。

"我们现在只有两枚月亮指环,还差一枚。"林雷还是有些担忧的。

迪莉娅则看向林雷、贝贝。

"老大,这枚空间戒指中有一些墨石、湛石,可就是没有月亮指环。"贝贝无奈地说道。

迪莉娅、贝贝不禁看向林雷,现在就看林雷手中这枚空间戒指中是否有月亮指环了。

"有,真的有一枚月亮指环!"林雷查看后十分惊喜。

"哈哈,我们集齐了月亮指环。"贝贝兴奋至极。

瑞金娜则是盯着林雷:"林雷,就一枚?"

"就一枚。"林雷无奈地回答。

他知道瑞金娜也非常想得到一枚月亮指环,可是他们三人只有三枚月亮指环,没有多的。

瑞金娜心底失望,可脸上还是带着一丝笑容:"没事,等会儿出去看看还有没有机会。"

忽然——

"你们不要太过分!我可以给予你们巨额财富,还可以将这座城堡送给你们,甚至可以想办法让你们成为六星使徒。你们接下这个任务,不就是为了成为六星使徒吗?"黑色巨龙的声音在大厅里响起。

"哼!让我们成为六星使徒?若想成为更高一级的使徒,只有完成任务,根本没有其他办法。"洛伊修斯盯着手中的淡青色弯刀,缓缓说道,"别挣扎了，准备受死吧！"

"大哥，让我来！"一旁的青发壮汉急切地说道，"让我为二姐报仇！"

"不。"洛伊修斯瞥了黑色巨龙一眼，"他虽然已经施展过两次灵魂攻击，精神力估计快消耗殆尽了，但是不能冒险。我来！"

洛伊修斯有十足把握。

"我是乌尔尼森！"黑色巨龙咆哮道，"你不能杀我，你不能杀我！"

"乌尔尼森？"洛伊修斯嗤笑一声，"乌尔尼森是谁？临死前你要吹嘘，也该说个厉害的名字。比如说你自己是紫血恶魔，说你是伟大的主神……哈哈，我管你是谁，受死吧！"

洛伊修斯嘴里说着，将手中的淡青色弯刀劈了出去。

黑色巨龙还在咆哮着："你不能杀我，杀了我你会后悔的！"

面对洛伊修斯这一刀，黑色巨龙施展出了他的天赋神通。

"嗷——"黑色巨龙发出怒吼。

空间剧烈震颤起来。

一道青色刀影划过长空，落在了黑色巨龙的头上，然后进入了黑色巨龙的灵魂海洋，劈在了那枚神格上。

砰的一声，黑色巨龙砸在了地上。

洛伊修斯脸色苍白地收回了淡青色弯刀，瞥了一眼地面上的巨大尸体，嗤笑一声："哼，这天赋神通果然厉害。你说我会后悔？整个烨暮府范围内，让我害怕的人也就那么些，我都认识，你凭什么让我后悔？"

"大哥，"青发壮汉担忧地看向洛伊修斯，"你没事吧？"

他的二姐就是被城堡主人的天赋神通攻击后殒命了，而洛伊修斯之前和城堡主人战斗时已经扛过一次攻击了，现在又扛了一次。

"没事。"洛伊修斯对着自己的兄弟挤出一丝笑容，"老三，我们回去吧。可惜，二妹不能回去了。"

青发壮汉也很难受。

"来之前，二姐说完成这次任务，我们就是六星使徒了。到时候，我们寻一处地方，建造一座属于我们三人的城堡，好好静修，可是……"青发壮汉说不下去了。

洛伊修斯低叹一声："走吧。"

他们二人根本没看另外六个使徒一眼，直接飞出了城堡。

那六个使徒在一旁围观了这一场大战，心中十分震惊。

"洛伊修斯的实力果然可怕，那一刀连达到上位神境界的神兽都扛不住。"一个使徒感叹一声。

在普通的物质位面，神兽可能极为罕见；可是在无数强者聚集的四大至高位面之一的地狱，神兽还是有不少的。

不管是什么神兽，只要成长到成熟期就能达到下位神境界。

不过，神兽之间的差距也很大，主要体现在天赋神通上。

有的神兽会特殊的灵魂攻击，有的神兽会特殊的物质攻击，比如吞天兽、巴蛇，天赋神通是吞噬。

至于本体为神兽噬神鼠的贝贝，他的天赋神通是噬神——吞噬神格，也是逆天的一种能力。

天赋神通越厉害，拥有这种天赋神通的神兽就越少！

"洛伊修斯修炼的是四大规则中的生命规则啊，这四大规则很难修炼……"

"洛伊修斯也很可怕啊！"

六个使徒感叹了几句，然后也离开了大厅。

不过在离开前，一个使徒用空间戒指收了那巨大的黑色巨龙尸体。

"达到上位神境界的神兽尸体也很值钱，不能浪费啊！"那个使徒笑得很开心。

等六个使徒离开后，林雷他们四人才从小房间中走出来。

"哼！"贝贝有些不满，撇着嘴说道，"我还想将那尸体弄走呢，没想到被使徒收走了。"

一般的神兽，身上的一些部位就是上等食材，能卖个不错的价钱，更何况是达到上位神境界的神兽。若是将黑色巨龙卖掉，估计能赚近百万块墨石，那可是一笔不小的财富。

"还想这些？"林雷哭笑不得，"走吧，我们回金属生命。"

其实，林雷、迪莉娅、贝贝这次的收获非常大。除了巨额财富，他们还得到了一个死神傀儡，一枚上位神神格。

"你们……能和我一起在城堡中再看看吗？"瑞金娜艰难地开口。

林雷他们三人一怔。

"我……我只是想看看还有没有金衣卫。"瑞金娜有些不好意思。

林雷他们三人加上瑞金娜，对付金衣卫或许问题不大，但是谁知道会遇到几个金衣卫？

迪莉娅和贝贝看向林雷，等林雷作出决定。

林雷斟酌了一下，看向瑞金娜，说道："瑞金娜，我们不可能和你看遍整座城堡。我们准备离开这座城堡，不过可以绕绕路，看能否遇到金衣卫。遇到，我们就帮忙；遇不到，那就没法子了。"

"谢谢。"瑞金娜连忙说道。

她知道自己的要求有点过分，林雷能这样说就很不错了。

林雷他们便沿着阶梯往上走，最后通过城堡顶层的窗口离开了。

途中，瑞金娜希望遇到金衣卫；可是，此刻的月亮湖城堡中的确是没一个金衣卫了。

波光粼粼的月亮湖上空，粉红色雾气早就消散不见了。

此刻，五个参加使徒考核的人正在月亮湖上空盘旋着。

"有人出来了。"其中一个人喊道。

于是，他们立即迎了上去。

出来的人正是林雷他们。

"各位，有什么事吗？"林雷眉头一皱，淡漠地说道。

在月亮湖城堡内，林雷就经历过被人偷袭的事情，自然不会大意。

那五人中的一个开口说道："我想知道四位有没有多余的月亮指环。若有，我们可以向四位购买。"

"我还想要呢。"瑞金娜嘀咕道。

那五人听了不禁有些失望。他们听出来了，林雷他们四人身上没有多余的月亮指环。

"你们五个也不要在外面等了，我看城堡内应该没人了。"林雷说道。

林雷他们算是最晚出来的了。

说完，林雷他们四人便直接朝金属生命飞去，很快就看到了那悬浮在半空的金属生命。透过金属生命的透明部分，他们看到了里面的稀少人影。

"人好少。"林雷在心底暗叹一声，然后进入了金属生命内部。

金属生命内走廊上，那个银发老者看到林雷他们四人，笑着说道："恭喜你们，活着回来了。"

"活着回来？恭喜？"林雷进入金属生命后舱，目光一扫。

金属生命后舱的座位有很多，之前坐满了一千人，然而现在空出了很多座位。

林雷感慨道："一千人来参加使徒考核，活下来的连一百个都没有！"

林雷看了看身旁的迪莉娅和贝贝，感到庆幸，至少自己的妻子和兄弟都还活着："那个银发老者说得对，的确值得恭喜。"

第475章

价高者得

地狱，烨暮府境内。

这是一条毫无生机的山脉，山石焦黑，杂草丛生。

这条连绵山脉内有一汪湖水，占地方圆数十里。湖水很混浊，湖面上还漂浮着一些尸骨。

这一条山脉是禁地，就是使徒们也不敢靠近这里。

咕噜声响起，湖水中竟然泛起了水泡。

轰的一声，宽阔的湖面仿佛窗帘一样被拉开了，竟然自行分出了一条足有数十米宽的通道，直接通往湖底深处。

近百人从这湖底直接飞了出来，除了为首的人穿着灰色长袍，其他人皆穿着黑色长袍。

湖面上空，近百人凌空而立。

为首的灰袍人头发漆黑，眉毛垂至胸前。

如果洛伊修斯等人见到这个灰袍人定会大吃一惊，因为这个灰袍人的长相和月亮湖城堡主人一模一样。

"浑蛋！"灰袍人眼角肌肉抽搐，正处于暴怒边缘。

灰袍人愤愤地说道："看来我乌尔尼森避世太久了，那些人都忘记了我的名字，竟然毁掉了我的神分身，我说过要让他们后悔！"

乌尔尼森有一个黑暗系上位神神分身，还有一个死亡属性上位神神分身。不过，他的死亡属性上位神神分身的实力远超黑暗系上位神神分身。

在他看来，以他黑暗系上位神神分身的实力，加上大量护卫，应该不会出什么问题。

没承想，这一次他的黑暗系上位神神分身就这么没了，他只有一个死亡属性上位神神分身了。损失一个神分身，相当于少了一条命，他自然暴怒。

"他们全都该死！"乌尔尼森心中尽是杀机。

"主人，我们现在去哪里？"一个黑袍人恭敬地问道。

"我那座月亮湖城堡距离帝翼城最近。按照使徒城堡选择考核任务的规矩来看，他们会优先选择距离近的。"乌尔尼森低沉地说道，"那些使徒恐怕已经乘坐金属生命准备回帝翼城了。"

"我们现在先去帝翼城！"乌尔尼森冷冷地说道。

"是，主人（大人）！"

乌尔尼森身后近百个黑袍人同时应道，只是称呼略有不同。

"哼！不管怎么样，他们都要回帝翼城。在帝翼城城外，直接拦截住他们。"乌尔尼森旋即看向一个黑袍人。

那个黑袍人的身体突然消失，一个金属生命却出现在了半空。

仅仅片刻，包括乌尔尼森在内的近百人都进入了金属生命。

"嗖！"

金属生命划破长空，朝帝翼城赶去。

论速度，这个金属生命远超林雷他们乘坐的那一个。

距离月亮湖不远处的上空，一个金属生命正悬浮着。

银发老者飞回金属生命，直接吩咐道："城堡内已经没人了，出发吧！"

顿时，金属生命化为一道幻影消失在远方天际。

银发老者进入金属生命后舱内，环顾众人，朗声说道："大家都先站起来，聚集到走道中央。"

"站起来？"林雷他们虽然疑惑，但还是站了起来。

后舱中近百人都聚集到了后舱走道中央，接着，金属生命开始急剧缩小，不管是长度还是宽度都缩小了一大截，旋即又变出了一百个座位。

原先，金属生命后舱一排二十个座位，足有五十排；现在，金属生命后舱一排五个座位，一共二十排。

"现在人少了，金属生命内的空间不必那么大了。"银发老者淡然说道，说完便离开后舱回到了前舱。

如今，金属生命后舱中只有一百个座位，令后舱中的人都靠得比较近了。

"回去了。"林雷透过身旁金属生命的透明部分看向外面，感到轻松。

"老大，等我们回到帝翼城，把月亮指环交给使徒城堡，我们就是使徒了。"贝贝嬉笑着对林雷说道，"到时候我们戴上使徒勋章，至少进城就不需要排队交入城费了。"

"入城费？"林雷和迪莉娅听了有些哭笑不得。

现在对他们而言，一块墨石的入城费算不上什么。

"谁有月亮指环？如果谁有月亮指环，我愿意出钱购买。"后舱中一个声音忽然响起。

听到这个声音，其他人不禁看向发出声音的人。

说这话的，是一个有些阴柔的俊美男子。

"出钱购买？"林雷十分吃惊，"使徒城堡的工作人员还在前舱呢。"

贝贝皱着眉说道："说这么大声，不怕被那银发老头发现吗？"

瑞金娜却眼睛发光，看向周围人。

听到贝贝的话，瑞金娜低声解释道："贝贝，使徒城堡只看你是否有那信物，不会管那信物你是怎么得来的。不管是抢夺来的还是购买来的，只要到时候将月亮指环交上去就行了。"

林雷他们三人恍然大悟。

不过，地狱就是这样，战斗是这里的主题。

"想要购买？哈哈，我倒是有一枚多余的月亮指环。"后舱内又有一个声音响起了。

这令瑞金娜等人激动起来，朝说话的人看去。

那是一个极为壮硕，身高却只有一米二三的大胡子男子。

"矮人。"林雷眉毛一扬。

"什么价格？"一个金色长发女子开口问道。

"一百万块墨石，如果想要就出钱吧。"那个壮硕矮人直接说道。

"一百万块墨石？"有人惊呼起来。

对上位神而言，一百万块墨石或许不算什么，可是对中位神而言，一百万块墨石是一个很夸张的数字。

如林雷他们三人，当初卖掉一件上位神器也只得到七十五万块墨石罢了。

"太贵了。"瑞金娜眉头皱起，她没有足够的钱财。

"我要了。"那个俊美男子开口说道。

见状，那些没有得到月亮指环的人急了。

"我出一百一十万块墨石！"有人大喊道。

"我先出价的！"那个俊美男子急了。

那个壮硕矮人说道："我说过一百万就一百万。这个给你，一百万块墨石给我。"

那个壮硕矮人很干脆，直接和那个俊美男子做了这笔交易。

其他人只能失望了。

瑞金娜叹息一声。她不是舍不得钱财，而是根本没有足够的钱财。

"谁还有多余的月亮指环？"还有人在后舱内高呼着。

这时候，一个白袍男子淡笑道："我和那位矮人兄弟价格一样，一百万块墨石。谁想要月亮指环，给我一百万块墨石，我给他月亮指环。"

"还有？"瑞金娜不禁看过去。

嗖的一声，顿时有数人化为幻影冲了过去。

"给你！"一个碧发女子将价值一百万块墨石的一根湛石长条硬塞到白袍男子的手中。

"卖给我！"其他人也大喊道，"我们也给你一百万块墨石！"

"我都把湛石给他了，这月亮指环是我的！"碧发女子连忙说道，同时也盯着这个白袍男子，担心白袍男子不将月亮指环给她。

白袍男子微笑着将那根湛石长条收了起来，一翻手便将一枚月亮指环递给了碧发女子："给你。"

碧发女子大喜，接过这枚月亮指环回到了自己的座位上。

另外几个人都有些失望。

白袍男子却微微一笑："只要你们有足够的钱，我就能卖给你们月亮指环。"他一翻手，手中竟然出现了五枚月亮指环。

这一幕令不少人惊呆了。

"这家伙弄到了多少枚月亮指环？"后舱中所有人都看着那个白袍男子。

之前失望的那几个人赶紧把一百万块墨石给了白袍男子，拿到了月亮指环。

白袍男子继续笑着说道："谁还想要月亮指环？我这里还有。"

他微笑着环顾周围，后舱中一时间安静下来。

有足够金钱的人，刚才都买过了。

瑞金娜突然站了起来，笑道："这位先生，你这月亮指环的价格还是降低一点吧，一百万块墨石实在太贵了。这月亮指环也就对我们有用，对其他人而言，只是一个空间戒指罢了。"

在地狱，空间戒指不值钱，连一块墨石都不值。

"对啊。"其他人响应道，"你还是将价格降低些，比如五十万块墨石，怎么样？我相信还是会有不少人购买的。"

"对，五十万块墨石。"瑞金娜赞同，毕竟她现在有八十万块墨石。

"这怎么行？"之前购买过月亮指环的人不满地说道，"我们可是花费了一百万块墨石。"

白袍男子淡笑道："一百万就是一百万！如果你们没有足够的墨石，我宁愿不卖也不会降价。"说完，他不再多说。

瑞金娜不禁脸色一变。

"瑞金娜，你身上有多少墨石？"迪莉娅开口问道。

其实，刚才林雷他们三人已经通过神识悄悄交流过了。

这一次，林雷他们三人收获很大，单单一个死神傀儡就值一亿块墨石，再加上黑衣卫空间戒指内的财富，就是一个惊人的数字了。

"我还差二十万块墨石。"瑞金娜有些苦恼。

贝贝一翻手，手中出现两块湛石石板："嗯，给你！"

瑞金娜激动地说道："谢谢！"随即，她接过湛石石板，跑向白袍男子。

帝翼城城外，乌尔尼森盘膝坐在草地上，旁边有数十个手下。

"主人，有使徒城堡的金属生命飞来了，是从月亮湖城堡方向飞来的。"一个声音在乌尔尼森的脑海中响起。

乌尔尼森顿时睁开眼睛，低声说道："跟我走！"旋即，他带着数十人化为幻影飞了过去。

另一边，林雷他们乘坐的金属生命正疾速飞向帝翼城。

林雷他们很高兴，因为透过一旁的透明金属，他们看到了远处的帝翼城。

"快到了。"林雷他们脸上满是笑容。

砰的一声，金属生命猛然一震，旋即轰的一声，化为无数碎块。

原本在金属生命里的人此刻都悬浮在半空，他们环顾周围，脸色顿时就白了。

近百个黑袍人凌空而立，将林雷他们包围住了，身上散发出极为骇人的气息。

"上位神，都是上位神！"

被包围的人脸色剧变！

第476章

无处可逃

这次幸存下来的十个使徒，以及一百个参加使徒考核的人都震惊了。

被一大群上位神围着，还被这群上位神冷冷地盯着，他们不禁感到心悸。

"怎么会这样？"林雷感到难以置信。

眼看就要回到帝翼城了，可是在最后关头，他们竟然被一群上位神围住了。

"你们是干什么的？"林雷这一方的最强者洛伊修斯环顾周围，皱着眉开口问道。

洛伊修斯虽然没信心和这么多上位神决战，但是有把握逃掉。

"干什么的？"一个黑袍人嗤笑一声。

突然，一些黑袍人主动让出一条道，一个灰袍人飞了出来。

"主人（大人）！"那些黑袍人都恭敬地行礼。

灰袍人盯着洛伊修斯，双眸中尽是煞气，似乎要将洛伊修斯活活吃掉一般。

"你……是你！"洛伊修斯等人惊愕地看着这个灰袍人。

这个灰袍人的长相竟然和月亮湖城堡主人一模一样。

这一刻，洛伊修斯等几个见过月亮湖城堡主人容貌的使徒都震惊了。

他们都想到了一个可能，那被解决了的月亮湖城堡主人只是一个神分身。

灰袍人扫了一眼洛伊修斯等人，最后把视线落在了洛伊修斯的身上。

灰袍人的另一个神分身就是被洛伊修斯灭了，他最恨的自然是洛伊修斯。

"你是谁？"一声暴喝响起，银发老者飞到众人前面，怒视着灰袍人，"这是我们使徒城堡的金属生命，你竟然毁掉了它！你还想动手？未免太猖狂了吧！"

"使徒城堡？"灰袍人眉毛一扬，旋即看向银发老者，"使徒城堡又如何？我就不相信灭了你们，使徒城堡大本营的真正高手会来找我。更何况，强大的七星使徒和你们使徒城堡只是雇佣关系，他们不会听你们的命令。"

银发老者一滞。

"你问我是谁？"灰袍人下巴微微扬起，不屑地看着银发老者，"我告诉你，我叫乌尔尼森。你听说过吗？"

"乌尔尼森？"银发老者微微皱着眉。

"乌尔尼森！"洛伊修斯等人心中一动。

果然，这个灰袍人就是月亮湖城堡主人。准确地说，这是他的另一个神分身。

"是他！"林雷、迪莉娅、贝贝、瑞金娜等人恍然大悟。

在月亮湖城堡中，黑龙被杀之前就说过自己是乌尔尼森。

"难怪他要报复。"林雷在心中暗道，"怪不得月亮湖城堡主人临死前说解决他的人会后悔。"

林雷看出来了，"乌尔尼森"这个名字或许曾经很出名，可是在场没人知道。

"唉……"乌尔尼森叹了一口气，"看来我真的避世太久了，连你们使徒城堡的工作人员都忘了我。"

乌尔尼森仅仅是立在半空，就令包括洛伊修斯在内的所有人感到惊惧。

大家都明白这是一个极为可怕的超级强者。

正当乌尔尼森叹息的时候，洛伊修斯和他三弟却在通过神识交流着。

轰的一声，气爆声响起，两道身影疾速朝北方逃窜。

乌尔尼森站在洛伊修斯二人南边，洛伊修斯二人只能选择朝北边逃。

"哼！"乌尔尼森冷哼一声。

二十余个黑袍人同时朝北边挥出右掌，动作整齐划一，只见密集的黑光在他们身上流转。

片刻后，一张充满能量的黑色巨网向洛伊修斯二人罩去。

面对这一张黑色巨网，洛伊修斯二人吓得立即飞退。

嗖的一声，乌尔尼森动了，瞬间就到了洛伊修斯身边。

洛伊修斯反手就将淡青色弯刀劈了出去，乌尔尼森却只用一根手指点在了淡青色弯刀上。

锵的一声，清脆的声音响起。

"啊——"洛伊修斯惨叫道，痛苦地抱着脑袋，手中的淡青色弯刀直接朝下方跌落。

"大哥！"一旁的青发壮汉焦急地喊了起来。

可是洛伊修斯似乎听不到，依旧抱着脑袋发出痛苦至极的惨叫声。

"大哥，你怎么了？你到底怎么了？"青发壮汉十分担心。

"停。"乌尔尼森淡然说道，洛伊修斯的惨叫声竟然戛然而止。

清醒过来的洛伊修斯惊恐地看着乌尔尼森："你……你这是魂蛭？"

"魂蛭！"听到这个名字，青发壮汉以及其他几个使徒的脸色瞬间就白了。

他们即使见多识广，也只是偶尔听说过魂蛭。

就是在黑沙城堡中，魂蛭这种禁忌物品也是难以购买到的。即使可以购买，那价格也贵得惊人。

乌尔尼森嗤笑道："对，这枚魂蛭是我花了大力气才炼制出来的。"

"你……你炼制的？"在场的人十分吃惊。

在地狱中，修炼死亡规则的上位神或许有很多，可是能够炼制出魂蛭的上位神极少。

"你以为我会让你那么容易死去？"乌尔尼森嗤笑道，"浪费一枚魂蛭在你的身上，你应该感到自豪。"

"自豪？"洛伊修斯全身发颤，想到魂蛭的可怕效果，想到刚才的痛苦，他的额头上冒出了一颗颗汗珠。

洛伊修斯一咬牙，直接一掌朝自己的脑袋拍去，试图自杀。

可是手掌还未落到额头上，洛伊修斯又惨叫起来："啊——"

他再次捂着自己的脑袋，全身抽搐，面目狰狞。

片刻后，洛伊修斯又停止了惨叫，但是面色苍白，仿佛虚弱的病人一样惊恐地看着乌尔尼森。

"我说过，"乌尔尼森俯视着洛伊修斯，就如高高在上掌控他人生死的主神，"会让你后悔！"

能够炼制出魂蛭，证明了乌尔尼森在死亡规则方面的惊人成就。

"哈哈——"乌尔尼森忽然笑了，将目光扫向林雷他们一群人，"所有牵扯到这件事情的人都别想活！"

这笑声让林雷他们一群被包围的人感到心悸，很多人都吓呆了。

"老大，怎么办？"贝贝神识传音。

"看情况，若情况十分危机，那只能选择逃跑。"林雷也神识传音。

在乌尔尼森面前，强大的洛伊修斯毫无还手之力。

林雷虽然没听说过魂蛭，但是从别人的对话、表情中可以判断出这个魂蛭绝非一般物品。

"乌尔尼森，你……你不能……"银发老者连忙说道，"帝翼城就在旁边，你不能这么做！"

"帝翼城在旁边，我又不是在帝翼城内动手，我怕什么？"乌尔尼森嗤笑一声，冷冷地扫了林雷他们一群人一眼，"解决你们这些小人物算什么？"

林雷此刻正在快速地思考着。

"一定要活着。"林雷看着身旁的迪莉娅和贝贝，在心中暗道，"没有选择，那就只能逃窜。到时候近百人同时逃窜，不可能都被抓到吧。更何况，这里离帝翼城很近，我们还有机会逃入帝翼城。"林雷在心底盘算着。

"不能死！"

"我不想死！"

其他使徒以及参加使徒考核并幸存下来的人不甘坐以待毙，都在想办法。

"兄弟们，大家一起逃啊！"一个声音突然在被包围的人的脑海中响起。

林雷、迪莉娅、贝贝听了忍不住动了。

"朝西边冲。"林雷神识传音。

这一刻，被包围的近百人，有一大半人朝四周冲去。

轰的一声，四周的黑袍人同时挥出右掌。

一张充满能量的黑色巨网再次出现，只不过比之前那张网更大。

天罗地网！

跑在最前面的那个人碰到了黑色巨网，仿佛被一股强大力量击中一样反弹了回来。

见状，林雷他们只能回到原来的位置。

"逃？"乌尔尼森不屑地看着他们，"如果让你们这群小家伙逃掉，那我乌尔尼森就不用在地狱待下去了。"他瞥了一眼银发老者，旋即说道，"不过嘛，我给你们一个机会，活着的机会。"

林雷他们不禁看向乌尔尼森。

"很简单。"乌尔尼森指着林雷他们一群人，"在你们这一群人当中，可以活下来一个上位神和一个中位神。别说我没给你们机会。"

林雷他们愣住了，紧接着小心地看向其他人。

"林雷，现在该怎么办？"迪莉娅神识传音。

林雷保持沉默，眼中却满是焦虑。

怎么办？他现在能怎么办？

扑哧一声，有人出手了。顿时，大家心中那根紧绷的弦断了。

"别来惹我！"林雷突然咆哮，用黑钰重剑挡住了身后人的一击。

"哈哈！就该这样！"乌尔尼森咆哮着，长眉飞舞，"最后活下来的，我会让他活着。哈哈！"

乌尔尼森眼中满是疯狂。

乌尔尼森一想到最后活下来的两个人即将面对的事情，眼神愈加疯狂。

"嗯？"乌尔尼森忽然看向某处。

只见洛伊修斯疾速朝下方坠去，周围的黑袍人甚至来不及作出反应。

"想逃？"乌尔尼森立即追过去。

"啊——"洛伊修斯在半空痛苦地惨叫起来。

这惨叫的仅仅是他的一个神分身，他还有一个身体在继续往下坠。

可是，乌尔尼森已经出现在了他另外一个身体前。

乌尔尼森不屑地看着洛伊修斯："你以为我不知道你有神分身？"

第477章

忏悔之火

一见到乌尔尼森，洛伊修斯就心中一颤。

"完了！"洛伊修斯感到绝望。

受魂蛭影响的，是洛伊修斯修炼生命规则的神分身，也就是生命属性神分身，是他最强的神分身；面对乌尔尼森的，是洛伊修斯本尊，其实力不如他的神分身。

如今，洛伊修斯怕是逃不掉了。

"如果现在还想活着，退回去！"乌尔尼森呵斥道。

洛伊修斯明知退回去也难逃一死，可还是退回去了。

扑哧一声，贝贝又解决了一个中位神，然后飞回林雷身旁。

林雷、迪莉娅、贝贝聚在一起，别人不攻击他们，他们就不攻击别人。一旦有人攻击他们，他们就立即解决对方。

瑞金娜跟在林雷他们三人身旁。

不过生死时刻，林雷他们三人不敢完全相信瑞金娜。

"林雷。"迪莉娅突然喊道，看向林雷。

林雷则努力挤出一丝笑容看向迪莉娅。

想到乌尔尼森刚才说的话，林雷心中很痛苦："无论如何，我都不能让迪莉娅、贝贝出事。"

迪莉娅却带着笑容说道："即使是死，我也要死在你身边。能够和你在一起，我已经很满足了。"

"胡说什么！"林雷神识传音。

显然，他生气了，不过除了生气，更多的是心疼。

这些年来，迪莉娅一直在默默付出。她支持林雷、关心林雷，让林雷能全身心地投入到修炼中。

两人的感情早已十分深厚，谁也离不开谁。

"你不会死的。"林雷看着迪莉娅，神识传音，同时警惕着周围。

这时，那个卖掉不少月亮指环的白袍男子盯着林雷他们三人，林雷他们三人也发现他了。

白袍男子实力强，已经解决了数十个中位神。

"我劝你别来惹我。"林雷手持黑钰重剑，神识传音。

白袍男子迟疑地看了看林雷，又看了看贝贝，最终没有冲过来。

林雷和贝贝也解决了不少人。

在这一群中位神中，林雷的灵魂攻击和贝贝的物质攻击算是顶尖的了。

"住手！"一声暴喝从帝翼城方向传来。

听到这声暴喝的人都感觉脑袋眩晕，过了片刻才清醒过来。

此时，三个身影出现在半空。在血色阳光的照耀下，为首的人十分耀眼。

他穿着金色的长袍，有着白色的眉毛，金色的瞳孔。

白眉金瞳！

"七星使徒帝翼城城主！"林雷心中狂喜。

林雷、贝贝、迪莉娅的脸上瞬间露出了笑容。

不单单是林雷他们三人，连浴血奋战的银发老者也发现了来人，立即激动地高呼："城主大人！"

"城主大人！"不少人都惊喜地看着来人。

身为七星使徒，帝翼绝对是地狱中的巅峰强者。

"哦，斯图尔特。"乌尔尼森瞥了帝翼城城主一眼，"斯图尔特，难道你要插手这件事情？"

林雷一群人都震惊了。他们只知道"帝翼"是帝翼城城主成为七星使徒后的一个称号，并不知道帝翼城城主的真名。没想到，乌尔尼森知道。

帝翼城城主白眉一挑，锐利的目光落在乌尔尼森的身上："乌尔尼森，这可是使徒城堡的队伍，这里临近帝翼城，你不要太过分了！"

帝翼城城主的话中蕴含着一丝怒气。

"斯图尔特，我的神分身被毁了。这个仇，你说我能不报吗？"乌尔尼森看着帝翼城城主。

帝翼城城主眉头一皱："神分身被毁，怎么可能？就凭他们？"

帝翼城城主很清楚乌尔尼森的实力。

乌尔尼森一滞，苦涩地说道："我本尊待在老巢专心研究死亡规则，我的黑暗系神分身在月亮湖城堡中。"

"没承想，这么一大堆人马冲进了我的月亮湖城堡！"乌尔尼森十分生气。

"他们杀了我的黑衣卫、金衣卫，还毁了我的一个神分身。如此大仇，我能不报？"乌尔尼森愤愤地说道。

对乌尔尼森这种绝世强者而言，生命珍贵无比。神分身被灭，等于少了一条命，他能不愤怒吗？

帝翼城城主沉默片刻，旋即盯着乌尔尼森，缓缓说道："乌尔尼森，我明白你的心情。不过你在帝翼城旁边动手，太不给我斯图尔特面子了吧？"

乌尔尼森的眉头微微一皱。

不管是帝翼城城主还是乌尔尼森，都曾经是非常厉害的绝世强者。在数十万年以前，他们就已经是七星使徒了。

"斯图尔特，你难道要和我动手？"乌尔尼森低声说道。

此刻，还活着的三十多个中位神都十分紧张，他们清楚如今他们的性命就在这两位绝世强者手中。他们是生是死，就看帝翼城城主和乌尔尼森的谈话结果了。

"我不想和你动手，但是你也不能太过分。"帝翼城城主说道。

其实，乌尔尼森清楚帝翼城城主的脾气。

"好，我就让那些中位神小家伙活着，不过这四个上位神不能活！"乌尔尼森说道，"我的神分身陨落与这些使徒有关。"

帝翼城城主扫了一眼那四个上位神。

"城主大人！"银发老者连忙说道。

其他三个上位神也看向帝翼城城主。

"这四个上位神中，他是使徒城堡的工作人员。"帝翼城城主指着那个银发老者，"他不可能和你神分身陨落一事有关。"

乌尔尼森瞥了一眼银发老者，点了点头说道："好，我可以饶他一命。"

"城主大人！"包括洛伊修斯在内的其他三个上位神喊道。

可是帝翼城城主根本不理会他们，他看向乌尔尼森，神识传音："你还是快点动手，别慢吞吞的。"

乌尔尼森一听便明白了，帝翼城城主也是要面子的。

"好。"乌尔尼森神识传音，微微一笑。

"城主大人！"洛伊修斯等三个上位神还在喊着。

"竟然解决了我的神分身，哼！"乌尔尼森的眼睛突然变成白色，一道透明波纹从他的眼中射出，直接袭向洛伊修斯等三个上位神。

"啊——"凄厉的惨叫声从洛伊修斯等三个上位神的口中传出。同时，一团透明火焰在他们三人的头上燃烧着。旋即，三人从高空落下，没了气息。

"忏悔之火！"帝翼城城主眼睛一亮，"这乌尔尼森比当年要厉害得多。"

"好厉害！"见到这一幕，幸存的三十多个中位神十分震惊，他们从来没有见过这种攻击方式。

面对乌尔尼森，身为使徒的三个上位神没有一丝反抗能力。

此刻，洛伊修斯只剩下一个中了魂蛭的生命属性神分身。

"忏悔之火！"洛伊修斯惊惧地看着乌尔尼森，"传说中的忏悔之火！"

洛伊修斯明白自己和对方的差距有多大了。

"你……你为什么没有去挑战修罗？"洛伊修斯开口问道。

林雷心中一动："挑战修罗？"

林雷知道地狱中一共有一百零八府，也有一百零八个修罗，而每一府的府主就是修罗。

在地狱中，"修罗"是绝世强者的一种称号，只能通过挑战获得。

不过，不是什么人都能去挑战修罗的，挑战者必须先成为七星使徒。

如果挑战者成功，原先的修罗将失去"修罗"称号，成功者将继承"修罗"称号。因此，地狱中永远只有一百零八个修罗。

"挑战修罗？"乌尔尼森瞥了洛伊修斯一眼，"首先，我对那个称号不感兴趣。"

"其次，你以为我施展忏悔之火就能击败一个修罗？"乌尔尼森嗤笑一声，"如果是在我初入地狱的那个时代，或许我可以轻易挑战成功；可是现在，那些修罗都不是好惹的。"

乌尔尼森说着看向帝翼城城主，帝翼城城主心有所感地微微点头。

乌尔尼森和帝翼城城主是实力强大的七星使徒，可是他们都不敢去挑战修罗，因为挑战失败的结果一般都是死亡。

"你们这些小家伙，算你们走运。"乌尔尼森瞥了一眼三十多个中位神。

“大家都走吧。”帝翼城城主开口说道。

于是，在银发老者的带领下，幸存的三十多个中位神立即朝帝翼城城门方向飞去。

片刻后，空中只剩下乌尔尼森的人马、帝翼城城主一方三人以及洛伊修斯了。

“哼！你看什么？想回帝翼城？做梦！”乌尔尼森看着洛伊修斯。

洛伊修斯沉默着，忽然捂着脑袋惨叫起来。

帝翼城城主眉毛一扬。

“是魂蛭。”乌尔尼森满不在乎地说道。

帝翼城城主一愣，而后惊叹道：“乌尔尼森，你连魂蛭都弄出来了？对我们这种人而言，它作用不大，但是可以卖出惊人的价钱。”

然而在地狱中，又有多少人能达到他们这种境界？

“你想要可以去我那里购买，我给你的价格可以比黑沙城堡低一成。”乌尔尼森说道。

帝翼城城主不禁笑了。

乌尔尼森又说道：“斯图尔特，那我就先走了。”

帝翼城城主微微点头。

乌尔尼森转过身盯着洛伊修斯：“小子，我之前说过你会后悔的，会非常后悔。”

旋即，乌尔尼森便带着洛伊修斯，率领自己的人马乘坐金属生命迅速离开了。

“那小子落到乌尔尼森手中，惨了。”帝翼城城主感叹道。

在七大元素法则和四大规则中，最折磨人、最阴险的便是死亡规则。洛伊修斯落到修炼死亡规则的乌尔尼森手中，其结果可想而知。

"终于活着回到帝翼城了。"林雷、迪莉娅、贝贝站在帝翼城的大街上，一时间不知道是该哭还是该笑。

　　"林雷，这次真的吓死我了。"迪莉娅心有余悸地说道。

　　贝贝撇嘴说道："那个乌尔尼森太过分了，不过他看起来好厉害。可惜贝鲁特爷爷不在，要是他在就好了。"

　　林雷则牵着迪莉娅的手，说道："走吧，我们去使徒城堡。"

　　等交纳了月亮指环，林雷他们三人便是一星使徒了。

　　当即，林雷、贝贝、迪莉娅朝使徒城堡走去。

第478章
收获不少

使徒城堡第一层大厅里聚集着不少人，林雷他们三人便在其中。

"尤娜小姐！"贝贝站在柜台前，和服务人员尤娜笑着打招呼。

尤娜惊喜地看着贝贝，以及贝贝身后的林雷、迪莉娅，说道："林雷，我刚才还在感慨你们这一批活着回来的人太少了，没想到你们三个就来了。恭喜啊！"

"我们也是比较幸运。"林雷一想到帝翼城城外的事情，就有些心悸。

面对乌尔尼森，林雷发现自己根本没有反抗力量，双方实力差距太大了。

"尤娜小姐，我们都在这里等好一会儿了。什么时候交纳那考核信物啊？"贝贝有些着急地说道。

林雷他们这一批人已经在第一层大厅等了许久。

尤娜笑着说道："别着急，成为使徒可不是简简单单给你们一枚使徒勋章就可以了，还有一些流程。"

过了片刻——

"使徒考核通过的人上二楼！"一个声音忽然响起，一个金色短发壮汉站在通往第二层大厅的阶梯上。

"还不快上去。"尤娜笑着说道。

"尤娜小姐，那我们先上去喽！"贝贝嬉笑道。

于是，林雷他们三十多个中位神沿着阶梯走向使徒城堡的第二层大厅。

第二层大厅比第一层大厅小多了，但是有许多房间。

在那个金色短发壮汉的引领下，林雷等人来到了一间黑屋子。

黑屋内有三个人坐着。

"一个个来，将月亮指环和使徒图章交给我。"其中一个黑袍中年人朗声说道。

虽然只有三十多个人，但是一个个办理还是要花费一些时间的。

"下一个！"另一个黑袍人说道。

终于轮到林雷了。

林雷立即将月亮指环和使徒图章递给对方。

"名字。"黑袍人说道。

"林雷·巴鲁克。"林雷回答。

旋即，林雷感觉自己被束缚住了。

原来，那个黑袍人施展了神之领域，将林雷和其他人隔离开了。

"现在需要你的灵魂气息。"黑袍人翻手取出了一个碧绿色的小圆球，将其放在林雷的身旁。

原本碧绿色的小圆球迅速变成灰色。

"这是什么？"林雷好奇地询问道。

黑袍人抬头瞥了林雷一眼，淡然说道："这是魂映石，能吸取灵魂气息。每个强者的灵魂气息是不同的，因此，魂映石可以判定强者的身份。"

林雷不禁感到惊讶，没想到还有这种物质，不过想一想，这很正常。

在玉兰大陆位面，一些炼金术士就会炼制出让林雷感到惊讶的物品，更何况他现在是在地狱。

在地狱，即使有再多奇特的物品也不奇怪。

"这是使徒勋章，这是副使徒勋章，你先滴血让它们认主。"一个黑袍人嘱咐道。

林雷见到使徒勋章，眼睛一亮，那可是使徒的标志。

"副使徒勋章？"林雷有些惊讶。

副使徒勋章是蓝色的，林雷见过的使徒中从没有人戴副使徒勋章。

那个黑袍人淡笑道："副使徒勋章是放在我们使徒城堡的。当副使徒勋章成为无主之物时，我们就知道它的主人陨灭了。"

林雷恍然大悟。

在滴了血后，林雷领取了使徒勋章，将使徒勋章佩戴在胸前，让自己身上的脉动铠甲包裹住它。

使徒城堡外。

"林雷，你们以后还在帝翼城吗？"瑞金娜对林雷说道，"我欠你们的二十万块墨石，过段时间我会还给你们。"

瑞金娜不喜欢欠别人钱财。

"不用了。我们过段时间会离开帝翼城。"林雷直接说道。

"离开？你们去哪里？"瑞金娜连忙问道，"远吗？"

林雷、迪莉娅、贝贝相视一眼，贝贝对着瑞金娜嬉笑道："瑞金娜，我们三人打算横穿紫荆大陆，越过星辰雾海，好好逛逛这无边的地狱。你说远不远？"

瑞金娜被吓了一大跳。

在地狱中，许多上位神都没有去过其他陆地，因为地狱中的五块陆地每一块的面积都非常大。若没有特殊原因，上位神一般不会冒着危险前往其他陆地。

"那我……我这……"瑞金娜不知该如何归还那二十万块墨石了。

"嘿嘿，不急，等以后哪天见面，你再给我就是。"贝贝笑着说道。

"嗯。这一次真的谢谢你们了。"瑞金娜看着胸前的使徒勋章，感激地说道。

成为使徒是她多年的梦想。

和瑞金娜告别后，林雷、迪莉娅、贝贝先去餐厅好好吃了一顿，然后回到了他们的住处。

林雷他们三人围着石桌坐下。

贝贝一挥手，七枚空间戒指就出现了，落在石桌上，发出清脆的响声。

在血色阳光的照耀下，这七枚空间戒指发出亮光。

"我也有。"迪莉娅笑着一挥手，石桌上又多了两枚空间戒指。

见到这一幕，林雷不禁笑了。

他们三人这一次去月亮湖城堡，一开始被上位神使徒们逼着走在队伍前面，在走廊中遭遇了两轮屠神矢射击，之后碰上了被金衣卫操控的死神傀儡……

在帝翼城城外，因为乌尔尼森，他们三人不得不与幸存下来的中位神再次战斗。

在一次次的战斗中，他们三人收集了一些空间戒指。

"老大，你的呢？"贝贝问道。

林雷一翻手，十一枚空间戒指出现在石桌上。

这十一枚空间戒指，有三枚是在月亮湖城堡内得到的，有八枚是在之前的混战中得到的，其中最珍贵的是一枚黑色月亮指环。

"这一枚黑色月亮指环里的财富远超其他空间戒指。"林雷感叹道。

"这枚黑色月亮指环里有很多湛石和墨石，还有灵魂金珠等其他物品，价值绝对超过一亿块墨石了。"贝贝兴奋地说道，"我们看看其他空间戒指吧。"

林雷他们三人早在月亮湖城堡就已经查过黑色月亮指环里的东西了，而其他空间戒指里的东西他们还没有仔细看过。

林雷、迪莉娅心底也很期待。

林雷他们三人把石桌上的空间戒指分成三堆，分别对它们滴了血，然后开始查看里面的东西。大量墨石、湛石被他们取了出来，一些物品也被他们取了出来。

"好家伙，这枚空间戒指的原主人是谁啊，真有钱！"贝贝惊叹道。

林雷、迪莉娅立即抬头看去。

"有多少？"林雷期待地问道。

"老大，这个中位神的财产竟然上千万了。"贝贝立即说道，"里面还有不少中位神神格呢。"

报名参加使徒考核的中位神一般都是比较厉害的中位神，大多数有数十万资产，很少有上百万资产的，更不用说上千万资产的。

林雷查看过的四枚空间戒指，财富最多的只有两百多万块墨石。

"贝贝，别数了，查看其他的空间戒指。"林雷笑道。

就在这时候，迪莉娅惊呼一声。

"怎么了？"林雷、贝贝看过去。

迪莉娅满脸笑容："林雷，你猜这一枚空间戒指里面的东西加起来价值多少？"

贝贝猜测："一千万？"

迪莉娅微笑着摇了摇头。

"一千万是低了还是高了？"林雷问道。

"当然是低了，这里面不止一千万呢。"迪莉娅笑道。

林雷大吃一惊："那有多少？"

迪莉娅微笑道："这里面的墨石、湛石加起来，值八十几万块墨石吧。"

"八十几万块墨石？"贝贝瞪眼，"你说不止一千万的。"

迪莉娅笑道："我还没说完呢。虽然墨石、湛石加起来就这么点，可是这枚空间戒指中……"

迪莉娅笑着一翻手，手中就出现了两枚黑色晶体——神格。

"上位神神格，两枚！"林雷惊呼道。

迪莉娅笑着点头："对，一枚风属性神格，一枚黑暗属性神格。"

林雷不禁开口说道："一个中位神是怎么得到两枚上位神神格的？"

迪莉娅笑道："你还说别人，我们不也是得到了上位神神格？既然我们可以得到，别人自然也有办法得到。"

"也对。"林雷点头说道。

一段时间后，林雷他们三人终于将所有空间戒指内的物品大致清了一遍，着重统计了墨石、湛石、神格等物品。

"我们现在差不多拥有一亿两千万块墨石，不包括那四枚上位神神格。"林雷说道。

四枚上位神神格，一枚是从玉兰大陆带来的，一枚是黑衣卫的，还有两枚是在空间戒指中发现的。

"迪莉娅，"林雷看向迪莉娅，"我本来想为你购买一枚风属性上位神神格，没想到我们自己就得到了。那你尽早把这枚神格给炼化了吧。"

林雷将那枚风属性上位神神格递给了迪莉娅。

迪莉娅走的是炼化神格的道路，林雷自然会把这枚风属性神格给迪莉娅，希望她早点达到上位神境界。

林雷和贝贝走的是独力成神的道路，靠自己领悟元素法则，这不是一朝一夕就能成的，也不可能在短时间内达到上位神境界。

"嗯。"迪莉娅微微点头。

贝贝还在翻看一些物品，毕竟清点的时候，他不是每样物品都认真看了的，比如书籍。

"老大，你看这是什么？"贝贝喊道。

林雷转头看去，只见贝贝手中捧着一本厚厚的书，封面上有"七元素法则奥义简述"几个大字。

第479章
护送任务

"七元素法则奥义简述"。

见到封面上的字，林雷心中一惊。

林雷如今最大的问题，就是对元素法则中的许多奥义都一无所知。

元素法则中的奥义，他人无法传授，只能靠修炼者自己领悟。

若是知道元素法则中蕴含了哪些奥义，就相当于知道了修炼方向，至少在修炼的道路上不会走弯路。

"贝贝，给我看看。"林雷连忙说道。

"我就知道老大想看这本书。"贝贝笑着将这本书抛给了林雷。

林雷接住这本书，开始翻看，然后翻到了《地系元素法则篇》。

原来，地系元素法则蕴含了六大奥义，分别是土之元素、力量、地行术、生之力、重力空间、大地脉动。

这一节对地系元素法则的六大奥义进行了简单的介绍，还有如何运用六大奥义的方法。

"大地脉动这么用？"林雷看了摇头，"估计写这本书的人对大地脉动也只了解了个皮毛。"

林雷是通过领悟大地脉动成神的，自然可以看出书中内容的真实性。

书中的那些运用方法是极为简单的。写这本书的人或许只知道个皮毛，或许不愿意写得那么详细。

林雷根本不在意运用方法，在意的是对元素法则中奥义的描述。

"原来如此。"林雷看到关于力量奥义的描述后，赞叹不已，"我原以为地系元素法则中有'厚重'这一说法，原来这只是力量奥义的一个方面。"

力量奥义是地系元素法则中关于物质攻击方面极为厉害的一种奥义，十分复杂。

林雷认真地阅读着，感觉不到时间的流逝。

"原来那是地行术。"林雷喃喃道，"当年，奥布莱恩帝国的磐石剑圣黑德森已经摸到地行术奥义的边缘了。"

那时，黑德森轻松一步就到了数十米外，令林雷他们很惊讶。

其实，那只是地行术奥义最简单的展现。

若是领悟了地行术，修炼者可以将自己与地系元素融合，快速移动到另外一个位置。在外人看来，这就好像瞬移一样。

在看了有关地系元素法则的六种奥义后，林雷开始看《风系元素法则篇》。

风系元素法则蕴含的奥义最多，一共有九种，分别是风之元素、分身术、声波、声乐、风行术、风之空间、次元、快、慢。

这九种奥义由不同的强者施展出来，威力各不相同。

"风之空间原来是这样的。"林雷看得双眼放光。

"次元不愧是风系元素法则中最强的物质攻击啊！"林雷感慨道。

"原来，书中提到的这些奥义只是元素法则中最基本的奥义。在同一元素法则中，不同的奥义是可以融合的，而融合后的奥义运用到攻击中，威力更大。"林雷恍然大悟。

许久——

"嗯？"林雷疑惑地看向四周，"怎么没光了？"

"老大，天都黑了。"贝贝笑了起来，"你已经看了大半天。"

林雷抬头，天上果然有一弯紫月。

"哈哈！"林雷不禁笑了起来，"这本书还真是好东西，虽然对我的领悟没有帮助，但是让我知道了修炼的大概方向。"

林雷明白，领悟元素法则中的奥义还是要靠自己，并不是看了一本书就可以了。

就像现在，他知道了地行术是要将自己与地系元素融合，可是要怎么融合？

这具体的融合方法无法用文字描述出来，只能靠修炼者自己去领悟。

第二天清晨，林雷他们三人出发前往紫荆城堡。

"前往幽蓝府，最起码要知晓地狱的详细地理信息，这样才能确定路线。"林雷现在只知道地狱有五块广袤的陆地，有星辰雾海和混乱之海。

他只知道要去血峰大陆的幽蓝府，得先离开紫荆大陆，然后穿越茫茫星辰雾海，才能抵达血峰大陆。

林雷边走边思考，不知不觉，他们就到了紫荆城堡。

这一次，林雷他们三人想翻阅相关书籍，了解地狱的详细地理信息。

在第一层大厅内，林雷他们三人没有看到摆放书的柜台，便询问了服务人员。

原来，书籍被放在了大厅边上的一些独立房间内。

林雷他们三人进入了其中一间房。

"这么多书！"贝贝看着那一摞摞书，惊叹道。

"仔细找找关于地狱详细地理信息的书吧。"林雷说道。

于是，林雷他们三人开始仔细寻找起来。

这里讲述地狱地理信息的书有不少，有专门讲述烨暮府的，也有专门讲述紫荆大陆的。

不过，详细讲述整个地狱地理信息的书，林雷目前只找到一本，还是一本简略的地图性质的书。

林雷需要的不单单是地图，他希望书中还能讲述地狱中的险地等信息。

他们三人的实力在地狱中不算强，如果误入险地，那就糟糕了。因此，他们还是事先知道一些险地较好。

"林雷、贝贝，你们过来看看。"迪莉娅突然喊道。

林雷、贝贝立即走过去。

迪莉娅捧着一本足有五六厘米厚的暗红色书，上面有"地狱概况"四个大字。

贝贝咂嘴，说道："就这么厚？我这本讲述烨暮府的书就有这么厚了。"

"这本书能有这么厚不错了，估计不是简单的地图。"林雷笑着从迪莉娅手中拿过那本书。

林雷略微翻了一下，果然，和他想的差不多。

"差不多了。这本书已经对地狱的五块陆地、两大海洋，一百零八府做了大概介绍，还介绍了每一府的十座城池以及一些危险区域。"林雷说道。

地狱实在太大了，如果把每个地方都详细地介绍一遍，那这本书得有多厚？

"这多少钱？"林雷看向不远处穿着紫袍的服务人员。

那服务人员走过来，瞥了一眼，笑着说道："一百块墨石。"

"嗯。"林雷立即取出一百块墨石给对方。

对于如今拥有上亿块墨石资产的林雷他们三人而言，一百块墨石的确算不了什么。

可是林雷他们三人也明白，他们这点资产不算多，因为一个死神傀儡就价值一亿块墨石。

在地狱中，一些高等级的金属生命就价值上亿，而城池内的一些豪宅甚至价值数十亿。

他们现在拥有的财富，只是能让他们过得不错而已。

"对了，这里怎么没有关于元素法则奥义的书呢？"林雷询问服务人员。

"那种书放在第二层大厅的独立房间内。那里的书，一本通常要好几千块墨石，好一些的甚至要上万块墨石。"服务人员说道，"你手中这种基础知识类的书是比较便宜的。"

林雷他们三人离开紫荆城堡，选了旁边的一家餐厅用餐。

菜还未上来，林雷便翻阅着《地狱概况》。

"林雷，确定好路线了吗？"迪莉娅询问道。

林雷合上书，微微点头："血峰大陆处于地狱东南方，而我们现在所在的紫荆大陆处于北方。要去血峰大陆，我们首先得抵达紫荆大陆虹阳府的海岸城池。虹阳府的十座城池中，蓝枫城邻近星辰雾海，我们最好先去蓝枫城。"

"按照书中描述，从蓝枫城去血峰大陆的队伍有不少。"林雷说道，"不过，烨暮府帝翼城距离虹阳府蓝枫城四十亿里。"

"四十亿里啊！"贝贝瞪眼，"太远了！去那个蓝枫城就要很长时间，途中还可能遇到危险！"

林雷笑道："没事。我们吃完后就去使徒城堡，接一个从帝翼城到蓝枫城的护送任务，这样会安全一些。"

这种护送任务，一般会由不少使徒一起完成。若是遇到了危险，一群使徒一起上，自然会安全很多。

"接任务？我还没正式接过任务呢。"贝贝有些期待。

"先生，你们点的金鳞薄丝鱼已经好了。"服务人员将一盘泛着金光的美食放在了桌上。

林雷笑着说道："贝贝，别想任务了，先吃了再说。这道菜是你点的吧，要三百多块墨石呢，尝尝感觉怎么样。"

用餐后，林雷他们三人来到了使徒城堡。

尤娜知道三人的来意后，笑着指点他们："接任务要去楼上。一星使徒到三星使徒在二楼接任务；四星使徒到六星使徒在三楼接任务。"

于是，林雷他们三人向使徒城堡二楼走去。

到了二楼，林雷他们三人看到了一排房间，便进入了其中一间房。

室内，一个盘膝坐在地上的青年淡漠地说道："说吧，要接什么任务？"

"护送任务，从帝翼城到虹阳府蓝枫城的。"林雷开口说道，"最好是二星级任务。"

林雷他们三人是一星使徒，最多能接二星级任务。一旦完成二星级任务，他们就是二星使徒了。

青年微微点头，闭眼片刻，旋即一翻手，手中出现了一本卷宗。

他一边翻阅一边说道："从帝翼城到虹阳府蓝枫城的护送任务有十一个，其中二星级任务有三个，你们看吧。"

说着，他将卷宗递给林雷他们三人。

林雷略微一看，确定了一个，说道："这个二十天后的二星级任务吧。"

林雷之所以选这个任务，是因为这个护送任务招收的人很多，单单一星、二星使徒就要招收一百个。

二星级任务：从烨暮府帝翼城到虹阳府蓝枫城，路程大概四十亿里，酬金二十万块墨石。

虽然这个任务路途遥远，但是护送队伍会乘坐金属生命，数十年内能够抵达。

对一星、二星使徒而言，执行任务数十年，获得二十万块墨石，算是极高的报酬了。

"你选这个？"那个青年惊异地抬头看了林雷他们三人一眼。

看到青年的表情，林雷有些疑惑，问道："不可以吗？"

青年没有回复这个问题，只说道："你们的使徒勋章给我一下。"。

林雷他们三人立马将自己的使徒勋章递过去。

青年一翻手，手中就出现了一颗散发出紫色光芒的晶石，他将这颗晶石靠近三枚使徒勋章。

在紫色光芒的照耀下，三枚使徒勋章的表面竟然浮现出了特殊的字迹。

林雷他们三人见了都有些惊讶。

"这是什么？一串数字？"贝贝开口询问道。

青年随意地说道："这是你们使徒勋章的编号，每一个使徒的编号都不一样，根据编号就能确定你们的身份。这上面也有你们的星级。"

说着，青年将林雷他们三人的使徒编号记下了。

记好后，青年将使徒勋章退还给林雷他们三人："好了，你们三人要做的，就是二十天后清晨去城门口。到时候，使徒城堡的工作人员和雇主会专门接待你们，还会查看你们的使徒勋章，确认你们的身份。"

"这任务要缴纳费用吗？"林雷开口问道。

林雷听说大多数的任务在执行之前是要先缴纳费用的。

那青年笑了，说道："这要看什么任务，这种护送任务是不需要缴纳费用的。"

林雷他们三人离开使徒城堡，回到了住处。

"啊，还有二十天就要离开这里了。"贝贝将草帽扔到石桌上，感叹道，"在这里住了这么久，都舍不得这里了。"

林雷却舒了一口气。

在地狱待了这么久，他们三人总算成为使徒了。二十天后，他们将踏上前往幽蓝府的路程。

"林雷，"迪莉娅的脸上带着一丝笑意，"塔罗沙、帝林等人在我们之前就到了地狱。你说他们在地狱的哪里呢？我们这次离开帝翼城，会不会在途中遇到他们？"

"塔罗沙、帝林……"林雷不禁回忆起过去的许多事情。

"塔罗沙和帝林不但是中位神还是神兽，他们那一群人在地狱中至少能自保吧。"林雷看向远方天际，"只是这地狱太大，不知道他们被传送到了哪里。"

从普通的物质位面传送到至高位面，降落地点是随意的。

地狱的范围那么大，如果不是被传送到同一个地方，想要碰到认识的人还真难。

贝贝说道："塔罗沙一行人还好点，至少可以互相照应，奥利维亚可是独自一人来的。当时，奥利维亚只是一个下位神，在地狱恐怕过得更艰辛。"

"没来过地狱，谁知道地狱是怎样的？"林雷淡笑一声，"无数物质位面的强者被传送过来，加上地狱当地的族群，大家为了更好地生存下去，战斗难以避免。"

不过，林雷他们三人此时都很轻松。他们现在不仅拥有巨额财富，还是使徒，在地狱中立足应该没问题。

对前往幽蓝府一事，林雷他们三人也充满信心。

这二十天内，林雷他们三人就安静地修炼着。

很快，二十天就过去了。

清晨，迷蒙的雾气弥漫在帝翼城上空，远处的天空上还有一弯紫月。

林雷他们三人早就起来了，直接前往帝翼城城门口。

"帝翼城啊！"贝贝边走边感叹，"恐怕以后都没机会来帝翼城了。"

"别想那么多。"林雷看到贝贝一副感慨万千的模样就想笑，"前面就是城门口了。"

贝贝眼睛一亮，立即看过去："金属生命呢？我怎么没看到金属生命？"

贝贝看向城门口，看了半天也没看到金属生命的影子。

林雷也感到疑惑。按道理，城门口应该有金属生命。

"出了城门口再说。"林雷说道。

城门口，一个白袍银发青年见到林雷他们三人胸前的使徒勋章，立即走了过来，低声询问道："你们可是接了护送任务，去虹阳府蓝枫城的？"

"是的。"林雷他们三人点头。

银发青年笑着点头："三位先去城门旁边的餐厅二楼，参加此次护送任务的所有使徒都会在那里。"

"城门旁边？"林雷回头一看，"南边那家还是北边那家？"

"南边那家，门口站着和我一样穿白袍的人。你们去，他会接待你们的。"银发青年说道。

林雷他们三人心底疑惑：为什么要去餐厅呢？

不过，林雷他们三人还是去了那家餐厅。

"五位，请稍等一下。"餐厅门口的白袍蓝发青年微笑道。

在林雷他们的身后还有两个使徒。

林雷回头看了一眼，在心中暗道："都是中位神。"

"五位，请随我来。"白袍蓝发青年引领这五人来到了这家餐厅的二楼。

此刻，这家餐厅的二楼已经聚集了四五十人。

在二楼的楼梯口，站着一个黑袍人。

"使徒城堡的工作人员。"林雷一眼就判断出来了，因为那人手中拿着一颗散发出紫色光芒的晶石。

"请五位配合检查。"黑袍人微笑道。

他把散发出紫色光芒的晶石分别靠近林雷他们五人的胸前。在紫光的照射下，使徒勋章上出现了编号以及使徒等级。

黑袍人手中有一本书，上面记录了参加任务的使徒的编号。

经过一一检查，黑袍人确定了这五个人的身份。

"欢迎五位。"黑袍人微笑着点头，让林雷他们五人进入二楼。

一个头上有三根黑色长角的银发老者走过来，微笑道："欢迎五位，我们队伍此次出发时间不是今天清晨，而是傍晚。现在请几位在这里用餐，这里的费用都由我们支付。"

"傍晚？"林雷他们三人虽然疑惑，但是也不在意。

对他们而言，这一点时间不算什么。

林雷、迪莉娅、贝贝便在二楼餐厅寻了一个角落，在一张餐桌旁坐下，随意点了一些菜。

"林雷，我感觉这次的护送任务好像有些特殊。"迪莉娅轻声说道。

林雷微微点头："没错。你看餐厅里的这些使徒，除了中位神，还有很多上位神，而上位神使徒一般都是四星使徒，甚至还有级别更高的使徒。请了这么多使徒，价格可不低啊。"

在使徒城堡发任务，酬金不是想给多少就给多少的，而是有标准的。给一星使徒、二星使徒的酬金还好，而给四星使徒、五星使徒的酬金可就高了。

忽然——

"里尔蒙斯大人！"

"里尔蒙斯大人，你也来了！"

连续几个声音响起。

林雷他们三人不禁转过头看去，只见一个消瘦的青色长发青年走了上来。

顿时，好多使徒站起来迎接，还包括那些上位神使徒。

里尔蒙斯进来后视线一扫，最后看向三个样貌相近且俊美的人，脸上露出了一丝笑容："埃德华兹，你们三兄弟也接了这护送任务，看来我可以轻松些了。"

埃德华兹三兄弟也笑着站了起来。

"里尔蒙斯先生，有你在，估计这一路上就没什么危险了。"三兄弟中的一人开口说道。

那个黑色长角银发老者笑呵呵地走过来："里尔蒙斯先生，还有埃德华兹三位，这次的护送任务就要麻烦四位了。"

黑色长角银发老者眼中根本没有其他使徒。

不过，凡是知道里尔蒙斯和埃德华兹三兄弟的人都不会生气。

因为里尔蒙斯是强大的六星使徒，而埃德华兹三兄弟都是五星使徒。

使徒中，实力最强的七星使徒一般隐藏在各处，很难被人找到，也很少接任务。

六星使徒的实力虽然比不上七星使徒，但是比一般使徒强很多。有六星使徒在，护送任务途中应该不会出问题。

"里尔蒙斯是什么人？"在林雷不远处，有人开始低声议论起来。

看来，不单单是林雷不清楚，还有其他人不清楚。

"里尔蒙斯大人是六星使徒，在我们帝翼城是有名的顶级强者。"

林雷他们三人一惊。

之前在月亮湖城堡中，他们见识到了五星使徒洛伊修斯他们三人的厉害之处。五星使徒就这么厉害了，那六星使徒呢？

林雷他们一大群人在餐厅里吃着美味菜肴。

其间，林雷他们三人知道了接这次护送任务的上位神使徒有近二十个，中位神使徒有近百个。

这么多的使徒，为首的是一个六星使徒。

能让一个六星使徒接受这护送任务，这酬金肯定极为惊人，估计是请一百个中位神使徒酬金的十倍，甚至是百倍。

"这护送任务不一般啊。"林雷心底有些忐忑。

傍晚时分，帝翼城城外。

在黑色长角银发老者的指引下，林雷他们一群人进入了金属生命中。

这一大群人还没来得及坐好，金属生命便开始动了。

唰啦一声，金属生命便消失在天际。

第481章

传言

金属生命疾速前进，在金属生命内部却丝毫感觉不到晃动。

此刻，林雷他们一群人在金属生命的大厅内。

金属生命内部，中央是大厅，大厅后面是靠着金属生命腹壁的一间间房。

"布局不错。"林雷环顾周围赞叹道。

黑色长角银发老者笑着朗声说道："各位，这里是大厅，有免费的美酒供应。我们还专门请了厨师，如果大家想吃什么，可以吩咐他们两个，他们会让厨师帮忙做的。"

说着，黑色长角银发老者指向旁边的两个白袍青年。

大家的脸上都露出了笑容，这个雇主想得还挺周到。

"大厅后面是大家的住处，一共有一百三十间房，大家可以任意选择，一人一间。如果有人想住在一起，让两个房间合并，你们直接吩咐我的金属生命就成。"黑色长角银发老者微笑道，"比如，你们可以说'康登，将这两间屋子合在一起'，康登是我的金属生命的名字。"

众使徒都满意地点头。

"康登，将这两间屋子合在一起吧。"林雷开口说道。

顿时，林雷面前的两间屋子开始发生变化。原本的两扇门变成了一扇门，两间屋子之间的墙壁消失不见，合成了一间大屋子，屋子内的床则变大了一号。

"贝贝，你就住在旁边的屋子吧。"林雷转过头嘱咐道，却看到贝贝目不转睛地看着不远处。

林雷感到惊讶，顺着贝贝的目光看去。

不远处，有一个穿着黑色劲装的青年和一个扎着小辫子的可爱女孩，而贝贝正盯着那个可爱女孩。

"贝贝这是怎么了？"林雷有些不解。

迪莉娅的脸上则是带着笑意："林雷，贝贝会不会是喜欢上人家小姑娘了啊？"

林雷听了，眉毛一扬，仔细看着那个可爱女孩。

那个女孩的眼睛比较大，眼中隐藏着一丝狡黠。

她发现贝贝在看她后，眼睛一瞪，哼了一声，然后转过头说道："哥，那个戴草帽的家伙好讨厌。"

那个青年也看了过来，对着贝贝、迪莉娅、林雷微微一笑。

旋即，他们进入房间。

"贝贝，"林雷喊道，"人家都已经进屋了，还傻站着干什么！"

贝贝在原地站了好一会儿，然后猛地转头看向林雷，喊道："老大，那个女孩太可爱了！"

这一声大喊让远处的一些使徒都看了过来。

林雷、迪莉娅则被贝贝这一声给喊得愣住了。

片刻后，林雷反应过来了。

"先进屋再说。"林雷拎着贝贝的衣领，直接把贝贝拉进了房间。

贝贝双眼发光，激动地说道："老大，我发现了一件事情！"

"发现什么了？"林雷、迪莉娅都笑着看向贝贝。

"我现在非常肯定，"贝贝双手相握，"这世上有一见钟情！"

"我看到她的时候，感觉全身暖洋洋的，灵魂仿佛被攻击了一样，脑子完全是空的。过了好一会儿，我才清醒过来。清醒后，我就明白了，"贝贝激动不已，"我来到地狱的使命就是追求她！"

贝贝拳头一握，眼中满是坚定。

林雷和迪莉娅都笑了。

"笑什么笑？"贝贝哼了声，说道，"老大，你想想，我们在地狱都待这么久了，怎么一接到护送任务就碰到她了呢？这就叫缘分！"

贝贝正了正自己的草帽，理了理自己的头发，朗声说道："我决定了，在抵达蓝枫城之前，我要追到那个可爱的女孩。老大，你们就看着吧！"

旋即，贝贝直接走了出去。

"这贝贝……"林雷根本不知道该说什么好。

迪莉娅笑道："林雷，你别担心，随贝贝去吧。"

"我担心什么？"林雷感叹道，"贝贝从小和我一起长大，这么多年了，能有个喜欢的女孩也好。不过说实话，贝贝刚才就只看了那么一眼，就确定自己喜欢上那个女孩了？"

林雷觉得不可思议。

"贝贝是能用常理判断的吗？"迪莉娅笑道。

不管怎么样，林雷还是很开心的，至于贝贝喜欢谁，那是贝贝的事情，他总不能干涉。

金属生命内部的生活很安稳，虽然他们途中偶尔会遇到一些不开眼的强盗，但是一大群使徒站出去，那些强盗就吓得四处乱窜了。

转眼便过去了六年。

这六年，迪莉娅以炼化上位神神格为主，林雷继续研究元素法则中的奥义。

至于贝贝，心思全在那个可爱女孩的身上。

贝贝主动"出击"，很快就和那个可爱女孩熟悉起来，知道了可爱女孩叫妮丝。

他们两个都古灵精怪的，相互闹起来反而十分有趣。

妮丝的哥哥没有反对他们在一起。

现在，大家都知道这对小情侣了。

金属生命内部的一间屋子内，林雷和迪莉娅在修炼。

三个林雷盘膝坐在地面上，分别是穿着土黄色长袍的地系神分身、穿着淡青色长袍的风系神分身以及穿着天蓝色长袍的林雷本尊。

林雷的地系神分身研究地系元素法则中的奥义，已经领悟到重力术奥义了，但是还没领悟到重力空间奥义。

林雷的风系神分身研究风系元素法则中的奥义，对快、慢、声波、声乐四大奥义的领悟越来越深入。特别是快、慢奥义，林雷估计按照现在的速度，数十年后，可以将这两大奥义练至大成。

林雷的本尊则在努力领悟火系元素法则。

当初在玉兰大陆位面，林雷就已经测过元素亲和力了。他的地系、风系元素亲和力超等，火系中等。

如今，林雷已炼成地系神分身和风系神分身，但是他不会放弃提升实力的机会，本尊便开始领悟火系元素法则。

"我一直领悟不到重力空间奥义，却领悟到了火系元素法则中的奥义。"林雷自嘲道，"不过，那是火系元素法则中最简单的火之元素奥义。"

"领悟火之元素奥义和领悟土之元素奥义有些类似。"林雷因为之前领悟了土之元素奥义，所以领悟火之元素奥义便轻松了一些。

片刻后——

"林雷，你醒了。"迪莉娅睁开了眼睛。

"修炼得怎么样了？"林雷起身问道。

"还好吧，我现在领悟了风系元素法则中的五种奥义了。"迪莉娅说道。

风系元素法则一共有九种奥义。未炼化上位神神格时，迪莉娅就通晓四种奥义了。花费六年，迪莉娅只领悟了一种奥义。

"走吧，我们出去吃些东西，喝一杯。"林雷说道，然后和迪莉娅并肩走出屋子。

金属生命内部很安静，大多数使徒在自己屋内修炼，大厅中的使徒也就数人而已，不过，其中肯定有贝贝和妮丝。

"林雷、迪莉娅，真巧啊，你们也出来了。"从林雷旁边屋子内走出来一人，正是妮丝的哥哥萨洛蒙。

"的确蛮巧的。"林雷笑道，"走，我们去喝一杯。"

萨洛蒙身为妮丝的哥哥，也是一个上位神。不过，林雷猜测萨洛蒙只是一般的上位神。因为这支护送队伍中，最强的还是那个六星使徒以及三个五星使徒。

林雷他们三人朝贝贝、妮丝走去。

此刻，贝贝和妮丝在嬉闹着。

"妮妮，为什么有人说你们女人既美丽又愚蠢呢？"贝贝正坐在椅子上，看向一旁的妮丝。

妮丝思考片刻，说道："啊，我知道了！"

"亲爱的妮妮，说吧。"贝贝深情地看着妮丝。

妮丝小鼻子一皱，说道："女人美丽是为了让你们男人爱上我们啊。至于女人愚蠢，估计是为了让我爱上你啊！"

贝贝一瞪眼，说道："愚蠢才爱上我？"

"不愚蠢怎么会爱上你？"妮丝一副疑惑的表情。

"唉！"贝贝苦恼地一拍脑袋，他怎么总是说不过妮丝呢？

林雷他们三人听到二人的对话，不禁笑了起来。

贝贝转头看着林雷，惊讶地说道："老大！"

"哈哈，你们继续聊，我们坐到一边。"林雷笑着说道。

大厅中的餐桌是比较小的圆形餐桌，一般只能围坐三人，坐四人就有些拥挤了。

林雷、迪莉娅、萨洛蒙在大厅角落选择了一张餐桌，然后坐了下来。

"林雷，这贝贝还真是蛮可爱的。"萨洛蒙笑道。

旋即，萨洛蒙思考起来，然后竟然施展神之领域，将林雷、迪莉娅包裹在神之领域内。

"嗯？"林雷、迪莉娅疑惑地看向萨洛蒙。

萨洛蒙说道："林雷、迪莉娅，我想说一些事情，不过不能让别人听到。"

林雷、迪莉娅惊讶地看着萨洛蒙：什么事情需要如此隐秘？

"知道这个传言的人极少，看在我妹妹的分上，我就告诉你们吧。"萨洛蒙的表情严肃起来。

"传言？"林雷、迪莉娅心底疑惑。

萨洛蒙缓缓说道："你们知道这支护送队伍是从哪里出发的吗？"

"从哪里出发？"林雷皱着眉说道，"不是帝翼城吗？"

"不是。"萨洛蒙摇头说道，"据我所知，这支护送队伍是从遥远的峰岩府出发的。"

"峰岩府！"林雷大惊。

峰岩府在紫荆大陆西部，烨暮府在紫荆大陆中部，虹阳府在紫荆大陆东部。这支护送队伍是要横穿紫荆大陆啊！

"对。"萨洛蒙严肃地说道，"听说原本的那支护送队伍在途中遇到了敌人，使徒们几乎都没了，只活下来几个。因此，雇主在我们帝翼城又雇用了一批使徒。"

林雷、迪莉娅一惊。

仅仅片刻，林雷就发现了不对之处："你知道还来？"

"首先，这是传言。"萨洛蒙苦笑道，"其次，我也是在半年前才知道这个传言的。"

现在，这金属生命已经在空中飞行了六年，萨洛蒙既然是半年前知道这个传言的，那就是在这金属生命中听其他人说的。

"这只是传言罢了。"林雷说道。

萨洛蒙摇头低声说道："别不相信。你们想想，当初他们为什么让我们在餐厅集合，而不是在城门口集合？为什么非要等到傍晚才出发？为什么我们进入金属生命内部后还没有坐好，金属生命就立即出发了？"

林雷一听，觉得有些道理。

"所以，小心点准没错。"萨洛蒙低声说道，"若遇到危险，那些敌人对我们应该不会太狠，我们直接逃掉就行。保住性命最重要，任务失败只是没了酬金罢了。"

林雷、迪莉娅微微点头。

之后，萨洛蒙解除神之领域，三人便喝酒随意闲谈了。

忽然，一道神识掠过整个金属生命。

林雷和迪莉娅没有察觉到，萨洛蒙却脸色一变，低声说道："神识探察？"

"神识探察？"林雷也是一惊。

试探

林雷、萨洛蒙等人瞬间就消失在圆桌旁，出现在金属生命一侧的透明部分处，透过透明金属朝外面看去。

只见数百人站在半空，为首之人身形修长，头发花白，面容俊秀，看起来是一个年轻人，背上还背着一柄剑。

"背着剑？"林雷有些疑惑。

在地狱中，强者很少会将兵器背在身上，大多数会将兵器收在空间戒指内。

"这么多上位神！"俊秀青年脸色一变。

作为方圆百万里内极为出名的强盗团伙首领，他自然知道什么队伍能动手，什么队伍不能动手。

"大人，我们动不动手？"俊秀青年后面的中年人低声问道。

俊秀青年立即转身："动手？动什么手？所有人，撒！"

顿时，数百人就散开了，而金属生命没有受到任何影响，继续前进着。

金属生命内部。

林雷和萨洛蒙坐回了原来的位子。

萨洛蒙淡笑道："看来是我紧张了，那些强盗比我想象的还要胆小啊。我们的人都没出去，他们就吓得散开了。"

林雷刚才也吓了一跳。

之前，萨洛蒙感知到了神识，可他没有发现。显然，用神识探察这里的是上位神。

对林雷而言，这种事情就足以引起他警惕了。

"萨洛蒙先生，"迪莉娅开口说道，"你不用紧张。不管强盗有多厉害，我们这金属生命上不是还有里尔蒙斯大人吗？有他在，轮不到我们操心。"

迪莉娅一点也不担心。

萨洛蒙赞同地点了点头。

"迪莉娅，不能这么说。"林雷却说道。

"嗯？"迪莉娅看向林雷。

林雷提醒道："强盗团伙几乎都是中位神。一般说来，拥有上位神的强盗团伙算是很厉害的团伙。如果一个强盗团伙中有好几个上位神，那么这个团伙的中位神肯定也多。"

迪莉娅、萨洛蒙点了点头。他们刚才碰到的强盗团伙虽然只有一个上位神，但是有数百人马。

"如果他们真的冲过来，我们有里尔蒙斯他们，自然不用怕那个上位神，可是对方数量多，我们就得和一群中位神战斗了。"林雷无奈地说道，"毕竟我们的中位神使徒也就近百个。"

经林雷这么一说，迪莉娅才意识到这一点。如果遇到群体战，里尔蒙斯一人能同时解决几个敌人？就算里尔蒙斯游刃有余，他会出手帮其他人吗？

"看来，我们真的要小心点。"迪莉娅说道。

"老大，你们在说什么呢？"贝贝和妮丝走了过来。

林雷见到贝贝、妮丝，不由得笑了起来："贝贝，我发现你和妮丝长得有点像呢。"

"是吗？"贝贝满脸疑惑，片刻后恍然大悟，"啊，我明白了！老大，你有没有发现，你和迪莉娅也有点像呢。"

林雷一怔，不禁看向迪莉娅。

"这就叫夫妻相啊，难怪我和妮妮也有点像。"贝贝眨了眨眼睛，看向旁边的妮丝，"妮妮，你说对吧？"

妮丝哼了声，但是眼中有一丝喜意。

林雷和萨洛蒙相视一眼，不禁笑了。

蓝枫城与帝翼城相距四十亿里，这是直线距离，而金属生命不一定沿直线前进，有时会为了避开一些危险地方而绕路。

总的来说，在金属生命中还算是安全的。大多数强者在各自的房间内安静地修炼。

转眼又过去了四年。

林雷和迪莉娅的房间内。

林雷突然睁开了眼睛。

迪莉娅也睁开了眼睛，问道："林雷，怎么了？"

"迪莉娅，我遇到瓶颈了，与风系元素法则中由快、慢奥义融合的速度奥义有关。"林雷表情古怪地说道。

"瓶颈？怎么可能？"迪莉娅大吃一惊。

对林雷而言，只有在由快、慢奥义融合成的速度奥义即将大成时才会遇到瓶颈。在此之前，他只是领悟速度慢，按道理不会遇到瓶颈。

"林雷，你上次不是说，由快、慢奥义融合成的速度奥义估计要二三十年才能大成吗？"迪莉娅询问道。

"迪莉娅，之前我确实是这么推测的。"林雷摇头笑道，"不过现在看来，我想错了。这元素法则中的奥义并非我想的那样越深入研究越难。

"当初，我没有分开领悟快、慢奥义，而是一起领悟的。一开始，领悟速度确实慢。渐渐地，领悟速度越来越快了。现在，快到快、慢奥义完全融合的关键时刻了。"林雷说道，"不过，我现在卡住了。"

　　迪莉娅听后不是很懂。

　　作为风系中位神，迪莉娅也领悟到了快、慢两大奥义，可是，她不懂如何融合快、慢两大奥义。

　　"走，我们出去吃些东西。"林雷打算先放松心情，然后再去修炼。

　　"神识探察。"林雷忽然眉头一皱。

　　就在刚才，一道中位神的神识掠过金属生命。

　　迪莉娅笑道："途中，用神识来探察这金属生命的强者还真多，连中位神也敢用神识探察。若是我们人少实力弱，对方估计会直接动手了。"

　　"别管他们了。"林雷对这些强盗也厌烦了。

　　对于强盗团伙的神识探察，金属生命中的众人已经习以为常了。他们懒得理会，就算他们追出去，恐怕也追不到几个。

　　今天，又有一个上位神的神识掠过金属生命。

　　金属生命内的使徒们修炼的修炼，喝酒的喝酒，聊天的聊天，丝毫不在意。

　　"大家撤！"

　　一个银色鬈发青年带着近百个手下俯冲，进了下方的一条山脉中。

　　金属生命则依旧前进着，丝毫没有减速。

　　在那条山脉深处，汩汩声响起，溪水流淌着。

　　"等了这么多年，终于让我等到了。"银色鬈发青年站在溪水边，他的身后正恭敬地站着一个黑袍壮汉。

　　"黑德！"银色鬈发青年冷冷地说道。

　　"大人。"黑袍壮汉躬身回应。

银色鬈发青年郑重地说道："你立即通知伊尼戈少爷，告诉他我们发现了那两个老家伙的队伍。只要少爷知道那个金属生命经过了我们这里，就能判断出那个金属生命接下来会经过的大概区域。"

"是，大人。"黑袍壮汉微微点头。

数亿里外，兰赤城内的一家酒店被数百人集体包下了。

酒店中的一套庭院内，一个红色长发青年正坐在椅子上，翻阅着一本厚厚的书。他旁边的仆人恭敬地说道："少爷，黑德在外面求见。"

"黑德？"红色长发青年眉头一皱，"黑德是谁？"

"传达信息人员中的一个。"仆人恭敬地回道。

在地狱中，用来传达信息的人一般都拥有神分身，这样便于信息的传递。

比如，神分身在烨暮府，本尊在虹阳府。虽然两具身体相距数十亿里，但说到底还是同一个人，只要其中一个身体知道了消息，另一个身体肯定也会知道。

"终于找到那两个老家伙了？"红色长发青年顿时大喜，"快让他进来。"

"是。"仆人回复。

一个和黑德一模一样的男子进入庭院，恭敬地单膝跪下："伊尼戈少爷，帕吉特大人让我告诉你，那两个老家伙的金属生命刚刚经过了帕吉特大人所在的区域。"

伊尼戈听后大喜，一翻手，一幅巨型地图就出现在了桌上。

"经过了帕吉特那里，看来，那两个老家伙的队伍经过了尼斯弯山脉，他们既然选择了这条路，那么接下来会经过布伦河。"伊尼戈看着地图，脸上露出了一丝笑容，"我到处撒网，终于发现这两个老家伙了。"

伊尼戈喃喃道："不知道那两个老家伙请的使徒实力怎么样。嗯，先试探一番。"

"你立即告诉维奥纳，让他准备的人马去布伦河附近。那两个老家伙肯定会经过他们那一带区域。"伊尼戈立即吩咐身旁的仆人。

"是，少爷。"仆人退下。

此刻，庭院中只剩下伊尼戈一人。

伊尼戈微微眯起眼睛，喃喃道："那两个老家伙带着他们主人家族的所有财富跑到这紫荆大陆，肯定所图不小。"

旋即，伊尼戈又冷冷地说道："不管他们图谋什么，只要我能得到他们携带的惊人财富，那就能大赚一笔。"

伊尼戈的脸上满是笑容。

"古老的博伊家族到底拥有多少财富呢？"伊尼戈眼中满是憧憬。

"伊尼戈。"一个苍老的声音忽然响起，一个穿着青袍的银发老者出现了。

"啊，老师。"伊尼戈连忙说道。

青袍老者说道："伊尼戈，你这次带这么多人马过来，又花费了那么多钱财，如果最后落得一场空，那就……"

"老师，"伊尼戈低声说道，"你尽管放心。如果失败了，只是我的财富没了，可如果成功了……老师，那是博伊家族的所有财富啊！"

"是博伊家族无数年积累的财富啊！"伊尼戈想想就心颤。

青袍老者却皱着眉说道："伊尼戈，你想想，他们携带这惊人财富为什么没有隐藏起来，反而请那么多使徒来护送？看起来，他们似乎还想回到碧浮大陆。"

伊尼戈眉头一皱："对此，我也觉得奇怪。"

"如果是我，得到那笔惊人财富后早就逃得无影无踪了。"伊尼戈笑道，"不过老师，现在我已经发现了他们的踪迹。只要解决了那两个老家伙，夺得那空间戒指……"

"希望能成功吧。"青袍老者说道。

第483章
人多势众

金属生命稳定地飞行着。

林雷在房间内透过透明金属部分看向窗外。

在下方的无边大地上，有人类、兽人、魔兽，总之有很多族群。

"那些只达到了圣域境界。"林雷一眼就能判断出来。

在地狱中，圣域级强者很多，遍布地狱各处，只是他们的生命不能得到保障。

"如果当年我初入圣域境界就来这地狱，那就惨了。"林雷在心底暗道，"那时霍丹就想让我进入地狱，完全没安好心啊。"

"林雷，在想什么呢？"迪莉娅询问道。

"没什么。"林雷笑着摇了摇头，"迪莉娅，我们在这金属生命上已经十年多了吧，时间过得真快。"

"是啊，都十年多了，估计再过十年就到蓝枫城了。希望你在到达蓝枫城之前，风系神分身能达到中位神境界。"迪莉娅笑道。

"风系神分身达到中位神境界？"林雷可没把握。这突破瓶颈说快也快，说慢也慢，他无法确定。

另一边——

萨洛蒙和妮丝在一个屋子内。

"哥，找我干吗？"妮丝笑着看向自己的哥哥。

此刻，妮丝戴着一顶草帽，是贝贝送给她的。

"妮丝，你真的想跟那个贝贝在一起？"萨洛蒙声音低沉，严肃地询问道。

妮丝脸上的笑容一收，点头郑重地说道："哥，我本来就不想去碧浮大陆，只是舍不得哥你。一想到当年我们在碧浮大陆的遭遇，我就……"

妮丝不禁双拳紧握。

萨洛蒙叹了一口气，说道："我明白，现在我想问问你，你是认真的吗？"

"哥，贝贝很好。他虽然喜欢开玩笑，但是对人很真诚，对我也很好。和贝贝在一起，我觉得很快乐，没有一点烦恼。"妮丝说着，脸上有了笑容，"我不开心时，贝贝会哄我。哥，你别看贝贝喜欢开玩笑，其实他很聪慧。我情绪的变化，他都很清楚。"

"我很喜欢和贝贝在一起的感觉。"妮丝看着自己哥哥，"哥，对不起。"

萨洛蒙低沉地说道："你是不打算和我回碧浮大陆了？"

"不去了。"妮丝摇头说道。

萨洛蒙沉默了，他和妹妹妮丝在一起那么多年，自然也舍不得她。

"哥，对不起。"妮丝低声说道。

萨洛蒙摇头笑道："现在回碧浮大陆本来就有些危险，也好，你就先跟贝贝走吧。等我在碧浮大陆将一切都安排好了，你和贝贝有时间再去碧浮大陆找我。"

"哥！"妮丝兴奋地抱住萨洛蒙。

"呵呵，"萨洛蒙笑了起来，"好了，好了。不过，和贝贝他们在一起后，你还是要小心，毕竟哥不在你的身边。"

"知道了，哥！"妮丝连忙说道，"放心吧，到时候我们再找一个去碧浮大陆的普通护送任务，不会有危险的。你看这次的护送任务，我们在金属生命上都待了十年，还好好的呢。"

轰的一声，金属生命猛地一震，妮丝和萨洛蒙不禁一晃。

金属生命突然变化成人，而原本在金属生命内部的所有人此刻都悬浮在半空，一脸茫然。

前方，大量的神级强者凌空而立，让林雷一方中的一些一星使徒、二星使徒脸色一变。

"老大，这有多少人啊？"贝贝眼睛瞪得滚圆。

"看起来差不多有一万人，"林雷在心中暗道，"不是中位神就是上位神。这么一大群人如果一起冲过来，那后果……"

林雷心里不禁咯噔一下。

"贝贝，我们尽量在一起不要分开。迪莉娅，你过会儿就使用死神傀儡。"林雷连忙吩咐道，"这个时候，我们尽量保住性命，坚持到那个六星使徒来吧。"

"妮妮，过来！"贝贝立即喊道。

"贝贝！"妮丝脸上带着笑容，激动地飞向贝贝。

萨洛蒙也飞了过去，和林雷他们在一起。

萨洛蒙有些担忧，低声说道："这次麻烦了，这么多人。即使是上位神，被数百个中位神围攻也会很危险，更别说这里除了中位神还有不少上位神。"

"各位！"一个爽朗的声音响彻天地，"你们阻拦我们无非是为了钱财。今天，我们不想和你们战斗，这样对大家都没好处。你们说个数，只要在我的承受范围内，我立即把钱财奉上给各位，如此可好？"

说话的正是那个黑色长角银发老者。

黑色长角银发老者表面显得很镇定，心里却在暗骂："这地方什么时候冒出了近万人的强盗团伙？竟然有二十个上位神，我根本就没听说过！"

"哈哈！"强盗团伙为首的红袍壮汉大笑道，"看你爽快，我们也不为难你们。我们这群兄弟一共一万人。这样吧，你就给我们一百亿块墨石，如何？"

一百亿块墨石！

听到这个数字，黑色长角银发老者吓了一跳。

"一百亿块墨石！"黑色长角银发老者讶异地看着那个红袍壮汉。

"一百亿，"贝贝嘀咕道，"要价还真是够狠啊！"

林雷听到这个数字，想到自己拥有的一亿多块墨石，在心中暗道："人家随便开口就是一百亿，看来，我那点钱财还真算不了什么。"

"这位兄弟，一百亿块墨石是不是高了些？"黑色长角银发老者的语气强硬了些，"一百亿块墨石，我无法承受，价格最好低一些……"

黑色长角银发老者盯着那个红袍壮汉。

"无法承受？"红袍壮汉环顾周围，大笑道，"兄弟们，听到了吗？"

"哈哈！"他这一方的大量神级强者都笑了起来。

红发壮汉陡然喝道："给我上！"

"冲啊！"

"上啊！"

一时间，这些强盗高呼起来。

同时，他们施展出各自的招式，或是无形的灵魂攻击，或是肉眼可见的物质攻击。仅仅片刻，天空中便有无数的剑影、刀影、元素巨兽等。

面对这突如其来的进攻，林雷他们一群人不由得脸色剧变。

"退！"林雷低喝道，同时与迪莉娅、贝贝、妮丝、萨洛蒙疾速朝斜下方坠去。

即使他们退的速度快，也不得不面对强盗团伙的物质攻击、灵魂攻击。

无奈，林雷他们只能靠身法闪躲。

嗖的一声，死神傀儡出现，挡在了林雷他们几人的最前面。

只见两道剑气狠狠地劈在了死神傀儡的身上，死神傀儡的表层皮肤立即炸裂开来，露出了内部的金属身躯，金属身躯丝毫无损。

可是，数道灵魂攻击无视死神傀儡，轻易穿过了死神傀儡的身体。

"迪莉娅！"林雷立即挡在迪莉娅的身前，一道灵魂攻击进入了林雷体内。

"妮妮！"贝贝赶紧挡在妮丝的身前。

妮丝一时间愣住了。

"林雷，没事吧？"迪莉娅有些担心。

林雷转过头对她一笑，说道："迪莉娅，你还不知道我的实力？"

林雷擅长灵魂防御，这远距离的一道灵魂攻击怎么可能伤得了他？

"贝贝，贝贝！"妮丝紧张得不得了，眼中甚至还有泪花，"贝贝，你没事吧？"

妮丝快哭了。她虽然和贝贝相识这么久了，但是不知道贝贝的实力，只知道贝贝是一个中位神。

贝贝却抱住妮丝的腰，说道："逃了再说。"然后，他直接朝下方冲去。

妮丝顿时露出了惊喜的笑容。

"这小子……"萨洛蒙赞许地微微点头，"看来，可以把妹妹放心交给他了。"

很快，护送队伍的所有使徒都四散逃开了。

"哈哈，一个都逃不掉。上！上！"那个红袍壮汉咆哮着。

强盗团伙中，几个上位神分别率领着各自的小队去追逃逸的使徒，而剩下的上位神则带着近五千个中位神朝那个黑色长角银发老者冲去。

其实，这个护送队伍的雇主不单单是那个黑色长角银发老者，还有一个白色长角银发老者。

两个银发老者相视一眼。

"里尔蒙斯先生，三位埃德华兹先生，看你们的了。"黑色长角银发老者开口说道。

"放心。"里尔蒙斯淡然说道。

埃德华兹三兄弟同样信心十足。

林雷、迪莉娅、贝贝、妮丝、萨洛蒙此刻正被数百个中位神追杀。

"想追上？"林雷牵着迪莉娅，速度陡然飙升。

如今，林雷修炼的由快、慢两大奥义融合的速度奥义离大成不远了，他现在的速度远超普通中位神。

贝贝的速度同样惊人，他牵着妮丝疾速飞行。

至于萨洛蒙，他身为上位神，速度自然不会慢。

很快，他们五人就将追杀他们的数百个中位神甩掉了。

"人多还真是麻烦。"萨洛蒙苦笑道。

面对数百个中位神，他有可能全部解决这些中位神，也有可能被解决，毕竟对方的中位神太多了。

若是被数十道灵魂攻击同时击中，他即使再厉害也要完蛋。

"贝贝。"妮丝小脸红红的，看着贝贝，"谢谢。"

贝贝立即笑了起来："妮妮，谢什么？咱们俩什么关系，还用说谢吗？"

妮丝看到贝贝脸上的表情，故意哼了一声。

看到这一幕的林雷、迪莉娅、萨洛蒙，脸上也不禁露出了笑容。

"又来了一群中位神，快走！"林雷突然神识传音。

中位神实在太多了，林雷他们五人刚刚躲过一支数百人的队伍，现在又被另外一支队伍盯上了。

不过在速度上，他们还是占有优势的。

嗡的一声，整个天地突然一颤，透明的空间波纹散开来，所过之处，树木、石头直接化为齑粉。

　　林雷他们五人吃惊地抬头朝上方看去，战场上幸存的使徒以及近万个强盗也都抬头看向上方。

　　里尔蒙斯持剑凌空而立，十余个上位神同时从半空坠落。

　　在坠落过程中，有八个上位神的神分身逃了出来。

第484章
剑意

顿时，战场一片安静。

十余个上位神竟然同时被一招解决，这简直是不可思议的一件事情！

"怎么可能？"林雷眼睛瞪得滚圆，"即使施展灵魂攻击，最多也只能攻击一个人。刚才到底发生了什么？"

林雷现在很后悔，后悔没看到刚才的那一剑。

"逃啊！"

"逃啊！"

八个上位神的神分身从下坠的身体中蹿出来，惊恐地大喊着，向四周逃去。

见识到了刚才那可怕的一剑，他们连一点反抗的勇气都没有了。

"太强了，太可怕了。"这些上位神感受到了死亡的恐惧。

"逃？"里尔蒙斯淡漠地看着那八个逃逸的神分身，脸上露出一丝冰冷的笑意。

陡然，他再次挥剑。

一刹那，八道黑色剑影划破长空，分别袭向不同方位的八个神分身。

很快，那八个神分身也开始坠落。

看到这一剑的林雷瞳孔一缩，脑海中回忆着刚才的场景。

那是无敌的一剑！

挥剑的一瞬间，那种快到极致、仿佛火山爆发的剑意爆发出来，让人完全无法抵挡。凡剑影所过之处，什么都不剩。

"这是毁灭规则？"林雷喃喃道，"不太像，好像……"

林雷越想深入研究，疑惑反倒越来越多了。

强盗团伙的首领——红袍壮汉，早就逃之夭夭了。

刚才，他喊打喊杀，冲过去的都是他的手下，他本人一直在队伍中没有冲出来。

见到那充满毁灭气息的一剑后，他立即选择了逃跑。

"好可怕的家伙！那一剑就解决了十几个上位神！"红袍壮汉心有余悸，"我如果逃得慢，恐怕也被那个可怕的使徒解决了。那两个老家伙怎么请了这么厉害的使徒？"

红袍壮汉的眼睛微微眯起："这个使徒如此厉害，恐怕这一次要请少爷的老师亲自出马了。"

"哼！"红袍壮汉掉头看了一眼，"那些愚蠢的家伙，以为我维奥纳的金钱那么好赚，有命拿钱，没命花钱啊。可惜，少爷给我的十二个上位神都没了。"

这个红袍壮汉是伊尼戈的手下维奥纳。

至于那强盗团伙，是维奥纳花钱邀请的几大强盗团伙形成的一个团体。

维奥纳当时就带了十二个上位神，加上其他强盗团伙中的七八个上位神，他们这团伙的规模就大了，实力也不错。

可惜现在……

"赶快回去，让那小子立即通知少爷。"维奥纳朝自己的住所飞去。

维奥纳在另一处的神分身开始行动起来。

里尔蒙斯的那一剑彻底震慑住了强盗们。仅仅片刻，周围就已经没有一个强盗了。

"逃得还真快！"贝贝哼了声。

"这里尔蒙斯……"萨洛蒙也震惊地看着半空的里尔蒙斯。

里尔蒙斯依旧一脸冷漠，似乎刚才没经历过什么。对里尔蒙斯而言，这的确不算什么。

"林雷。"迪莉娅轻声喊道。

林雷现在还沉浸在对刚才那一剑的领悟中，哪会注意到迪莉娅的喊声？

"咦，老大怎么了？"贝贝也发现了林雷的不对劲。

旁边的妮丝笑道："贝贝，你老大是不是被刚才里尔蒙斯的一剑给吓坏了啊？"

贝贝说道："才不是呢，我老大应该是有所领悟了。"

过了一会儿，林雷有反应了。

"林雷，没事吧？"迪莉娅问道。

"没事。"林雷笑着摇头，"我刚才只是想到了一些东西，还以为自己能够突破呢。不过，是我想错了。"

林雷瞥了远处的里尔蒙斯一眼，眼中还有一丝震惊以及疑惑，在心中暗道："那一剑……"

林雷也是用剑的，他的灵魂甚至是剑形的，对于剑意，他自然有独特的感受。

"在火系元素法则方面，我只是刚入门，估计是我猜错了。"林雷虽然质疑自己，但是已经在心中牢牢记住了那一剑。

只是以林雷如今的实力，还无法看透这其中的奥义。

萨洛蒙淡笑着说道："林雷，你对里尔蒙斯的那一剑很吃惊？里尔蒙斯刚才的那一剑，在毁灭规则方面绝对达到了极高的境界。"

"毁灭规则？"林雷眉毛一扬。

"怎么，你感知不到？"萨洛蒙询问道。

"感知到了。"林雷说完不再多说。

"这林雷感知到了还惊讶？"萨洛蒙心底疑惑，不过也没有说出来。

片刻后，幸存的使徒们朝里尔蒙斯、黑色长角银发老者等人飞去。

很快就有五十多个使徒聚集在一起了。

黑色长角银发老者和白色长角银发老者相视一眼，眼中都有一丝忧色。他们已经猜到为什么会有这么多强盗来对付他们了。

正常情况下，强盗团伙发现他们有如此多的使徒，是不会主动攻击的。

黑色长角银发老者朗声说道："各位，没想到在半路会遇到如此多的强盗，让六十多位使徒殒命，很抱歉。等抵达蓝枫城，我们绝对会增加酬金。"

黑色长角银发老者说完，一道金光亮起，金属生命再次出现在了半空，不过比之前小了很多。

使徒们又进入了金属生命中，金属生命再次起程。

使徒们本来过的就是刀头舐血的日子，这种程度的袭击还不至于让他们退缩。

对他们而言，活得精彩、达到修炼巅峰比生死更重要。

"那个老头还算有点良心，知道给我们加酬金。"贝贝说道，"我越发觉得这次的护送任务不简单。"

林雷点着头说道："对，当初我们明明选的是二星级任务，按道理，护送队伍中没有那么多的高级别使徒。没承想，队伍中不仅有四星使徒和五星使徒，还有六星使徒。"

林雷明白，这次护送任务的人员构成跟他们当初去月亮湖城堡的一样。

当初在月亮湖城堡，和林雷水平差不多的人负责对付金衣卫，而厉害的上位神使徒对付黑衣卫和城堡主人。

这一次的护送任务既然牵扯到了六星使徒，肯定也不简单。

"都上来了还想什么？"萨洛蒙摇头说道，"在刚才的对战中，我们若趁机逃掉也就算了。现在，我们已经在金属生命中了，要是就这么离开，也太丢脸了。"

若因胆小畏惧而退却，这绝对会成为他人笑柄。

"大家安心修炼吧。"林雷郑重地说道，"不管怎么样，就算遇到敌人，敌人的主要目标也不是我们，而是黑色长角银发老者和白色长角银发老者，我们保护好自己就成。"

"嗯。"其余人点头应道，随即回自己房间修炼了。

房间内只有林雷、迪莉娅了。

"不知道那两个银发老者为什么会选择我们这些中位神使徒。"林雷心中还是有些疑惑，"不管那么多了，保护好迪莉娅和贝贝就行了。"

林雷看了迪莉娅一眼，旋即闭上眼睛开始修炼。

"希望能够在短时间内突破瓶颈，这样自保的把握也大一些。"林雷在心中暗道。

兰赤城，一家酒店的独立庭院内。

伊尼戈接到了手下维奥纳一方传来的消息，不禁眉头一皱："没想到那两个老头竟然邀请了如此厉害的使徒。将毁灭规则修炼到了那种程度，对方估计不是五星使徒就是六星使徒。"

伊尼戈就没想过对方是七星使徒。因为七星使徒作为拥有称号的绝世强者，不缺金钱，一般也不会接任务。

"伊尼戈。"一个青袍老者突然出现在庭院内。

伊尼戈见到来人，立即站了起来，恭敬地说道："老师，维奥纳那边的结果出来了……"

伊尼戈当即将那一战的情况详细地告诉了他的老师。

青袍老者眉头微皱："修炼毁灭规则，一剑就解决了数十个上位神，如此实力，的确有些棘手。"

"老师，你可有把握？"伊尼戈轻声问道。

青袍老者沉吟道："那使徒既然接了任务，就应该不是七星使徒。既然是六星使徒，我就应该能击败他。不过从你描述的情况来看，那个使徒的攻击力很强，不能硬碰硬。"

"不必硬碰硬。老师，你只要解决了那两个老头就行。"伊尼戈连忙说道。

青袍老者微微点头："如果是这样，我倒是有把握，只要将那使徒困住一段时间就行了。"

"那一切就拜托老师了。"伊尼戈感激地说道。

青袍老者淡然一笑。

林雷这么一修炼，又是将近一年。

"嗯？"林雷睁开了眼睛，"怎么有些心神不宁？"

林雷当即进行了一个深呼吸，让自己静下来。

迪莉娅也睁开了眼睛："林雷，怎么了？"

林雷透过一旁的透明金属看向外面："没什么，就是刚才突然有些心神不宁。"

金属生命下方是一片无边的沙漠，狂风呼啸，黄沙满天。

"你也感觉到了？"迪莉娅惊讶地说道，"我也有这种感觉。"

渐渐地，漫天黄沙将金属生命完全包裹住了，而金属生命中的使徒们毫不在意。

砰的一声，爆裂声突然响起！

第485章

沙漠古堡

金属生命爆裂开来，原本在金属生命内部的使徒们瞬间被黄沙包裹了。

那黄沙仿佛重百万斤，完全被黄沙包裹住的林雷几乎不能动弹。

"迪莉娅！"林雷试图去抓迪莉娅的手。

"林雷！"迪莉娅也想去抓林雷的手。

然而，林雷无法控制自己。

"这到底是什么？"林雷试图挣脱大量黄沙带来的束缚感，可是没有用。

扑通一声，林雷竟然掉落到了地面上。

林雷立即站起来，环顾周围："这……这到底是怎么回事？"

林雷心底满是疑惑。

他现在在一座由黄沙凝聚成的城堡内，抬头只能看到城堡的天花板，根本看不到天空。

最令林雷感到惊骇的是，除了他自己，他没有看到其他人

"没人？周围一个人都没有，他们都去哪里了？"林雷环顾四处。

林雷展开神识，而后大吃一惊："怎么可能？我的神识在地狱中可以覆盖方圆近百米，可是在这里只能覆盖方圆十米。"

林雷觉得难以置信。

"神识被影响了。"林雷猜测，"难道这是一个单独的空间？"

林雷虽然没有看到其他人，但是可以感知到贝贝的存在。

贝贝和林雷灵魂相连，即使在一定范围内被分隔开，也能感知到彼此的存在，可以灵魂传音。

"老大，你怎么样了？我现在在一座由黄沙形成的古怪城堡内，看不到一个人，大家好像都不见了。"贝贝的声音在林雷的脑海中响起。

林雷灵魂传音："贝贝，我现在的情况和你一样，也是在一座完全由黄沙形成的古怪城堡内，看不到任何人。贝贝，你小心点。我们现在好像是在一个特殊空间内。"

"嗯，知道。"贝贝灵魂传音，"老大，我现在朝你所在的方向来了。"

"好。"林雷回复。

林雷和贝贝虽然看不见对方，但是能感知到对方的大概方位。

林雷一翻手，手中就出现了紫血神剑。

嗖的一声，林雷腾空而起，挥舞手中的紫血神剑。

只见一道紫色光芒亮起，城堡上方响起哗哗声，估计是有一小堆黄沙被劈得落了下来。

可是，城堡上方的黄沙开始流动，那处被破坏的地方很快就复原了。

林雷脸色一变，刚才那一招是物质攻击中最强的次元斩，竟然无法撼动这座沙漠城堡。

"好古怪的力量。"林雷眉头一皱，"一股奇特的力量蕴含在黄沙中。"

"这个地方也很古怪。"林雷不再浪费时间，朝贝贝所在的地方靠近。

"老大，这地方太诡异了，现在我没办法过来。我前面是墙壁，没有路。这墙壁很古怪，我破开一点，黄沙又给补上了。"贝贝灵魂传音，有些焦急。

林雷一惊，而后说道："贝贝，你先别动，我看能不能靠近你。"

林雷努力朝贝贝所在的地方靠近。

这由黄沙形城的城堡内有许多岔口，还有许多岔路，宛如一个巨型迷宫。

林雷走了片刻发现前面没有路了，只有一面由黄沙形成的墙壁。他明明感知到了贝贝的所在地，可是无法过去。

"贝贝，我也被墙壁挡住了。"林雷皱着眉头，环顾周围。

"这么多岔口、岔路。"林雷思忖着，想起了曾经在玉兰大陆位面看到过的一种建筑——迷宫。

迷宫中有大量的岔口、岔路，可是正确的道路只有一条。只要走错一步，就无法走出迷宫。

"难道这个由黄沙形成的古怪城堡实际上是迷宫？"林雷猜测，"没别的办法了，先走着吧。"

于是，林雷换条路继续走。同时，他努力地去记各个岔口的位置。以林雷的能力，只要知道大量的岔口位置，就能够推断出正确的位置。

"贝贝，这个古怪城堡很可能是一座迷宫。"林雷和贝贝灵魂传音。

"迷宫？"贝贝大吃一惊。

"对，你可以想办法绕弯朝我这边靠近。"林雷一边和贝贝灵魂传音，一边回想自己走的路，若是发现走错了便立即回头。

"竟然是迷宫。好，我试试。"贝贝回复。

其实，不管是贝贝还是林雷，都有各自担心的人。林雷担心迪莉娅，贝贝担心妮丝。

二十余人聚集在一处，为首的是伊尼戈和他的老师。

"老师，将风系元素法则修炼到你这个地步的，地狱中恐怕没多少人啊。"伊尼戈满脸笑容。

青袍老者淡笑着说道："你别拍我马屁了，我最强的也就这一手。如果论攻击力，那个使徒比我强。他一剑就劈开了我这座风之古堡的墙壁。"

"劈开了又怎么样？老师你可以让古堡随时变化嘛。"伊尼戈很清楚他老师的这一招。

七大元素法则和四大规则，其中，风系元素法则和空间有关联。将风系元素法则中的一些奥义融合后，再施展空间方面的招数，威力很大。

"他们以为这是迷宫。"青袍老者对风之古堡内发生的一切都很清楚，知道大量使徒正按照走迷宫的办法寻找出路，"对，这是迷宫，可这是随时变化的迷宫！"

青袍老者淡笑着说道："伊尼戈，带着你的人开始动手吧。我会配合你们的。"

"是，老师。"伊尼戈当即带着自己的人出发了。

在城堡内，伊尼戈等二十多个上位神轻松地前进，即使遇到了墙壁，墙壁也会自动消失。

林雷疾速行走着，脑海中的路线越来越清晰。他的脸上不禁浮现出一丝笑容："看来很快就能走出这迷宫了。"

突然，林雷猛地一停。

"怎么可能？"林雷看着眼前的墙壁，脸色剧变，"不，这里不应该有墙壁，我之前才走过的！这里应该有一条路，旁边还有一根柱子！"

林雷转头看过去，的确有一根柱子立在那里。

"柱子还在，可是那条路呢？难道我记错了？不可能！"林雷闭着眼睛，脑海中浮现出清晰的路线，那都是他走过的地方。

"不可能，不可能走错。"林雷立即回头朝其他方向走去。

"前面应该有一个岔口。"林雷喃喃道。

当走到原先的岔口位置时，林雷愣住了。

他的眼前是一条路，根本没有岔口。

"怎么回事？我……我不可能记错啊。"林雷不禁捂住脑袋，回忆之前走过的各个地方，"不可能错，可是这些地方完全……"

片刻后，林雷脸色煞白。

"这……这个古怪的迷宫，它……它是变化的！"林雷感到无奈。

迷宫是有机会走出去的，可是若迷宫不断变化，那该如何走出去？

"老大，我到你刚才的位置了。"贝贝的声音在林雷的脑海中响起，"之前没有路，只有墙壁；后来，墙壁突然消失，出现了一条路。老大，你快过来啊，我现在不知道该怎么走了。"

林雷灵魂传音，语气中满是苦涩："贝贝，我回不到原来的位置了。"

林雷很焦急，可是没有任何办法。

当林雷等一大群使徒在找寻出路的时候，伊尼戈的人马却在向他们靠近。

"这鬼地方到底怎么出去！"莎威特是这次护送队伍中的一个上位神，也是一个四星使徒。

当见到六星使徒里尔蒙斯及埃德华兹三兄弟时，他心中大喜，认为自己这次不会有危险；可是此刻，他没人可以依靠，只能靠自己。

"这应该是一个修炼风系元素法则的超级强者施展出来的。"莎威特猜测，"能够将风系元素法则修炼到这个地步，估计对方将风系元素法则中的九种奥义融合了一大半。"

莎威特清楚，这样的高手绝对不是他能对付的。

突然，莎威特旁边的黄沙墙壁裂开，两个人影蹿向莎威特。他感觉到一股热浪扑面而来，还感觉到了一股冰冷的气息。

"不好！"莎威特脸色剧变。

地面上突然冒出了一个人，将一柄细剑刺向莎威特。

三个上位神联手对付莎威特。

面对偷袭，莎威特只能勉强对付前面的两个人，无暇顾及第三个人。

就这样，第三个人轻易将剑刺入了他的体内……

"准备下一轮攻击。对了，小心点，前面有两个使徒，一个是上位神，一个是中位神，他们两个竟然快碰到一起了。你们直接朝前面走……"青袍老者的声音在这三个上位神的脑海中响起。

虽然风之古堡古怪，但是此刻里面有不少使徒，偶尔有两三个快碰到一起也是有可能的。

这三个上位神相视一眼，都笑了。

另一边，掌控全局的青袍老者在心中暗喜："看来，博伊家族的财富要到我的手里了。"

青袍老者很清楚那两个雇主的位置，于是跨出一步，融入了黄沙中。

黑色长角银发老者此刻悬浮在半空，警惕地环顾四周。

"竟然有如此高手。"黑色长角银发老者清楚那古堡是什么，自然不敢靠近地面、墙壁，"看来，这次危险了。"

"嗯？"黑色长角银发老者突然转头朝远处的一条岔路看去，只见穿着一身土黄色长袍的林雷正小心地前进着。

"是他，他好像叫林雷。"黑色长角银发老者有些惊讶。

第486章
取舍

　　林雷走在这座变幻莫测的古堡中，心底焦急万分："这样根本不可能找到出路，而且还会被敌人偷袭刺杀！"

　　林雷还记得之前见过的一具使徒尸体。

　　看到那具尸体，林雷就明白这里有敌人偷袭刺杀他们。

　　林雷想到了迪莉娅："面对偷袭刺杀，我和贝贝还能自保。我有灵魂防御主神器，贝贝有贝鲁特大人赐予的重宝，可是迪莉娅她……唉，我当初不应该着急，应该让迪莉娅达到上位神境界再出发的。"

　　林雷心中很后悔。

　　"如果迪莉娅遇到了偷袭……"林雷不敢再想下去。

　　实际上，迪莉娅已经领悟了风系元素法则中的六种奥义，还有死神傀儡在手。就凭这两点，即使迪莉娅的保命本领不如林雷、贝贝，也还是能够自保的，只是林雷不放心。

　　"能够弄出这样的古怪城堡，敌人的本领绝非一般。无论如何，迪莉娅还没达到上位神境界，我一定要快点找到她。"林雷在古堡中小心翼翼地疾速前进，希望能够碰到迪莉娅。

　　"嗯？"林雷走过一个岔口，陡然瞥见远处有一个人影悬浮在半空。

“是那个黑色长角银发老者。”林雷一眼就认出了对方。

黑色长角银发老者显然也发现了林雷，朝林雷看了过来。

就在这时候，微风在半空汇聚，竟然形成了一个青袍老者。

青袍老者的脸上有一丝笑容，瞥了一眼林雷，在心中暗道："一个中位神竟然敢跑到这里来。"

黑色长角银发老者看着半空突然出现的青袍老者，脸色剧变。

青袍老者冷冷地看着眼前的黑色长角银发老者："你好大的胆子，和你兄弟将博伊家族的巨额财富弄走就算了，没想到这么多年过去，你们两个竟然还敢回头。怎么，你们还想回碧浮大陆？"

黑色长角银发老者一愣，而后说道："当年，我们兄弟二人逃出碧浮大陆，认为没人发现。这一次为谨慎起见，我们才会请这么多使徒。没想到，你们还是来了！"

青袍老者不屑地冷哼一声。

"你们想得到博伊家族的财富？哈哈！"黑色长角银发老者忽然仰头大笑，旋即盯着青袍老者，"你就做梦吧！我们兄弟二人这次敢出现，自然早就做好了万全准备。你就是解决了我兄弟二人，也不可能得到博伊家族的财富！你，不可能得到！"

青袍老者脸一沉。

他跟着自己的弟子伊尼戈从碧浮大陆穿越星辰雾海来到紫荆大陆，就是为了博伊家族的财富。

"哼，解决了你就知道了。"青袍老者一挥手，手中出现了一柄银色软剑。这柄软剑比林雷的那柄紫血神剑更薄。

"准备受死吧。"青袍老者冷冷地说道。

黑色长角银发老者在见到风之古堡后，就知道了对方的修为。

他明白自己虽然也是上位神，但是和对方的差距实在太大了。

"想解决我？我会让你付出代价的。"黑色长角银发老者咆哮着，手中出现了一柄黑色重剑。

仅仅片刻，黑色重剑周围的空间扭曲起来，黑光向四周辐射。

林雷见两大上位神动手了，心中一惊："还是赶快走，如果我被牵扯到其中，那就完了！"

林雷毫不犹豫朝另外一条岔路飞去。

砰的一声，上空传来声响。

黑色长角银发老者的一个身体朝林雷逃窜的方向飞来。

"嗯！"林雷感到错愕，仰头看着那具身体朝自己飞来。

黑色长角银发老者的另一个身体依旧凌空而立，他的一个神分身已经殒命了。

"要死了吗？"黑色长角银发老者感慨道，"家主，老奴没有辜负你的嘱咐，只是以后，老奴不能再为少爷效劳了。"

轰的一声，黑色长角银发老者挥动黑色重剑，空间再次扭曲。

"哈哈，你已经没了一个神分身，我看你还有什么招！"青袍老者突然猖狂地大笑。

只见空中银色细线闪动，周围空间竟然出现了数道极为细的裂痕。

"裂痕，地狱位面中出现了裂痕！"林雷有些难以置信。

噗的一声，黑色长角银发老者被银色细线击中，身体从半空坠落，左手戴着的空间戒指也落了下来。

"空间戒指！"林雷心中一动，他完全可以将那枚空间戒指给收了。

林雷十分肯定，黑色长角银发老者的这枚空间戒指内绝对有惊人的财富。

黑色长角银发老者作为雇主，能雇用六星使徒这等高手，财产绝对非常惊人。

可是，他能收吗？

林雷见到远处的青袍老者，毫不犹豫地逃窜开："有命拿，没命花啊。"

林雷飞速窜逃，瞬间就到了数千米之外，消失在了青袍老者的视线中。

不过，这古堡的任何一处都在青袍老者的掌控中，他自然清楚林雷的位置。

青袍老者嗤笑一声："这个中位神还算聪明。"

若林雷抢夺了那枚空间戒指，青袍老者即使不屑解决林雷，也会出手的。到时候，林雷一点生机都没有。

青袍老者落了下来，收起那枚空间戒指，对其滴血使其认主。

青袍老者展开神识，去感知空间戒指里的东西，突然脸色一变："嗯？三百多亿块墨石，怎么可能就这么一点？不可能！博伊家族历史悠久，即使随便拿出一点财产，也会有这么多。"

对林雷而言，三百多亿块墨石算是巨额财富了，可是对青袍老者而言，这只能算是一笔小财。

和博伊家族的财富相比，三百多亿块墨石只是九牛一毛。

要知道在一个城池内，一座酒店便价值数百亿了，而博伊家族的财产何止一座酒店？

"不，还有一个白色长角老头。"青袍老者目光冷厉，"那财富肯定在他的身上。"

当他展开神识探察到白色长角老头所在的位置时，却脸色剧变："不好，那个六星使徒要靠近那个白色长角老头了。"

里尔蒙斯神色冷峻，手持长剑走在城堡内。即使前面是黄沙墙壁，他也继续直线行走，不过会用剑劈开黄沙墙壁。

剑影闪过，扑哧一声，黄沙墙壁被割裂开来。

里尔蒙斯如同一道幻影直接从割裂处穿过，而那割裂处很快就复原了。

"哼！"里尔蒙斯转头看向侧方。

砰的一声，一个人从黄沙墙壁中出来，倒在了地上，已经没了气息。这人的眼中还保留着生前的震惊，似乎无法相信里尔蒙斯能发现他。

　　里尔蒙斯继续前进，无人能挡他的路。

　　"我知道你能听到，"里尔蒙斯边走边开口说道，"你还是出来吧。你以为我破不开你这城堡？"

　　扑哧一声，又是一剑劈开前面的阻碍。

　　里尔蒙斯一闪，到了墙壁的另一边。

　　"啊，里尔蒙斯先生！"那个白色长角银发老者见到里尔蒙斯后很惊喜。

　　而里尔蒙斯的脸上终于有了一丝笑容。

　　"还是慢了一步。"青袍老者隐藏在距离白色长角银发老者数百米的地方，"原来他叫里尔蒙斯，攻击力还真是可怕。随意攻击就有如此威力，如果真的爆发……"

　　青袍老者见多识广，自然看得出来里尔蒙斯还没有用绝招。

　　绝世强者一般都会有绝招。不过，绝招的使用对精神力、神力的消耗很大；因此，不到关键时刻，绝世强者一般不会使用绝招。

　　"真是可恶。"青袍老者在心中暗道，"现在只能多找几个上位神围攻那个白色长角老头，我出手缠住那个里尔蒙斯了。"

　　青袍老者明白，其他上位神根本不可能缠住里尔蒙斯。

　　至于白色长角银发老者，由几个上位神联手对付就差不多了。

　　随着时间的流逝，护送队伍的使徒数量越来越少。

　　半空，萨洛蒙凌空而立。

　　"希望妮丝没事。"萨洛蒙祈祷着。

　　嗖的一声，两个人影冲向萨洛蒙，狂暴的能量让空间都震颤起来。

"哼！"萨洛蒙一翻手，数道黑光从手中射出。

那两个人惨叫一声，一个倒在了地上不再动弹，另一个则窜入了黄沙墙壁中消失不见。

"想偷袭我？"萨洛蒙嗤笑一声。

"除了那个最可怕的使徒外，还有四个上位神使徒难对付。"伊尼戈听到手下的消息，不禁眉头一皱。

那四个难对付的上位神使徒正是埃德华兹三兄弟以及萨洛蒙。

其实，使徒星级并不能完全证明一个强者的实力。比如，一个实力强大的修炼者第一次参加使徒考核并且通过了，那他只能获得一星使徒的勋章，可是这不代表他的实力就是一星。

萨洛蒙就是这样的。表面上看，他是四星使徒，可这就是他真正的实力吗？毕竟并不是所有强者都看重使徒星级的。

"不用对付那些上位神使徒了，不然会得不偿失。"伊尼戈淡然下令，他的目标只是那两个老头，"你们现在自由攻击，将那些中位神使徒解决掉。"

"是，少爷！"一群上位神窜入黄沙中消失不见。

上位神解决中位神使徒，自然无须联手。

然而，这道命令让城堡内的所有中位神使徒都陷入了危机，包括林雷、贝贝、迪莉娅、妮丝。

危机即将来临！

此时，林雷还在小心翼翼地走着。他的双手、双脚、颈部、头部等被一层土黄色的薄膜盖住，整个人宛如一个金属战士。他已经将脉动铠甲覆盖全身每一处了。

砰的一声，一股狂暴的能量从林雷的侧方爆开。林雷觉得自己如同狂暴海浪中的一艘随时会被淹没的小船。

第487章
危机重重

"是上位神！"林雷在心中暗道。

他犹如一只滑翔的飞鸟，顺着那股狂暴的能量滑开，同时，手中出现了黑钰重剑，朝后方劈去。

一道足有数米长的土黄色剑影出现——脉动元素攻击！

这是将土之元素奥义、大地脉动奥义融合后的一种物质攻击。

这一招，以土之元素奥义为主，大地脉动奥义为辅。

这和虚无剑波相反，虚无剑波是以大地脉动奥义为主，土之元素奥义为辅。

砰的一声，两股力量的反作用力很大。

林雷借力快速逃逸，而从黄沙墙壁中蹿出来的金发青年向后退了几步。

金发青年吃惊地看着林雷："好强的一剑，一个中位神竟然有如此实力！"

这个发现让金发青年兴奋起来。

之前接到解决中位神使徒的任务时，他还觉得没意思，现在碰到这么一个对手，他便来劲了。

脚尖一点，金发青年宛如离弦的箭，瞬间划破长空，朝林雷疾速追去。

林雷早就拿出了自己最快的速度，可身后的敌人越来越近："这个上位神的速度好快，而且还是风系上位神。"

林雷从之前对方的一击判断，对方是一个风系上位神。

"哈哈，逃？"金发青年疾速追赶时，左手往空中一抓。

"这是什么？"逃逸中的林雷脸色剧变。

他感觉自己被一根根细丝束缚了，虽然还能动，但是束手束脚的，速度慢了很多。

"是风之空间奥义！"林雷反应过来了。

他见过迪莉娅用这一招对付别人，如今他却中招了。

"糟糕！"林雷心中有些焦急，"上位神施展这一招，威力要大得多。"

林雷清楚攻击力和神力有关，同样的招式由拥有不同神力的神级强者施展出来，威力肯定不同。

一眨眼的工夫，金发青年便距离林雷不足十米。

"你逃不掉的！"大笑声响起。

一股奇特的能量覆盖了林雷，林雷的速度再一次变慢。

林雷心底一惊："是上位神的神之领域！"

林雷早就明白他面对上位神会非常危险，即使有取胜机会，成功概率也很小。

"金发青年已经是上位神了，肯定领悟了风系元素法则中的九种奥义，只能希望他还没有融合奥义。"林雷心想。

林雷明白，唯一的取胜机会是施展灵魂攻击——虚无剑波。

不过，林雷一直在逃，没有机会施展虚无剑波，而且，他不能随意施展，他必须抓住机会一击解决对方；否则，对方在追上他后，完全可以用物质攻击解决他。

"不是你死就是我亡。"林雷咬牙继续逃窜。

然而，在风之空间奥义和神之领域的影响下，林雷的速度越来越慢。

刺啦一声，林雷猛地停住，吃惊地看着眼前的一切。

他的前方、后方、上方，分别出现了十余个金发青年。

这个金发青年竟然一口气化出了近四十个分身，将林雷重重包围了。

"现在的情况更不妙了。"林雷心急，"这近四十个分身，哪一个才是真身？贝贝不在，我判定不出真身。到底该怎么办？"

林雷手握黑钰重剑，警惕地看着周围。

"哈哈，遇到了我，你还想逃？你的速度太慢了。"金发青年嗤笑道。

林雷依旧警惕地看着对方。

"哈哈，受死吧！"金发青年嗤笑一声，旋即，近四十个分身同时挥掌。

林雷根本无法闪躲，只能选择硬扛。

不过他心里明白，对方施展的这一招运用了风系元素法则中的分身术奥义。这一招用来逃命很好，可用来攻击，威力就弱了。毕竟，分身的实力远不如本尊。

金发青年却十分自信："一个分身的攻击力是不强，可是近四十个分身同时攻击，威力可不小。更何况，其中还有我本尊的一击。"

轰的一声，近四十掌中，林雷同时挨了二十八掌，只避开了十几掌。

扑哧一声，覆盖林雷体表的脉动铠甲裂开了。

林雷的胸膛上出现了一道很深的伤口，鲜血直流。

"防御上位神器？"金发青年以为脉动铠甲是防御上位神器，嗤笑一声，"可惜，你只是中位神，防御上位神器在你手中发挥不出威力。"

金发青年很不屑。

哧哧声响起，林雷借助体内的神力让伤口快速愈合。同时，他的体表再次被脉动铠甲覆盖。只要有神力，脉动铠甲就可以瞬间覆盖全身。

"防御上位神器？你猜错了。"林雷心底不屑，"不过，我倒是知道哪个是你的真身了。"

通过刚才的攻击，林雷知道哪一个身体是对方的真身了。

"好了！"金发青年看到林雷身上的铠甲很快就复原了，感到惊愕，顿时就明白了林雷身上的不是防御上位神器，而是他自身的一种物质防御。

"没想到你物质攻击不错，物质防御也不错。"近四十个金发青年同时开口说道，"可惜啊……"

说着，近四十个金发青年瞬间融合为一。

不过，这对林雷的影响不大，因为林雷已经确定了对方的真身。

金发青年疾速冲向林雷，在心中暗道："既然这棕发小子的物质攻击、物质防御都很强，那就只能用灵魂攻击对付他了。我就不相信一个中位神的灵魂防御能有多强！"

"去吧！"金发青年劈出一剑。

剑影所过之处，空间震动，发出低沉的嗡嗡声。

林雷眼睛眯起："唯一的机会！"

林雷劈出黑钰重剑，发出最强的一招——虚无剑波！

锵的一声，清脆的金属撞击声响起。

"怎么回事？"林雷脸色一变，感觉到一股奇特的波动进入了他的脑海中。

在他的灵魂海洋中，这股奇特的波动撞击在由灵魂防御主神器形成的透明薄膜上，然后消散开来。

林雷扛住了金发青年的一击。

然而金发青年身体一晃，发出低沉的吼声。

即使金发青年是独力成神的上位神，精神力强大，防御力比较厉害，可是面对林雷这一招虚无剑波，也难以抵抗。

他顿时处于眩晕状态。

"啊！"林雷怒吼着又劈出了一剑。

黑钰重剑直接拍击在处于眩晕状态的金发青年的头上。

轰的一声，金发青年直接倒下了。

嗖的一声，一个人影从金发青年的尸体内蹿出。

"还有！"林雷眼睛瞪得滚圆，又劈出一剑——虚无剑波！

那个人影也倒下了。

林雷这才委顿地坐在地上。

林雷连续三次施展虚无剑波，已经耗尽了精神力。

其实，他第三次施展虚无剑波时，因为精神力不够就已经头痛欲裂了。

"我太紧张了，那个金发青年的分身只是一个下位神神分身，根本没必要施展虚无剑波。"林雷瞥了一眼那个下位神神分身，在心底自嘲，"还好解决了这个家伙。"

然后，林雷直接收了这个金发青年的空间戒指、神格、神器。

林雷忍着头痛立即跑到数百米之外，找到一个不显眼的地方坐了下来，从空间戒指中拿出一颗紫晶。

林雷让盘龙戒指吸入这颗紫晶，盘龙戒指立即炼化起这颗紫晶来。

顿时，盘龙戒指内萦绕着大量金色雾气。

很快，金色雾气进入了林雷的灵魂海洋，让原本快要干涸的灵魂海洋充沛起来，精神力开始逐渐恢复。

"咻——"林雷舒了一口气，感觉头没那么痛了。

"上位神还是很危险啊。"林雷回忆刚才那一战，"如果那个金发青年靠速度和物质攻击多攻击我几次，我就完了。"

通过刚才一战，林雷判断："独力成神的上位神，精神力和灵魂防御力都很强，施展一次虚无剑波不能完全解决对方，看来以后得小心了。"

林雷凭借融合的奥义和灵魂防御主神器暂且逃过一劫，其他使徒就不会如此幸运了。

中位神要想斗过上位神，岂会那么简单?

"哥哥不在，贝贝也不在。"妮丝心中满是惊慌，一步步小心地走在这城堡中。

她之前已经看到过一个使徒的尸体了，明白这城堡中充满了杀机。

突然，一个冷峻的消瘦男子出现在妮丝身后的一面墙壁上。

"这个小姑娘不错。"消瘦男子在心底暗道。

他之前已经解决了三个中位神使徒，在他的面前，中位神根本毫无反抗之力。

看着前方的妮丝，消瘦男子在心底冷笑："让我终结你的性命吧。"

然后，他疾速冲向妮丝。

危机来临，妮丝感知到了，不禁回头一看。

"啊！"妮丝吓得脸色煞白，同时把速度提升到了极限，朝前面逃窜。

"想逃？"消瘦男子眼中掠过一丝不屑，直接施展神之领域。

在神之领域的影响下，只是中位神的妮丝速度变慢了。

妮丝十分恐惧："贝贝、哥哥，你们在哪里？"

面对死亡，她想到的是贝贝和萨洛蒙。

此刻，妮丝在一条岔路口。

"贝贝！"妮丝的眼睛陡然亮了。

在她右前方百米处，有一道人影，正是戴着草帽的贝贝。

听到声音，贝贝看向妮丝，脸上满是喜色。

可是在看到妮丝身后的一个上位神后，贝贝脸色剧变，眼中满是惊恐。

"可惜来不及了。"妮丝已经感觉到了身后的凌厉剑气，她的眼中有一丝不甘、遗憾，"贝贝，我还想和你说说话，听听你的声音……"

"不——"贝贝凄厉的声音响起。

百米距离，他速度快，可以赶过去。

可是那个上位神的速度不比他慢，最重要的是，那个上位神和妮丝之间的距离很近。

"妮妮，不!!!"贝贝悲愤地喊道。

贝贝见到妮丝的前一刻，林雷还在城堡中独自一人走着。

林雷经历过一场恶战后，休息了一会儿，身体已经恢复到最佳状态了。

忽然，林雷眉宇间有了一丝喜色，灵魂传音："贝贝，你现在离我不远。我前面刚好有一条路，可以向你靠近，我们很可能会相见。"

"老大，我前方也有一条路，可以向你靠近。我过来了啊。"贝贝惊喜万分。

之前，林雷想和贝贝会合，却怎么也碰不到一起。没想到，他现在随意行走，反而离贝贝越来越近了。

嗖的一声，林雷飞起来，转弯进入了那条可以碰到贝贝的道路。

"哈哈，贝贝！"林雷已经看到了道路尽头戴着草帽的贝贝。

此时，林雷和贝贝相距三百米左右，分别在道路两端。

在这一条三百米左右的道路上，还有三四个岔道。

"哈哈，老大，我看到你了！"贝贝满脸喜色。

林雷十分激动，加速朝贝贝冲去。

"千万不要在道路中央突然出现一面墙壁。"林雷现在最担心这个。

嗖的一声，一个人影突然出现在林雷前方大概十米处的一个岔道口。

"吓我一跳！"林雷以为前方出现了一面墙壁。

"她是？"林雷在看清来人后，脸色顿时剧变。

那人正是被追杀的妮丝。

妮丝发现了在她右边不远处的贝贝，却没发现在她左边的林雷。

贝贝原本沉浸在即将和林雷会合的惊喜中，却突然看到了被人追杀的妮丝，眼中满是惊恐："不——"

凄厉的声音响起。

贝贝从来没有这么喜欢过一个女孩。这是他第一次喜欢上一个人，他发过誓，以后要陪这个可爱女孩过一辈子。

现在这个他打算陪一辈子的可爱女孩遇到了危险，他却来不及救她！

贝贝来不及，林雷来得及。

"上位神！"林雷在看清妮丝身后的消瘦男子时，脸色顿时剧变。

经过上一次的战斗，林雷明白即使自己融合了两大奥义，拥有了灵魂防御主神器，他和上位神战斗的胜率也不到一半。如果对方谨慎小心，他的死亡率会很高。

若是他要救妮丝，只能用绝招，但是仓促之下很难一次就解决那个上位神。那个上位神若见识了他的绝招，肯定会警惕。这样一来，他很可能完蛋。

若是他不救妮丝，贝贝会……

贝贝的凄厉喊声在林雷的耳边回荡，他和贝贝灵魂相连，完全能感受到贝贝的惊恐。

林雷不再犹豫，眼神冷厉，手中的黑钰重剑在空中划出了一条完美的弧线，一道半透明的土黄色剑影射向那个消瘦男子。

灵魂攻击——虚无剑波！

同时，贝贝发出了凄厉的吼声，他的身后出现了一道巨大的噬神鼠幻影。

噬神鼠幻影嘴巴张开，冷冷地盯着那个消瘦男子。

天赋神通——噬神！

消瘦男子就在妮丝的身后，与林雷的距离也很近，当虚无剑波袭来时，他很快就察觉到了。

"不好！"消瘦男子立即将原本要向下劈出的长剑改为横向劈出。

在不清楚对方攻击强度的时候，消瘦男子直接施展了最强的灵魂攻击，一道青色雷电蛇影从长剑中飞出。

半透明的土黄色剑影和青色雷电蛇影撞击。砰的一声，蛇影消散了，剑影颤了两下也消散了。

"这么厉害！"消瘦男子心底一颤。

对方的灵魂攻击竟然和他不相上下，甚至略胜一筹。要是那道剑影真的攻击到了他的灵魂，他恐怕要魂飞魄散了。

正当他惊讶时，一股奇特波动覆盖了他的身体，那是贝贝的天赋神通——噬神。

消瘦男子的身体僵了一下，很快就挣脱了束缚。

噗的一声，远处的贝贝吐了一口鲜血，脸色变得苍白。

这就是中位神用噬神来对付上位神的结果。

噬神这一神通非常特殊，如果施展成功，施展者可以吞掉对方的所有神格；如果施展失败，对方几乎不会受损伤，施展者精神力的消耗却极为惊人。

"竟然有两个！"消瘦男子这时候才注意到远处的贝贝。

"好诡异的攻击。"消瘦男子瞬间将林雷、贝贝当成大敌。

不过，他更忌惮的是林雷，因为林雷的虚无剑波能威胁到他的生命。

"贝贝施展了噬神，不过似乎没用。"林雷在心中暗道。

随即，林雷再次挥出黑钰重剑，最强攻击——虚无剑波。

"哼！"消瘦男子也挥出了手中的长剑，一道青色雷电蛇影再次从长剑中飞出，与半透明的土黄色剑影撞击在一起。

这一幕场景和之前一模一样，两方的灵魂攻击再次抵消了。

咻咻声响起，消瘦男子的身上竟然冒出了四条闪烁的雷电苍龙，向林雷袭去。

每一条雷电苍龙的体形不算大，可是四条同时袭来，让林雷一时之间无处可躲。

"哼！"消瘦男子冷冷地看着一切，"这可是我最强的雷电系攻击。"

轰的一声，林雷体表的脉动铠甲轰然碎裂，林雷被砸得飞了起来。

那四条雷电苍龙继续攻击林雷，似乎不把林雷解决就不罢休。

贝贝见妮丝脱离了危险还没来得及高兴，就看到林雷遇到了危险，再次惊恐起来。

"老大！"贝贝眼中满是焦急。

林雷被雷电苍龙击中后，地系神分身和本尊立即互换。即使如此，林雷的地系神分身也受到了重创。

战斗时，林雷一般使用地系神分身，因为实力最强。

不过现在，林雷只能选择转换身体，若是再继续用地系神分身，他的地系神分身恐怕会被毁掉。

"只能靠龙血战士形态来防御了！"林雷本尊已经变成了龙血战士形态。

轰的一声，四条雷电苍龙终于消散了，林雷却倒在了远处的地上。

林雷体表的青金色鳞甲碎裂了，鲜血直流，背部的尖刺也断裂了好几根，左手和腰部差点被炸断。

"好惊人的防御力！"消瘦男子在心底感叹，"一个天才人物啊。"

林雷现在只是一个中位神，灵魂攻击和防御力就这么厉害了。

消瘦男子明白，若林雷生在大家族中，肯定会被重点培养。

"可惜，你要命丧我手了。"消瘦男子在心底暗道。

"要死了吗？"林雷躺在地上不能动弹。果然，他和上位神之间的差距太大了。

突然，哧哧声响起。

林雷感知到盘龙戒指内有一股股奇特的能量进入了自己的身体中。

一眨眼的工夫，林雷的身体就恢复了，碎裂的鳞甲、断裂的尖刺都恢复了。

那股奇特的力量在他的鳞甲、尖刺等处流转，林雷感觉他的防御力提升了。

此时，林雷体表有一层青色光晕。

"这是？"林雷十分讶异，让精神力进入了盘龙戒指中。

"是那青色水滴。"林雷当年成神时，发现盘龙戒指内有一滴金色液体和三滴青色水滴。当时，金色液体让林雷的龙血战士形态发生了变化，而那三滴青色水滴还没有发挥过什么作用。

此刻，其中一滴青色水滴青光闪烁，一股股能量进入了林雷的体内。

"嗯？"消瘦男子见林雷的身体瞬间好了，不禁脸色一变。

"哼！"消瘦男子哼了一声，双手一伸，六条雷电苍龙袭向林雷。

"不！！！"既焦急又愤怒的贝贝冲到了消瘦男子的身边，却来不及救林雷。

如果林雷为了救妮丝而殒命，贝贝一辈子都不会原谅自己。

"你们就一起死吧。"消瘦男子反手一剑朝贝贝劈去。

第489章

相见

"好强大！"林雷在心底暗道。

此时，盘龙戒指内的一滴青色水滴已经完全化为能量融入了林雷本尊的身躯内，不断强化着林雷的鳞甲。三滴青色水滴只剩下两滴了。

"嗯？"林雷感知到危险，陡然惊醒过来，"六条雷电苍龙！"

林雷吓了一跳。

六条雷电苍龙咆哮着攻向林雷。

此时，林雷来不及在体表形成脉动铠甲来防御，只能快速闪躲。

然而轰的一声，六条雷电苍龙都一头撞向了林雷，其冲击力令周围的黄沙墙壁都震颤起来。

"老大！"贝贝见林雷被六条雷电苍龙击中，吓得心都慌了。

"不要，不要死！"远处的妮丝心中满是惶恐，不知道该怎么办。

"如果贝贝他老大殒命了，贝贝一定会很难过的。他老大是为了救我才会这样。"妮丝只能在远处看着，根本没有能力插手，心中满是惊慌与愧疚。

此时，贝贝还得面对消瘦男子的反手一剑，但是他因为看到林雷遭到攻击而走神了。

可是，强者对战怎么能走神？

"走神？"消瘦男子那有雷电闪烁的一剑狠狠地劈在贝贝的身上。

贝贝被劈得飞了起来，同时，一道青色雷电蛇影冲破了贝贝体表的防御进入了贝贝体内。

灵魂攻击！

"嗯？"消瘦男子却突然回头朝后面看去。

在被六条雷电苍龙轰炸后，林雷此刻稳稳地站在地上，体表的青金色鳞甲上青色光晕流转，散发出强大的气息。

这股强大的气息令消瘦男子心底一阵惊恐："这……这是什么气息？"

他肯定自己害怕的不是林雷，而是那鳞甲上蕴含的气息。

林雷那双暗金色眼睛冷冷地盯着消瘦男子，嘴角微微上翘。

"我还要谢谢你。"林雷冷冷地说道。

消瘦男子有些蒙："谢谢我？"

林雷知道，如果不是消瘦男子拼命对付他，就不会激发青色水滴的能量，那股能量就不会进入他的体内，改造他的身体。

在这之前，林雷根本不知道这青色水滴有什么用。

现在，原本的三滴青色水滴已经消耗掉一滴，只剩下两滴了。

林雷不觉得可惜，因为他感受到了那股能量给他带来的变化。

现在，龙血战士形态下的他觉得自己充满了力量，是一股十分强大的力量。

"老大！"贝贝惊喜的声音响起。

"什么！"消瘦男子回头一看，大吃一惊，贝贝竟然还活着，"怎么可能？一个中位神中了我的灵魂攻击竟然没事？"

消瘦男子无法接受，一个念头瞬间涌上心头："难道……难道他有灵魂防御神器？"

"不可能，怎么可能？"消瘦男子无法相信这个推测。

灵魂防御神器很特殊，不像一般的刀剑、铠甲那么好炼制。

在地狱中，炼灵魂防御神器者极少，许多上位神都没有这个实力。最主要的是，灵魂防御神器没得卖。

林雷他们三人在地狱待了这么久，都没有看到卖灵魂防御神器的。如果看到了，林雷早就为迪莉娅买了。

除了炼制的人少，还有一点，灵魂防御神器的材质光有矿石等材料还不行，还需要精神力。比如，林雷得到的灵魂防御主神器是残破的，要修补就得靠精神力。

因为需要精神力，所以灵魂防御神器不是对它滴血就能收为己用的，其中还牵扯到许多奥秘。只有得到了炼器者的允许，他人才能使用灵魂防御神器。

灵魂防御炼器者的精神力都达到了极高的境界，无一不是地狱中的绝世强者。

"这个草帽小子背后还有大人物。"消瘦男子推断，"还有这个龙人，他身上的气息好可怕。"

消瘦男子震惊："这俩人到底是怎么回事？一个拥有灵魂防御神器，一个防御力如此厉害。"

"老大，我们一起解决这个浑蛋。"贝贝灵魂传音。

"好！"林雷也灵魂传音。

嗖的一声，贝贝持着匕首如闪电般冲向消瘦男子，而林雷猛然蹬脚。

林雷的右腿仿佛铡刀，携带着一丝青金色光芒，直接朝消瘦男子的脖子劈去。

消瘦男子怒了："管你们是谁！！！"。

他怒吼着发动进攻

锵的一声，金属撞击声响起，消瘦男子的长剑和林雷右腿上的鳞甲撞击在一起。

在吸收了一滴青色水滴的全部能量后，林雷体表鳞甲的防御力堪比防御上位神器。

见林雷毫无损伤，消瘦男子脸色剧变："怎么可能？"

他今天受到的冲击太大了。

此刻，贝贝也飞过来了。

"你有灵魂防御神器，那我就用物质攻击！"消瘦男子身上再次飞出四条雷电苍龙，冲向贝贝。

贝贝丝毫不闪躲，正面迎向那四条雷电苍龙。

轰的一声，四条雷电苍龙轰击在贝贝的身上，雷电苍龙消散开来，贝贝却丝毫无损。

"哼！"贝贝哼了一声。

"怎么可能？"消瘦男子十分震惊，"他们到底是什么人？"

刺啦一声，一条如钢铁长鞭的龙尾闪电般抽来。

锵的一声，长剑和龙尾撞击，消瘦男子借力逃向后方。

此时，消瘦男子顾不得其他，要做的就是逃！

"这两个到底是什么人?!"消瘦男子十分不解，"难道是大家族跑出来的少爷？可是大家族的少爷怎么只有中位神境界就跑出来了，身边也没有保护者？"

消瘦男子很清楚，地狱历史悠久，自然存在一些古老的大家族。

那些大家族能够屹立无数年，自然有所依仗。家族中的少爷拥有灵魂防御神器是很正常的事情。林雷和贝贝就很像那些家族的少爷。

可是，那些高高在上的少爷怎么会参加这种护送任务呢？

"哥，解决他！"一个声音突然响起。

"嗯？"消瘦男子这才反应过来。

一道黑光在他眼前亮起，瞬间就进入了他的体内。

消瘦男子当即轰然倒下。

"哼！"萨洛蒙冷冷地看着地上的尸体。

"哥！"妮丝立即跑了过来，扑在萨洛蒙怀里哭了起来，"哥，刚才我……我差点被他杀了，呜……"

之前，妮丝担心自己的性命，担忧林雷、贝贝，精神一直高度紧张。现在，见到自己的大哥，她终于忍不住哭了。

"别哭。"萨洛蒙连忙安慰道。

"哥，刚才如果不是林雷出手，我就已经死了。"妮丝抬头看着自己的大哥说道，"刚才……"

妮丝叙说起刚才的事情来，萨洛蒙听着，转头看向林雷。当看到林雷的龙血战士形态时，萨洛蒙微微一惊，当即躬身感激地说道："林雷，这次谢谢你救了我妹妹的性命，我萨洛蒙·博伊永远不会忘记你的恩情！"

"哥——"妮丝震惊地看向自己的大哥。

她大哥一般不会轻易说出自己的姓氏，怎么现在就说了？

然而，林雷对这个姓氏毫无感觉，他之前从来没有听说过。

"为了贝贝，我拼死也会救妮丝的。"林雷说道。

"老大！"贝贝感激地看向林雷。

这时，林雷换回了地系神分身，体表再次形成脉动铠甲。

"快走吧。"林雷连忙说道，"也不知道迪莉娅现在怎么样了。"

林雷一直牵挂着迪莉娅。

于是，林雷、贝贝、萨洛蒙、妮丝一同行走在这沙漠古堡中。

林雷一边走着，一边思考着："龙血战士形态下，本尊的物质防御非常强，再加上灵魂防御主神器，防御力是没有问题了。即使面对一般的上位神，我也不必担忧。不过，灵魂防御主神器是残破的。"

林雷心底还是有些担忧："一般的上位神施展的灵魂攻击，对残破的灵魂防御主神器没什么影响；不过，当初在月亮湖城堡中碰到的屠神矢上的那种毒液，却能自行寻找灵魂防御主神器的豁口，攻击我的灵魂。"

当敌人是拥有屠神矢这类武器的神级强者，或是强大的上位神，他那残破的灵魂防御主神器就有可能被攻破。

"总之，底牌还是不能轻易拿出来。"林雷思考着。

不到重要关头，林雷不会轻易变成龙血战士形态。

林雷他们四人并肩走了一段距离，依旧没有发现迪莉娅。

"怪了，这沙漠古堡怎么不变化了？"贝贝嘀咕道。

林雷也发现了这一点。

"或许，那操控沙漠古堡的人此刻正忙于战斗，没心思去变化古堡。"萨洛蒙猜测道。

萨洛蒙猜对了。

此刻，那个青袍老者和里尔蒙斯的战斗已经进行到最后时刻了。

轰的一声，可怕的爆炸声响起，构成沙漠古堡的黄沙都哗哗地流了下来。一眨眼的工夫，沙漠古堡成了一大堆黄沙。

沙漠古堡没了！

沙漠古堡被毁，大家再次看到了那片天空，看到了那轮血阳。

沙漠上躺着不少使徒，早就没了气息，而幸存的人都处于惊愕中，包括伊尼戈以及他的手下。

"怎么回事？"伊尼戈不明白，老师操控的沙漠古堡怎么会崩溃呢？

林雷环顾四周，一眼就看到了远处脸色苍白的迪莉娅，她的身旁还有一个死神傀儡。

"迪莉娅！"林雷立即冲了过去。

"林雷！"迪莉娅眼中顿时满是喜色，朝林雷冲来。

第490章

秘密

不管是使徒一方的人马，还是伊尼戈一方的人马，一时间都停止了攻击，林雷和迪莉娅却紧紧拥在一起。

"迪莉娅！"林雷的心这才安定下来。

自陷入沙漠古堡中没有看到迪莉娅起，林雷的心就一直悬着，生怕再也见不到迪莉娅。

其间，林雷回想起了当年在恩斯特魔法学院时与迪莉娅相处的场景，回想起了二人在奥布莱恩帝国重逢时的画面。

长久以来朝夕相处，迪莉娅早已成为林雷生命的一部分。

只有见到迪莉娅，林雷心中才会一片宁静。

林雷是这样，迪莉娅何尝不是这样？

"感谢老天！"迪莉娅在林雷怀中轻声说道，"林雷，刚才真的好险，我差一点就被那个上位神给解决了。可是我不想死，我想见你。"

迪莉娅想到之前的危急时刻，仍心有余悸。

面对危机，迪莉娅拼尽全力，除了操控死神傀儡，还将风系元素法则中能施展的奥义都施展出来了。

最终，她逃过一劫。

"我不会让你再遇到危险的。"林雷发誓。

握着迪莉娅的手，林雷这才觉得心里踏实。

当林雷、迪莉娅沉浸在相遇的喜悦中时，可怕的轰鸣声在半空响起。

只见一道青光、一道黑光在空中来回撞击，每一次都引得天地震动。

片刻后，这两道光芒落在了沙漠上，化为青袍老者和一袭黑袍的里尔蒙斯。

青袍老者脸色苍白，凝视着眼前的里尔蒙斯，心中惊惧至极："这个里尔蒙斯的实力比我想象的还要可怕，毁灭规则剑道竟然那般恐怖。"

青袍老者原本只是想缠住里尔蒙斯，没想到里尔蒙斯的实力超乎他的想象，反而令他陷入危机中，让他甚至不敢分心操控沙漠古堡。

于是，青袍老者只能让沙漠古堡消散，全身心地应对可怕的对手——里尔蒙斯。

里尔蒙斯手持长剑，冷冷地看着青袍老者，嘴角隐隐有一丝笑意："你的实力不错，有资格接我的最强一剑。"

青袍老者顿时脸色剧变："什么？最强一剑？"

他能坚持到现在，已经竭尽全力了。

听到里尔蒙斯这句话的强者们，心中更是掀起了滔天巨浪。

"迪莉娅，我们退后一点。"林雷牵着迪莉娅，退回到萨洛蒙、贝贝他们身边，准备观看这一场绝世强者的对决，"不知道他们会如何攻击。"

之前遇到强盗团伙时，里尔蒙斯施展的那一剑就令林雷震撼不已。现在能有机会再次见到那一剑，林雷绝对不会错过。

"那两个老家伙把我给耍了！"伊尼戈在心底暗骂，然后瞥了一眼远处的萨洛蒙，"绝对不会错，不过没机会了。老师他似乎撑不住了，我还是先走为上！"

旋即，伊尼戈直接融入沙漠中消失不见。

关注两大绝世强者对决的人们，根本没有注意到伊尼戈已消失。

现场认识伊尼戈的，只有那个白色长角银发老者。不过，白色长角银发老者也没注意伊尼戈。

轰的一声，里尔蒙斯全身爆发出可怕的剑气，一柄灰蒙蒙的虚幻巨剑在他的身后出现。他似乎成了这柄虚幻巨剑的核心，凌厉的剑气萦绕在他身边。

剑气越发明显！

哧哧声响起，剑气竟然令空间震颤了。

在场的人看到这一幕，不禁都脸色一变。

地狱这种至高位面，位面的稳定性远超普通的物质位面，空间一般不会轻易震颤。如今，里尔蒙斯还只是在蓄势，剑气就有如此威力了，他若是施展出最强一剑，威力又会达到何等程度？

"疯子，真是一个疯子！"青袍老者觉得难以置信。

"不过，你厉害又怎样？我照样能逃掉！"青袍老者瞬间化为数百个分身，朝四面八方逃逸。

风系元素法则中九大奥义之分身术！

"这么多分身？"迪莉娅大吃一惊，林雷也在心底惊叹不已。

迪莉娅施展这分身术，最多只能变出九个分身，而青袍老者能变出数百个分身。

同样是分身术，由不同实力的强者施展出来，威力相差很大。

"分身术的确适合用来逃命，数百个分身，气息难辨。里尔蒙斯要抓到对方，难了。"林雷在心中暗道。

"逃？你真让人失望。"里尔蒙斯的声音响起，同时，里尔蒙斯身边萦绕的剑气向四周散开。

仅仅片刻，青袍老者四散逃逸的数百个分身变得粉碎。

"怎么可能？"逃逸中的青袍老者本尊脸色剧变。

里尔蒙斯疾速飞向青袍老者，所过之处，空间产生大量波纹。他的速度不亚于青袍老者。

"逃不掉了！"青袍老者看着越来越近的里尔蒙斯，在心底叹道。

顿时，一柄银色软剑出现在青袍老者的手中："既然逃不掉，那就拼吧！"

青袍老者眼中满是杀意，青色的气流在他周身旋绕，竟然形成了宛如实物的一条巨龙。

"嗷——"青色巨龙咆哮。

观战的林雷心底大惊："风系元素法则中的奥义——声乐奥义。那条青色巨龙不但可以用来防御，还能进行攻击，影响对方的状态。"

"哈哈，星点爆！"平常冷漠的里尔蒙斯此刻却狂笑着，同时刺出了手中的长剑。一个黑色窟窿出现在空中，而这个黑色窟窿其实是一个圆形的空间裂缝。

长剑穿过了这道空间裂缝。以这个黑色窟窿为圆心，空间裂缝不断向外延伸，所过之处，哧哧声响起。

青袍老者挥动银色软剑，刺啦一声，一道极细的空间裂缝出现，同时还有奇异的声音响起。

在场观看的人因这两剑愣住了，一剑蕴含了毁灭规则，一剑蕴含了风系元素法则中的奥义。

噗的一声，银色软剑劈在了里尔蒙斯的长剑剑刃上。

接着，砰的一声，银色软剑猛然爆裂开来，化为无数银色碎片，四处飘落。

长剑剑尖瞬间刺中了青袍老者的眉心，速度之快，令青袍老者根本来不及躲闪。

青袍老者眼中满是震惊，眉心部位缓缓流出了鲜血。

轰的一声，青袍老者倒下。

"那银色软剑……那一劈……"林雷心中一动,似乎想起了什么,当即闭上眼睛。

沙漠中,其他人还在关注着战况,林雷却陷入了感悟中。

虽然青袍老者的战斗力比里尔蒙斯差一筹,但是在风系元素法则方面比较厉害,青袍老者已经融合了好几种奥义,其中便有快、慢两种奥义。

银色软剑的那一劈,蕴含了风系元素法则中的数种奥义。

林雷之前一直在苦思冥想,如何突破速度奥义的瓶颈,将快、慢两大奥义完全融合。

在经历了一系列战斗、多次心理剧变后,再加上刚刚看到的绝世强者之间的战斗,林雷隐隐感知自己修炼的瓶颈松动了……

青袍老者的尸体躺在沙漠上。

"唉。"里尔蒙斯叹息一声,声音中包含着失望。

里尔蒙斯扫了青袍老者的尸体一眼:"同样是使用软剑,你的实力比紫血恶魔差太多。你的时间几乎都耗费在防御、困人上,攻击方面太弱了。"

青袍老者的尸体上突然冒出一个人,正是青袍老者的神分身,不过是中位神神分身。

"里尔蒙斯,你说得对。"青袍老者苦涩地说道,"不过,我以后也没机会修炼风系元素法则了。"

青袍老者没想过逃跑,他的中位神神分身怎么可能逃得掉?

"里尔蒙斯先生,还请解决他。"白色长角银发老者走来,眼中满是怨恨,"我的兄弟已经被他解决了,我希望你解决他,或者让我亲自动手。"

他的大哥黑色长角银发老者和他一起生活了这么多年,现在就这么殒命了,他自然愤恨不已。

"不用你亲自动手。"里尔蒙斯说道。

在里尔蒙斯看来，青袍老者虽然现在只剩一个中位神神分身，但毕竟曾是一名绝世强者，强者不容侮辱。

"哼。"青袍老者瞥了白色长角银发老者一眼，旋即看向里尔蒙斯，说道，"里尔蒙斯，输给你我心服口服，只要你放了我，我就告诉你一个大秘密！"

"你要干什么？"白色长角银发老者急了。

青袍老者冷然一笑："害怕了？"

嗖的一声，白色长角银发老者陡然飞向青袍老者，眼中满是杀意。

可是一道剑光拍击在白色长角银发老者身上，直接将他拍飞了。

"里尔蒙斯先生，你！"白色长角银发老者有些生气。

里尔蒙斯淡然一笑："我现在也有些好奇到底是什么秘密。"

说着，里尔蒙斯看向青袍老者。

白色长角银发老者更急了。

青袍老者不屑地瞥了白色长角银发老者一眼，点头说道："好，我告诉你。你们这次护送的雇主是碧浮大陆凉安府博伊家族的老仆人……"

"你——"白色长角银发老者打断道，"你……你怎么……"

里尔蒙斯冷冷地看了白色长角银发老者一眼："闭嘴。"

青袍老者的脸上顿时有了一丝笑容，继续说道："博伊家族被毁了，而这两个老家伙带着博伊家族的巨额财富逃走了。里尔蒙斯，想必你也知道，在地狱中，一个庞大家族无数年积累下来的财富是何等惊人。"

白色长角银发老者听后，气得脸色煞白。

在贝贝旁边的妮丝也是一脸气愤，萨洛蒙却冷漠地看着这一切。

"博伊家族？"贝贝心中一动，不禁瞥了旁边的萨洛蒙一眼。

之前，林雷救下了妮丝，萨洛蒙不知道出于什么原因，感激林雷的时候说了自己的全名——萨洛蒙·博伊。

当时，贝贝没在意。现在听青袍老者这么一说，贝贝开始疑惑了。

"妮丝和我在一起这么久，从来没有主动告诉过我她的姓氏是什么。"贝贝在心底暗道，"既然这样，那就说明这姓氏很重要。萨洛蒙前不久才告诉我老大他的姓氏，他的姓氏是博伊……这个博伊是不是青袍老者说的博伊家族？"

贝贝想着，看向旁边的林雷。

"老大竟然闭眼修炼了！"贝贝哭笑不得。

旋即，他看向远处的里尔蒙斯、青袍老者和白色长角银发老者："这局势似乎越来越严峻了。里尔蒙斯会动手吗？"

的确，此刻的局势对白色长角银发老者而言很糟糕。

他没想到那个青袍人竟然会主动说出这件事情，他明白自己的实力远不如里尔蒙斯。如果里尔蒙斯想动手，那他确实没有办法。

"即使有少爷帮忙，也对付不了里尔蒙斯。"白色长角银发老者心底明白，

"现在大家都知道了这个秘密，眼红的恐怕不仅有里尔蒙斯，估计还有埃德华兹三兄弟。"

一路上，埃德华兹三兄弟虽然没有惊人的表现，但是都好好地活着，这从侧面证明了他们三兄弟的实力。

"不管怎么样，即使我死了，也不能暴露少爷。"白色长角银发老者在心底打定了主意。

"你说博伊家族？"里尔蒙斯眉毛一扬，"碧浮大陆凉安府的博伊家族的确是一个古老的家族，我即使在紫荆大陆也听说过博伊家族的大名。"

青袍老者说道："那是当然。博伊家族的财富，你完全可以想象到。"

埃德华兹三兄弟相互看了一眼，在暗中神识传音。

"唉，很乱啊。"贝贝瞥了远处的埃德华兹三兄弟一眼，又看了看里尔蒙斯，最后看了看势单力薄的白色长角银发老者，"他十有八九会没命，贪图博伊家族财富的人太多了。"

白色长角银发老者气愤地说道："里尔蒙斯先生，我雇用了你，你——"

"闭嘴。"里尔蒙斯冷冷地瞥了白色长角银发老者一眼。

青袍老者不禁笑了，开口说道："里尔蒙斯，那我就先走了。"

说着，青袍老者准备离开。

刺啦一声，一道黑色剑气突然袭向青袍老者。

青袍老者眼中满是惊骇，旋即轰然倒地，他仅剩的中位神神分身就此陨落。

白色长角银发老者、埃德华兹等人不禁感到错愕。

里尔蒙斯冷冷地瞥了一眼青袍老者的尸体，说道："我只是让你将秘密告诉我，可没答应饶你性命。你杀害我一个雇主，我怎么可能不解决你？"

里尔蒙斯旋即看向白色长角银发老者，白色长角银发老者的脸色顿时变得苍白。

"好吧，你要杀就杀吧。"白色长角银发老者说道，"你解决了那个青袍老者，也算为我大哥报了仇。"

白色长角银发老者已经做好了死亡的准备，在心底暗道："少爷，现在只能靠你自己了。"

"杀了你，谁给我佣金？"里尔蒙斯反问道。

白色长角银发老者感到吃惊。

旋即，里尔蒙斯直接走开，冷冷地说道："快准备金属生命，我们出发。"

"不杀我？"白色长角银发老者难以置信。

幸存的十余个使徒都吃惊地看着里尔蒙斯。

要知道，解决了白色长角银发老者就能得到一笔巨大的财富。对里尔蒙斯而言，这是很轻松的事情，但是，他没有这么做。

"这里尔蒙斯怎么回事？"埃德华兹三兄弟相互看了一眼。

里尔蒙斯的这一举动让埃德华兹三兄弟的计划无法实现了。

"大哥，我们只能先忍忍了。"埃德华兹三兄弟中的一个说道。

里尔蒙斯能做到不贪心，可是埃德华兹三兄弟做不到。

"等一下出发！"萨洛蒙忽然说道，"我的这位兄弟在修炼。"

里尔蒙斯、埃德华兹三兄弟、白色长角银发老者以及其他幸存的使徒都看了过来，只见林雷站立在沙漠中，双眼紧闭，身边隐隐有风旋绕。

这一幕让其他人吃惊不已。

"这就修炼了？"幸存的一些使徒觉得不可思议。

在这种情况下，林雷还能修炼，这确实夸张。

"就等他一个？把他弄醒。"埃德华兹三兄弟中的老二不禁皱着眉开口说道。

让他一个五星使徒在这边等一个中位神修炼，他可没这个耐心。

贝贝听了不由得皱起眉头。

"有意思，有意思。"里尔蒙斯看着林雷，脸上露出一丝笑容，"我们不急着走，就先等等吧。"

里尔蒙斯发话了，埃德华兹三兄弟便不再多说什么。

于是，这些幸存的使徒暂时在沙漠中休息起来。经历了这一次大战，上位神使徒只剩下里尔蒙斯、埃德华兹三兄弟、萨洛蒙，至于中位神使徒，包括林雷他们三人在内，还有十三个。

时间流逝，转眼三天过去了。

大部分使徒很有耐心，不在乎这三天时间。

"老大他要修炼到什么时候呢？"贝贝看着林雷，有些焦急，"现在那些使徒不急，可是如果时间长了，肯定会着急的。但是打断老大修炼，对他的影响肯定很大。"

贝贝明白，林雷突然修炼肯定是领悟了什么。这种领悟是很珍贵的，一旦被打断，要想再次进入状态是很难的。

嗡的一声，天地法则降临，覆盖了林雷。

"他突破了！"其他人瞬间睁开眼睛朝林雷看去。

他们都明白，天地法则降临是独力成神的人突破了境界的表现。

林雷飘浮起来，同时，他体内飞出了一个穿着淡青色长袍的风系神分身。

一枚散发出青色光芒的神格从林雷的头上冒出，飘浮在他头顶上方。在天地法则的影响下，大量风系元素朝这枚神格聚集过去，神格开始蜕变。

片刻后，这枚风属性下位神神格已经蜕变成风属性中位神神格。

天地法则消散，林雷睁开了眼睛。

"嗯？"林雷发现周围有一大群人在盯着他。

"恭喜林雷，你拥有一个中位神神分身了。"萨洛蒙笑着开口说道。

里尔蒙斯微微点头，看向林雷的目光中有一丝欣赏："很不错，经历生死危机能领悟突破。"

里尔蒙斯很欣赏这种在生死存亡之际都能突破的人。

他本人喜欢战斗、喜欢挑战，至于金钱，在他看来，够用即可。那博伊家族的财富，他根本就没有在乎过。

里尔蒙斯的目标是成为七星使徒，然后挑战修罗，成为地狱中一百零八个修罗之一。

埃德华兹三兄弟瞥了一眼林雷，嗤笑一声。他不过是中位神罢了，有什么值得自豪的，他们三兄弟根本瞧不起他。旋即，三兄弟中一人看向白色长角银发老者："嘿，那小子已经突破了，我们该出发了吧？"

"好，出发。"白色长角银发老者朗声说道。

"出发？"林雷这时候明白了，原来在他修炼时，其他使徒都在等他。想到这里，他有些不好意思。

"贝贝，我修炼多久了？"林雷灵魂传音。

"三天。老大，你真厉害，风系神分身也达到中位神境界了。"贝贝为林雷感到高兴。

林雷松了一口气："还好只是三天。"若是他在这里修炼了一年半载，别人还在等他，那他就真的不知道该怎么面对其他人了。

金属生命出发后，贝贝把这几天发生的一些事情都告诉了林雷。

紫荆大陆荒凉的一条山脉中。

伊尼戈站在一条瀑布下，身后还有两个上位神手下。

"没想到，博伊家族竟然还有这么一个后代。"伊尼戈在心底暗道，"虽然这家伙当年只进过一次博伊家族的家门就被赶出来了，但是好在当时被我注意到了。"

在博伊家族中，萨洛蒙的身份很隐秘。

认识萨洛蒙的人极少，知道他和博伊家族关系的更少。

伊尼戈当年也是机缘巧合才知道萨洛蒙这个人的。

这一次，当看到萨洛蒙时，伊尼戈瞬间就明白了。

"难怪那两个老家伙当初要逃到紫荆大陆，现在又要回去。"伊尼戈在心底暗道，"不过，既然被我知道了，那……"

"少爷，我们现在该做什么？"其中一个手下看向伊尼戈。

伊尼戈冷冷地说道："现在我们出发。"

说着，伊尼戈朝东方疾速飞去，那两个上位神立即跟上了。

金属生命在空中继续飞行。

现在，金属生命比之前更小了，因为里面的人少了很多。

林雷、迪莉娅的房间中。

"速度奥义由快、慢两大奥义融合而成，运用速度奥义施展的一剑，刚柔并济，诡异又凌厉。"林雷思考着。

见识过青袍老者的那一剑后，林雷明白修炼风系元素法则的强者非常适合使用软剑，因为软剑可以将风系元素法则中的奥义更好地展现出来。

林雷有了一些领悟。

"诡异、凌厉，这是最强一剑。"林雷在脑海中不断地演示着招式，努力将速度奥义运用得更好，威力发挥到最大。

这一剑属于物质攻击。

"物质攻击，如果配合我龙血战士形态……"林雷心底一喜，"龙血战士形态下，身体十分强大，爆发力、速度等方面都能达到一个极限状态。在这种状态下，运用速度奥义使用紫血神剑，威力肯定更大。"

同样的奥义，上位神的运用效果比中位神好，因为上位神的神力强，身体素质更好。

而林雷龙血战士形态下的身体比一般的上位神还要强，甚至可以和神器硬碰硬。

随着时间的流逝，林雷对自己最强一剑的认识也越来越深了。

转眼三个月过去了。

"可惜，在金属生命内不能直接试验。"林雷在心底暗道。

他的一剑能轻易切开这金属生命，如果真的切开了，估计那白色长角银发老者以及其他使徒都会愤怒的。

"林雷。"一个声音忽然响起。

"嗯？萨洛蒙，是你啊。"林雷看到了门外的萨洛蒙。

看到萨洛蒙，林雷就想到了贝贝之前告诉过他的事情。

"难道萨洛蒙真是博伊家族的人？"林雷在心底暗道。

萨洛蒙笑着说道："林雷，我有事情想和你谈一谈。"

第492章

再次雇用

林雷心中一动："萨洛蒙突然来找我会是什么事情呢？"

"萨洛蒙，我妻子迪莉娅在里面修炼，这样吧，我们出去谈。"林雷微笑着说道。

萨洛蒙回复："好。"

说着，他和林雷并肩朝旁边那间他的屋子走去。

林雷暗自猜测："萨洛蒙的全名是萨洛蒙·博伊。贝贝告诉我，那些人之所以追杀黑色长角银发老者、白色长角银发老者，是因为他们是博伊家族的老仆人，携带着博伊家族的财富。现在看来，那财富很可能在萨洛蒙的身上。"

"不过，如果萨洛蒙真的是博伊家族的一员，应该保密才对，他当初为何告诉我他的身份？"林雷心中不解。

两人进入房间后，萨洛蒙当即施展神之领域，隔绝了外面的声音。

"林雷，请坐。"萨洛蒙客气地说道，随即自己也坐下了。

林雷开口说道："萨洛蒙，你这次找我是什么事？"

说着，林雷看向萨洛蒙。

萨洛蒙表情苦涩，低叹一声。

"林雷，想必你也猜到一些了。"萨洛蒙感叹道。

林雷不否认，点头说道："对，我听说青袍老者死之前说了什么博伊家族，难道那博伊家族真的和你……"

萨洛蒙点头："对，我的确是博伊家族的一员，是博伊家族的继承者。"

林雷心底一惊。

果然，萨洛蒙还不是普通的家族成员，竟然是家族的继承者。

"博伊家族的确是一个大家族，"萨洛蒙缓缓说道，"是碧浮大陆凉安府排名前十的大家族之一。不过，一个庞大的家族想永不衰落很难。在敌对势力的影响下，我博伊家族开始逐渐衰败，落到现在这般境地。"

"我的父亲是博伊家族的族长。"萨洛蒙低声说道。

林雷微微点头。

"我父亲当年游历地狱，在紫荆大陆邂逅了我的母亲，偶然有了我。我只是一个私生子。"萨洛蒙低声说道，"在博伊家族，我这样的身份是很难继承家族族长之位的。"

林雷了然，在心中暗道："没想到这种事情在地狱也有，看来萨洛蒙当初的日子很不好过。"

私生子的地位远不如嫡子。

"当年，我和妮丝曾经去过一次碧浮大陆。不过那一次，"萨洛蒙脸色难看，"我们被赶了出来！"

林雷微微一惊。

被赶了出来？

"我在博伊家族只待了一天，就被迫离开了。"萨洛蒙苦笑道，"我回到紫荆大陆后才知道，我和妹妹被赶出来是我那个族长父亲计划好的。当时，父亲已经发现了家族的危机。"

"我回到紫荆大陆后，还是父亲的人将我送到我老师那里学习的。"萨洛蒙感慨道。

林雷在旁边聆听着。

"果然，"萨洛蒙继续说道，"博伊家族不久之后就完了，在凉安府等十大城池的一些产业被对手吞没。不过，我们博伊家族无数年积累的财富没有被吞掉。父亲暗地里让那两个忠诚的老仆人携带着巨额财富赶到紫荆大陆找到了我。"

林雷无奈地说道："萨洛蒙，你告诉我这个干什么？"

萨洛蒙将这个秘密告诉林雷，虽然代表了一种信任，但是也给了林雷压力。

萨洛蒙看着林雷，平静地说道："我相信你，也不想贝贝和我妹妹妮丝之间有什么芥蒂，还是说清楚好。"

林雷仔细看了一眼萨洛蒙，旋即微微点头。

这件事情如果不说清，的确会引起林雷和贝贝的猜忌，贝贝和妮丝之间也的确会有芥蒂。

"萨洛蒙这个朋友值得一交。"林雷在心中暗道。

对林雷而言，财富自然是多多益善，但是他不可能因为想得到财富就对付自己的朋友。

萨洛蒙继续说着："得到这笔财富后，我更加勤于修炼。直到我认为自己的实力达到了一个高度，我才带着两个老仆人和妹妹出发前往碧浮大陆。没想到过去这么多年了，还有人在等着。"

林雷淡笑着说道："萨洛蒙，一个家族的财富会让很多人眼馋的。等待上千年上万年又算什么？"

对一些活了上亿年的强者而言，等待上万年的确不算难事。

"也对。"萨洛蒙说道，"林雷，今天我来告诉你这些，一是希望我们之间不要有什么芥蒂，毕竟我妹妹是要和你弟弟在一起的。"

林雷对外人介绍时，都说贝贝是自己的弟弟。

"二是希望你以后帮忙照顾好我妹妹。"萨洛蒙苦涩地说道，"即使我抵达了碧浮大陆，也依旧会困难重重。我妹妹跟你们走也好，我只有这么一个妹妹，不希望她有危险。"

"没问题，这点你放心。"林雷毫不犹豫地说道，"只要我林雷还活着，绝对会保护好你妹妹。"

在地狱中，林雷最关心的无疑是自己的妻子迪莉娅和贝贝。就算是为了贝贝，林雷也会保护好妮丝。

"那我就放心了。"萨洛蒙点头笑道，"林雷，既然如此，我就不打扰你了，你去忙吧。"

林雷便离开了萨洛蒙的住处。

待林雷离开，萨洛蒙脸一沉，目光冷厉："我都告诉他这么多了，可他竟然还隐藏他的秘密。哼，他以为我不知道？四神兽家族的核心子弟……"

萨洛蒙很清楚四神兽家族的历史。

"四神兽家族当年名震四大至高位面，虽然现在颓败了，但是在地狱中仍不可小觑。"萨洛蒙喃喃道，"他变身后，鳞甲是青金色的，气息那般惊人，绝对是核心子弟。"

在沙漠古堡中的时候，萨洛蒙瞧见了林雷变身后的模样。

萨洛蒙作为博伊家族的继承人，被父亲托付给一位隐世强者教导，对地狱中的许多秘密自然清楚。

萨洛蒙之前告诉林雷他的全名，未尝不是有意结交。

和四神兽家族相比，博伊家族就是当初兴盛的时候也比不上，更别说现在了。当年，四神兽家族最鼎盛的时候，势力遍布四大至高位面。四神兽家族的威名，地狱中的绝世强者谁不知晓？

因此，在萨洛蒙看来，林雷绝对隐藏了秘密。

没承想，林雷对四神兽家族只是有些模糊认识罢了。

金属生命继续飞行，转眼又过了三个月。

"唉。"林雷在心中暗叹，"如何运用速度奥义施展一剑，我心中有谱了；可是不真正施展一下，不知道威力到底如何。这金属生命内又不能随意试验……"

林雷现在最想做的，就是找一个空旷的地方，施展蕴含速度奥义的一剑，确定这一招的威力。

"各位，请到大厅。"一个声音忽然响起。

"到大厅？"林雷有些疑惑，"这声音似乎是那个白色长角银发老者的。"

正在炼化神格的迪莉娅睁开了眼睛，问道："林雷，那个白色长角银发老者让我们去大厅干什么？"

林雷牵着迪莉娅，笑着说道："我怎么知道？走，我们出去看看。"

说罢，二人走出了屋子。

金属生命大厅内，一群使徒聚在一起，都看向那个白色长角银发老者。

白色长角银发老者朗声说道："各位，过会儿就会抵达宜兰城。我们会在宜兰城城外停下，大家就暂且在金属生命内休息。经过两次危机，许多使徒殒命了，那两个厨师也没了。这次，我会去城内请些厨师过来，也会再去使徒城堡雇用一些使徒。"

大厅中的使徒们没有反对，毕竟这次的护送任务很危险，他们乐于见到更多的使徒加入进来。

"这些日子好无聊，进城也好，放松放松。"有使徒开口笑道。

"老大，进入宜兰城后，我们去城内的餐厅吃些东西吧。"贝贝咂嘴道，"自从那两个厨师殒命后，我已经很久没吃过美食了。"

大家开始议论起来。

白色长角银发老者却说道："我希望各位就待在金属生命中，不要进入宜兰城。"

此话一出，顿时就有人不满了。

"为什么？"一个使徒开口问道。

白色长角银发老者淡然说道："我希望各位谅解，经过沙漠古堡一战，想必各位也知道了博伊家族的事情。我不希望这件事情传出去。各位若是不想待在金属生命内，可以出去走走，但不要进城。"

林雷在心中暗道："的确，如果有人将这消息泄露出去，恐怕众人途中会更危险。"

"这个道理我们明白。"埃德华兹三兄弟中的老大淡笑道，"你请放心，我们既然接了这个任务，自然不会泄露消息。况且为了我们自己的安全，我们也不会泄露。我们最多在城外走走，不入城内。里尔蒙斯先生，你说呢？"

里尔蒙斯淡漠地点头："任何人都不能进城，也不能随意和外人交谈，直至此次任务结束。"

白色长角银发老者大喜："谢谢四位了。"

有埃德华兹三兄弟、里尔蒙斯开口，其他使徒就不再多说了。

片刻后，大家透过透明金属部分看到了外面的城池轮廓。

金属生命停在了距离城门足有十余里的一处空旷的草地上，白色长角银发老者独自飞向城门，其他人则飞出了金属生命，在金属生命周围休息。

"希望大家自觉一点。"埃德华兹三兄弟中的老大冷冷地说道，"如果有人和外人接触，那就休怪我们三兄弟无情了。"

"哼，真无聊。"贝贝低声说道，"都不能进城。"

林雷脸上却满是笑容："正好，我可以趁机施展一下我的剑法。"

林雷走向旁边的空地，取出了紫血神剑。以防有人认出紫血神剑，他还特意将紫血神剑的模样变了一下。

其实，林雷担心过头了。虽然紫血神剑以前的主人是紫血恶魔，但是紫色的长剑有很多，加上林雷的用心滋养，紫血神剑的气息早就发生了变化。现在，谁能认出紫血神剑？

距离宜兰城一亿里处，有一庞大的火山群。

火山群占地方圆千里，令这一片区域都呈暗红色。

白色雾气从山脉中升起，浓郁的硫黄味老远就能闻到，到处都是尸体、白骨。

这里寸草不生，是地狱中出了名的险地——俾斯火山群。

数十人正飞行在俾斯火山群的上空，看其模样，有些狼狈。

"这地狱还真是混乱，想过点安稳日子都不行。"为首之人愤恨地骂着。

"大哥，我们还是赶快找一处地方先安定下来吧。"一个壮汉低声说道，"尽量找个不起眼的地方，把实力提上去再想别的。这地狱中，危险太多了。"

"嗯。"为首之人点头。

就在这时候，轰隆声不断响起，数千块燃烧着的岩石以可怕的速度冲天而起。

那数十人惊恐地想闪躲，可是那数千块岩石还能转弯。

接着，扑哧声不断响起。

一眨眼的工夫，数十个神级强者被岩石一一击中，从半空坠落。

他们的尸体落地后，哧哧声响起，火山群仿佛有生命一般，将这些尸体的空间戒指、神格、神器都吞没了。

片刻后，俾斯火山群恢复了宁静，除了地面上多了一些尸体外，没什么变化。

俾斯火山群是险地，但是对于那些没有阅读过地理书的人或者没有经验的人而言，怎么会知道这里是险地呢？

如林雷他们三人，是在购买了地理书看了之后才知道一些险地的。

不过，地狱中还有许多险地，连书上都没记载。

危机遍地，这便是地狱！

一个金属生命正疾速飞向俾斯火山群，在距离俾斯火山群还有数十里的时候落到了地面上。从这个金属生命中走出三个人，正是伊尼戈和他的两个上位神手下。

"少爷，我们现在就停下？怎么不飞到火山群旁呢？"其中一个上位神手下疑惑地询问道。

伊尼戈瞥了这个上位神手下一眼，说道："到火山群旁？你那是不想活了！俾斯火山群作为地狱中的一大险地，怎么会那么简单？跟我走。"

说着，伊尼戈便大步朝火山群走去。

"俾斯火山群到底有多危险？"两个上位神手下嘀咕着。

他们认为自己是上位神，不必畏惧危险的地方。

"还想活着就别乱来。"伊尼戈低声说道，"在这里，我可保不了你们。"

伊尼戈他们三人虽然是步行，但是很快就走完了一段数十里的路，来到了俾斯火山群的外围。

闻到那硫黄味，伊尼戈不禁咽下了一口口水。

"阿斯奎恩大人，我是碧浮大陆凉安府贝菲尔德家族的二少爷伊尼戈，还请阿斯奎恩大人赐见！"伊尼戈恭敬地躬身说道。

说完，伊尼戈依旧躬着身，静静等待对方回复。

"这火山群里有人？"伊尼戈身后的两个上位神手下感到惊讶。

他们也听说过俾斯火山群危险，却从来没听说过俾斯火山群里还有人。

"贝菲尔德家族？"一个浑厚的声音从火山群里传来，令火山群微微震颤，"进来吧。"

接着，一座火山的表面出现了一条通道。

伊尼戈深吸了一口气，朝那条通道走去。

他身后的两个上位神手下则十分吃惊。

"快点跟上。"伊尼戈低声喝道。

"是，少爷。"两个上位神手下立即跟随伊尼戈踏上了这条通道。

按照地狱的规矩，成为七星使徒便有资格挑战修罗。只要击败一个修罗，挑战者便能继承修罗之位。原先的修罗或是战死，或是活着退位。于是，退位的修罗就成了地狱中的避世强者。

毫无疑问，这些避世强者的实力可怕至极。

地狱中，一般人根本不知晓他们的存在，但一些古老家族是知道的。

两个上位神手下猜测："估计俾斯火山群中就隐藏着一位绝世强者吧。"

三人不断朝昏暗的通道里面深入。

哧哧声忽然响起，通道一旁的石壁化为无数碎石向外迸发。

"啊！"

"啊！"

两声惨叫响起，两个上位神手下被无数碎石击中，脑海中的神格也被击中了，当场魂飞魄散。

伊尼戈神色不变，却在心中暗道："没想到这么多年过去了，阿斯奎恩大人的那只宠物还是如父亲说的那样。哼，这两个家伙，正好当阿斯奎恩大人宠物的食物！"

片刻后，伊尼戈走到了通道的尽头，沿着地底岩浆河流来到了火山群地底核心。

这是一个非常大的洞穴，中央有一个炽热的金色岩浆湖泊。

"没想到，地底还有这么诡秘的玩意。"伊尼戈脸色一变。

扑哧声响起，金色岩浆不断翻滚。

伊尼戈脸上的肌肉抽搐了两下，沿着一条道路离开这里，来到了一座豪华的地底大殿里。

在地底大殿的最深处，一个笼罩在黑袍中的人坐在石椅上，怀中还抱着一只金色小猫。

伊尼戈当即躬身说道："伊尼戈·贝菲尔德拜见阿斯奎恩大人，也代我父亲向阿斯奎恩大人问好。"

"嗯。"阿斯奎恩淡然应了声，"伊尼戈，我听你父亲说过你。这次你来找我，有什么事？"

伊尼戈的脸上露出一丝笑容，说道："阿斯奎恩大人，我准备了很长时间，准备带领上百个上位神干一件大事，不过最后耗费了大量钱财，死了大批手下，失败了。"

"有什么事直接说！"阿斯奎恩不满地说道。

伊尼戈连忙说道："很久以前，博伊家族完蛋了，不过，他们家族的两个老仆人将博伊家族无数年的巨额财富卷走了。我一直在监控他们，甚至从碧浮大陆追到了紫荆大陆。终于，我发现了他们！"

"博伊家族？"阿斯奎恩终于动了，"你说的是和你们贝菲尔德家族齐名的博伊家族？"

"是的。"伊尼戈点头。

阿斯奎恩阴冷地笑了几声："哈哈，伊尼戈，博伊家族的财富，那可是一笔巨额财富。如此好事，你竟然来找我。你为什么没有回去找贝菲尔德家族的人呢？我不得不怀疑你的用心啊。"

伊尼戈说道："阿斯奎恩大人，我不找家族中人，有两大原因。第一个原因，我要找家族中的高手，最起码要赶回碧浮大陆凉安府，这距离实在太过遥远，难免出现什么事情让我丢了对方的踪迹；第二个原因，说出来也不怕阿斯奎恩大人笑话。"

伊尼戈自嘲道："阿斯奎恩大人，你也知道我哥是家族长子，未来是他继承家族家主之位。至于我，将来恐怕会被安排到偏远地方，手中的权力估计远不如现在大。"

阿斯奎恩阴笑两声："你小子倒也聪明。嗯，你就说说关于博伊家族的事情，如果我能得到这笔财富，自然不会亏待你。"

"这……"伊尼戈有些迟疑。

阿斯奎恩嗤笑一声："你小子想什么，我会不清楚？这样，你我就订一个至高神契约。如果我得到了博伊家族的财富，我便分你一成，怎么样？"

契约的力量很可怕，如金属生命之所以被人控制，就是因为契约。

常见的契约有人和魔兽之间的主仆契约、平等契约等，而至高神契约是级别较高的一种契约。

"好！"伊尼戈大喜。

博伊家族的一成财富啊！

如果他将博伊家族财富的消息告诉自己家族，家族或许会重赏他，但是能赏多少？

博伊家族财富的一成，是一个十分可观的数字。

于是，伊尼戈和阿斯奎恩当即订了至高神契约。

咻咻声响起，两道黑色光芒分别飞入伊尼戈、阿斯奎恩的眉心部位，进入他们的神格、灵魂中。

这样一来，伊尼戈彻底放下心来，当即笑道："阿斯奎恩大人，对方明面上安排两个老仆人雇用一群使徒，现在其中一个老仆人已经没了，只剩下一个老仆人了。"

"财富在那个老仆人的身上？"阿斯奎恩问道。

伊尼戈说道："不一定。阿斯奎恩大人，我在那些被雇用的使徒中见到了一个人，那个人很可能是博伊家族的人。我怀疑那些财富很可能在他的身上。"

"混在使徒中？"阿斯奎恩微微点头。

"阿斯奎恩大人请放心，到时候我跟着大人，自会将那人指出来的。"伊尼戈连忙说道。

阿斯奎恩淡然说道："伊尼戈，你来安排，到时候通知我即可。"

伊尼戈便恭敬地退去了。

待伊尼戈离开，阿斯奎恩站了起来，露出了黑袍下的苍白面孔。

阿斯奎恩嘴角有一丝笑意："既然订了至高神契约，这小子就不敢骗我，值得出去一趟。"

阿斯奎恩其实一开始担心伊尼戈耍手段，现在他放心了。

"普斯罗，我们准备出去吧。"阿斯奎恩摸了摸怀中的金色小猫。

"喵——"金色小猫喊了一声。

金属生命还停在宜兰城城外，埃德华兹三兄弟等一群使徒在城外静静等待着。

"那小子还真够刻苦的，总是在修炼。"

"估计是因为连番遇到危险，怕死吧。"

埃德华兹三兄弟低声谈笑着，同时瞥向远处正在试验剑法的林雷。

林雷整整十八天都在试验剑法，一边试验，一边修正。

他脑中所想的剑法和实际施展出来的剑法不一样，总有些误差。

林雷再次挥出手中的紫血神剑。剑影模糊，仿佛很快，又仿佛很慢。这种诡异的剑法令空间有些波动。

哧哧声响起，大地裂开。

"对了。"林雷眼睛一亮。

林雷仅仅使用了一成力，这威力就已经很惊人了。

林雷的脸上露出一丝笑容："差不多了，这一招迷影算成功了。如果我用十成力施展，再配合我龙血战士形态下的力量，威力应该是现在的数十倍。"

第494章

故人消息

花费十八天，林雷终于完全确定了自己推演、思考了很久的剑招。

这一招迷影已然是林雷目前最强的物质攻击。现在，他能安心地陪着迪莉娅、贝贝了。

金属生命在宜兰城城外等了一个月后，白色长角银发老者去迎接雇用的使徒们了。

很快，上百个使徒跟着白色长角银发老者走了过来。

新雇来的一些使徒看到林雷等人，不禁开口议论起来。

"这里果真也有使徒啊。"

"不过人好少，加起来不足二十个。"

"估计这任务很危险。"

"很危险？那是他们没用！"

听着那些议论声，埃德华兹三兄弟、里尔蒙斯等使徒在心中冷笑。

"人少？你们怎么会知道我们出发的时候，也有一百多个使徒！"

"没用？到时候看你们这些人能活下几个。"

白色长角银发老者笑着说道："各位久等了，现在都进去吧，我们准备出发。"

顿时，熙熙攘攘的一群人都进入了金属生命内。林雷、迪莉娅、贝贝、妮丝、萨洛蒙并肩前进。

"雇用了这么多。"贝贝嘀咕道，"一百一十个使徒，有一百个是中位神使徒，其他十个是上位神使徒。请这么多中位神使徒干什么？当挡箭牌吗？"

林雷听贝贝这么说，在心底暗道："挡箭牌？恐怕是使徒多点好隐藏萨洛蒙的身份吧。"

林雷突然回忆起萨洛蒙早先和自己的一次谈话。

那一次，萨洛蒙故作神秘，说这个护送任务很危险，护送任务的起点不是帝翼城，让林雷遇到危险就先保命。

当初，林雷还感激萨洛蒙。之后，林雷知道了，这个护送任务护送的就是萨洛蒙。

"恐怕那个传言是他故意传出来的。"林雷在心中暗道，"当危险来临，使徒们四散逃跑时，他也会趁机逃跑。逃跑的人多，他混在其中，谁会想到专门对付他？"

林雷不得不承认萨洛蒙想得的确周到。

"面对这种人，还是小心一点好，否则被他利用了都不知道。"林雷不禁对萨洛蒙起了警惕之心。

金属生命在宜兰城城外停留了一个月左右，终于再次起程。

现在，金属生命又和当初离开帝翼城时一般大小了，金属生命内也很热闹。

林雷、迪莉娅屋内。

迪莉娅蹙眉思考着什么，随后抬头看向林雷，开口说道："林雷，我有事情想和你说。"

"嗯，什么事？"林雷转头看向迪莉娅。

迪莉娅蹙眉说道："林雷，我们当初接任务，主要是为了赶路。不过，这个任务太危险了，我们护送的可是地狱中一个古老家族积累了无数年的巨额财富！我们已经连续两次遭到袭击了，我担心还有第三次。恐怕第三次会比前两次更危险。我们虽然需要历练，但是不需要这么危险的历练。现在，我们随时可能丧命。"

林雷点头。

这次行程中，他们第一次碰到的是强盗团伙，那只能算是试探；第二次碰到了沙漠古堡，里面危机重重；第三次又会碰到什么呢？

林雷伸手将迪莉娅拥在怀里，轻声说道："迪莉娅，我知道。不过，我们已经接了这个任务，难道现在主动退缩？你看其他幸存的使徒有人退缩吗？"

主动退缩这一行为会被记载在使徒的任务记录中，一旦传出去，那可是十分丢脸面的。

在地狱中，以勇敢为荣，以怯弱为耻。

"我不是这个意思。"迪莉娅连忙说道，"我知道我们现在不能退缩。我是说，等我们到了虹阳府蓝枫城，再接任务的时候，可要好好选，选个简单的。"

"我知道。"林雷点头，劝慰道，"这趟行程已经过了一半，再忍忍吧。"

"迪莉娅不喜欢太危险的事啊。"林雷在心中暗道。

实际上，这种在生死边缘徘徊、在刀尖上拼命的危险事情，让林雷觉得热血沸腾。

因此，他一点都不怕，反而想到了少年时代他和贝贝在魔兽山脉的日子。

嘎吱一声，林雷关上房门，朝大厅走去。

因为使徒多了，所以金属生命大厅再次变得热闹起来。

此刻，有七八个使徒在喝酒谈笑着，其中有两个是林雷认识的。

从宜兰城城外出发，距今也有数月了，林雷自然认识了一部分使徒。

"嘿，林雷！"一个使徒远远地向林雷打招呼。

林雷也笑着打招呼，随即在一张圆桌旁坐了下来，随意点了两样菜、一瓶酒，然后喝起酒来。

这时候，一个身高两米的壮硕金色短发男子走了过来，好奇地看着林雷，低声说道："你就是林雷？"

林雷抬头看了他一眼："对，我是林雷。"

"你是林雷·巴鲁克？"金色短发男子询问道。

林雷大吃一惊，竟然有人能说出他的全名："你是？"

金色短发男子看到林雷的表情，笑着坐在林雷的旁边："林雷，你别紧张，我只是过去听说过你的一些事情。"

"听说过我的事情？"林雷不解。

他在地狱没什么名声，怎么会有陌生人认识他？

"我先自我介绍一下，我叫巴彻勒。至于我为什么知道你的名字，奥利维亚，你认识吧？"金色短发男子笑道。

林雷惊讶地说道："巴彻勒，你认识奥利维亚？"

在地狱中这么久了，突然听到奥利维亚这个名字，林雷心中涌出一种特殊的感觉。毕竟，他们都是来自玉兰大陆位面的人。

"我当然认识他。"巴彻勒端着酒杯笑道，"我和奥利维亚也算有点缘分，我们是同一批来到地狱的，被紫荆军随意抛下后在同一个部落中短暂居住过。"

林雷在心中暗道："奥利维亚的经历和我差不多。"

"当时我已经是中位神，而奥利维亚只是下位神。不过他修炼的速度很快，大概五十年，在光明系元素法则方面，他就达到中位神境界了。"巴彻勒感慨道，"而后，我们一起来到宜兰城，一起参加了使徒考核，一起成功成为一星使徒。"

林雷的脸上也露出了一丝笑容。

看来，巴彻勒和奥利维亚的关系的确不一般。

"那奥利维亚人呢？"林雷问道。

巴彻勒无奈地摇头说道："我们成为一星使徒后，接了一个二星级任务。不过在执行任务时，我们突然遇到了危险，四散逃开了。我随一些朋友一起逃回了宜兰城，至于奥利维亚，我再也没看到过他。"

林雷眉头一皱。

"奥利维亚或许还活着吧。不过，谁知道呢？"巴彻勒仰头将杯中酒喝尽，放下酒杯感叹一声，"使徒去执行任务，本来就是生死难料。"

林雷微微点头。

在地狱中，这种事情看多了，他早就有了这方面的心理准备。

"我和奥利维亚在部落的时候，他和我谈过你，你给他的印象很深啊。"巴彻勒感叹道，"当初我称赞他达到中位神境界的速度快，他却说估计你也达到了。现在看来，果然如此！"

林雷感慨不已。

在玉兰大陆位面的时候，他和奥利维亚曾经被人放在一起议论评价，称为玉兰大陆万年来的绝世天才。可是，他和奥利维亚在地狱中是那般不起眼。

"希望奥利维亚还活着。"林雷为这个同乡朋友默默祈祷。

"我能连续碰到两个来自同一个物质位面的天才，这也是缘分，来，干杯。"巴彻勒笑道。

林雷对巴彻勒的印象不错，也笑着举杯。

于是，林雷和巴彻勒一边喝酒一边随意地谈论起来。林雷谈起了月亮湖城堡一战，巴彻勒也谈起了自己参加考核的过程。

林雷和巴彻勒都没注意到，金属生命此刻正朝一片火山群飞去。

"按照地图，这下面应该是很普通的山脉，怎么变成火山群了？"

在生命金属透明区域，有两个使徒在议论着。

然而，他们不知道这片火山群是前不久自动移过来的！

林雷、巴彻勒还在兴奋地谈论着。

"林雷，你不知道，我当时以为我要死了，没想到扑哧一声，奥利维亚突然出现在敌人的身后，一剑解决了对方，我这才保住了小命啊！"巴彻勒兴奋地说道。

嗖嗖声突然响起，金属生命砰的一声爆炸开来，只见无数的火红色巨石轰击向所有使徒，场面一时间混乱不堪。

砰的一声，不远处的一个使徒被一块火红色巨石砸中，瞬间变得粉碎，一枚神格从半空坠落。

一块火红色巨石向林雷袭来，林雷立即闪避，可是这块火红色巨石突然转弯，砰的一声，狠狠地砸在了林雷的身上。

林雷身体一震，体表的脉动铠甲嗡嗡响。

"幸亏脉动铠甲的防御力够厉害！"林雷暗自庆幸。

"不好，迪莉娅！"林雷试图朝迪莉娅飞去。

可是周围都是大量的火红色巨石。

林雷看到一块火红色巨石向巴彻勒飞去。

巴彻勒怒吼着劈出了手中的巨剑，一股狂暴能量和那块火红色巨石撞击，火红色巨石被劈成了两半。

可是，那两块火红色巨石依旧袭向巴彻勒。

巴彻勒顿时脸色剧变。

刺啦一声，一道模糊的紫色剑影陡然出现，既给人一种快如闪电的感觉，又给人一种慢吞吞的感觉。剑影所过之处，空间震颤。

紫色剑影掠过两块火红色巨石，令巨石顿时化为大量碎石。

巴彻勒松了一口气，瞥向林雷的目光中蕴含感激。

"小心！"林雷却脸色剧变。

旁边一块原本袭击别人的火红色巨石突然转弯，直接砸向巴彻勒的脑袋。

砰的一声，巴彻勒直接爆裂开来，一枚神格从半空坠落。

第495章

金色岩浆

轰隆隆的声音响起，无数火红色巨石聚集在一起，遮挡了阳光，朝使徒们靠过来。

林雷瞬间就被数块火红色巨石压得动弹不得。

哧哧声响起，所有火红色巨石诡异地移动起来。如果从高空中看，就会看到山群中多了一座火红色山峰。这座山峰由无数火红色巨石聚集而成。

林雷等所有幸存的使徒以及殒命的使徒尸体都在这座山峰内部。

"这是怎么回事？"林雷吃惊地看着眼前这一切。

原本压制他的火红色巨石移开了，一条狭窄小道出现在他的眼前。林雷沿着这条狭窄小道前进了大概十米，发现前方竟然还有一条直上直下的通道！

此刻，一个个幸存的使徒从一些狭窄小道会聚到了这一条直上直下的宽阔通道中，林雷他们一群人都悬浮在这条通道内。

"迪莉娅呢？"林雷有些焦急，朝一条条狭窄小道看去。

聚集在通道中的使徒绝大多数是上位神使徒，还有少部分中位神使徒。在刚才的突袭中，有许多中位神使徒丢掉了性命。

"老大！"一个声音忽然响起。

林雷猛然转身，只见迪莉娅和贝贝从远处一条狭窄小道一同出来了。

"迪莉娅，贝贝！"林雷心中欢喜，立即迎了过去。

贝贝和迪莉娅的眼中也满是喜色。

林雷仔细地看着迪莉娅，这才安心下来。

"刚才多亏了贝贝。"迪莉娅感慨道，"那袭击实在太突然了，一下子出现那么多火红色巨石。我先用死神傀儡扛住了一击，后来又有贝贝帮忙，这才躲过一劫。"

贝贝咧嘴说道："我就住在旁边，可以及时赶过去帮迪莉娅。"

此时，贝贝的眼中还有一丝焦急。

林雷明白，贝贝在担忧妮丝。

"妮丝呢？当时她没和你在一起？"林雷问道。

贝贝挤出一丝笑容："当时妮妮去了她哥那里。萨洛蒙是上位神，应该能够保护妮妮吧。"

"贝贝。"远处传来一个声音。

贝贝立即转头看去，脸上顿时满是惊喜："妮妮！"

妮丝和萨洛蒙立即飞了过来。

他们几人遭此一难还活着，脸上都不禁露出了笑容。

"劈开这山壁，大家出去！"有人忽然高声喊道。

砰的一声，爆炸声响起。

林雷他们转头看过去，看到一具尸体朝下方坠落。

"怎么回事？"林雷他们还有些茫然。

"各位，我们现在该怎么办？"一个声音忽然响起。

包括林雷在内的所有人都看过去，说话的是一个上位神使徒。

林雷听说过他的名字，他叫斯伯里，有一头微微弯曲的棕色长发，在宜兰城被雇用的一群使徒中威信较高，估计是四星使徒或者五星使徒。

他一反手，一道黑色刀影出现，所过之处，空间震荡。

当刀影划过山壁时，碎石飞扬，山壁上出现了一个足有半米深的小坑，然而大量碎石块疾速射向斯伯里。

无数刀影划过，那些碎石块化为碎石末。

诡异的是，碎石末再次聚集起来，飞向那半米深的石坑，将石坑完全填满了。

片刻后，山壁表面再次变得光滑，无一丝刀痕。

"大家也都看到了。"斯伯里扫了众人一眼。

许多使徒见多识广，见到这一幕就推测出来了。

"这应该是火焰巨人！"有人开口说道，"火焰巨人最重要的是生命元核，只要元核不碎，他就能操控无数巨石再次形成巨人身体。这片火山群估计是火焰巨人身体的一部分。"

"火焰巨人！"林雷大吃一惊，不禁和贝贝相视一眼。

林雷想到了一种生物，那是当年去众神墓地在第六层遇到的怪物——火焰君王。

那怪物原本在突厉雷等五人的攻击下已经裂开了，但是在一块透明石头的影响下，身体再次凝聚成形。最后，林雷靠大地奥义解决了对方。

"难道火焰巨人就是火焰君王？或者说火焰巨人是火焰君王的上位神形态？"林雷在心中暗道。

在他看来，火焰巨人只有是上位神才能轻易地解决那么多中位神。

"没想到，我们竟然在一个怪物的体内！这片火山群竟然是一个怪物。"贝贝嘀咕着。

"大家也清楚情况了，现在该怎么办？"斯伯里开口问道。

旋即，他看向旁边的白色长角银发老者："你有什么想法？这次是你雇用我们来的。"

白色长角银发老者诚恳地说道："我哪有什么想法？各位决定吧。"

"我们这里的上位神使徒有七个。"有人朗声说道，"刚才那种袭击，对中位神有威胁，对上位神没太大威胁。埃德华兹三兄弟、里尔蒙斯不在这里，应该没事。我估计幸存的使徒应该被分散开了。"

其他人微微点头。

埃德华兹三兄弟、里尔蒙斯都是此次护送队伍中的绝对强者，没人相信刚才那种袭击会让他们殒命。

可是，里尔蒙斯他们并不在这里。

"或许，他们在火焰巨人身体的其他位置。"斯伯里淡然说道，"不过，这火焰巨人也胆大，竟然敢让我们进入他的体内。只要我们找到元核，将元核破碎，他就死定了。走，我们现在先下去吧。"

斯伯里带头朝下方飞去，其他使徒一个个立即跟上。

林雷几人也一同朝下方飞去。

片刻后，他们便到了通道的尽头——一个很大的洞穴。这里有一条沸腾的岩浆河流，旁边也有通道。

火山群地底的一座大殿内，穿着一袭黑袍的阿斯奎恩坐在椅子上，怀中抱着金色小猫。伊尼戈略显恭敬地站在一旁。

"普斯罗，怎么样了？"阿斯奎恩轻轻抚摸着怀中的金色小猫，微笑着说道。

"喵——主人，我已经将那些使徒分开了，那些厉害的使徒分在其他地方。伊尼戈描述的那个叫里尔蒙斯的厉害使徒，我单独将他隔离在其他地方，他暂时不会破坏我们的计划。喵——"金色小猫口吐人言。

阿斯奎恩微微点头。

"喵——主人，那个白色长角银发老者，还有伊尼戈所说的可能是博伊家族的男子，他们都被我特意聚集在一起了。现在，他们要抵达金炎湖了。喵——"金色小猫的声音十分柔和。

阿斯奎恩满意一笑："差不多该动手了！"

扑哧声不断响起，洞穴中央的一汪金色岩浆湖翻滚着，四周空间因为高温而扭曲了。

当看到这金色岩浆湖时，部分使徒脸色一变，立即远离了这金色岩浆湖。

林雷、贝贝他们对这金色岩浆的可怕之处一无所知。

"液态的金炎。"萨洛蒙低声说道。

"金炎是什么？"林雷、贝贝、迪莉娅不解。

萨洛蒙低声说道："这是很危险的玩意，腐蚀性强、温度极高。别说是你们，就是上位神掉进去都很麻烦，最好别靠近这湖。"

"液态的金炎。"林雷喃喃道。

他虽然距离金色岩浆湖足有十余米，但是依旧感到热浪迎面扑来。如果是圣域级强者，恐怕在这金色岩浆湖旁数米处就会因为高温而死。

一群使徒有意地和金色岩浆湖隔开了一段距离，继续前进。

嗡的一声，金色岩浆湖周围的岩石地面仿佛海浪一样翻滚起来，所有使徒都措手不及，立即飞向半空。

洞穴墙壁上的火红色巨石突然大量脱落，同时以惊人的速度射向林雷他们这一群使徒。

面对突然袭来的火红色巨石，林雷他们只能拼命努力抵挡。

砰的一声，一块火红色巨石砸到了林雷。即使林雷的防御力强，也被那股冲击力轰得后退了数十米，竟然退到了金色岩浆湖的上空。

哧哧声响起，金色岩浆湖中的岩浆竟然化为金色液体巨手抓向林雷。

林雷赶紧施展速度奥义，整个人瞬间化为一缕青烟诡异地一扭，躲过了那巨手。

仅仅片刻，林雷就出现在迪莉娅、贝贝的身旁了。

"啊！"惨叫声响起，一个使徒被金色液体巨手一把抓住，被拖入了金色岩浆湖中，再也出不来了。

"大家小心，别被轰到金色岩浆湖附近。"林雷一阵后怕。

"林雷，你也小心点。"萨洛蒙是几人中最轻松的一个。凡是有巨石靠近他，他手中亮起黑光，巨石便化为碎粉了。

迪莉娅这边——

死神傀儡挡在她的前面，将一块块火红色巨石撞开。死神傀儡的身体坚硬无比，火红色巨石对它没什么影响。

"啊！"

又一个使徒被金色液体巨手拖进了金色岩浆湖中，只是这次是两只金色液体巨手。

这一幕让遭到大量火红色巨石轰击的众人胆战心惊。

"这里不单单是液态金炎很危险，火焰巨人的暗中攻击也很危险。一旦陷入液态金炎中，就是上位神恐怕也难以幸存。"萨洛蒙给林雷几人神识传音，"大家小心，千万别掉进去。"

林雷、迪莉娅、贝贝越发小心起来。

掉入金色岩浆湖中的大多数是中位神使徒。

此时，白色长角银发老者手持一根长棍，将一块块轰过来的火红色巨石挑开。

那些火红色巨石丝毫威胁不到他。

这时，有三个人出现了，正是埃德华兹三兄弟。他们是通过另外一条狭窄小道来到这个洞穴的。

金属生命爆裂后，那些袭击他们三兄弟的巨石试图分开他们三个，但是他们始终在一起。

"竟然是液态金炎！"埃德华兹三兄弟仔细观察了一番。

"啊，里尔蒙斯竟然不在这里！"埃德华兹三兄弟中的老三眼睛一亮，"大哥、二哥，这可是好机会啊，那个白角老头就在那里！"

埃德华兹三兄弟兴奋起来，没想到机会就这么来了。里尔蒙斯不在，他们三兄弟怕谁？

一旦解决了白色长角银发老者，他们三兄弟将得到博伊家族积累了无数年的惊人财富！

第496章
重宝之争

扑哧声依旧响着，金色岩浆湖中的岩浆不断翻滚，火红色巨石终于消停了。

林雷他们松了一口气。

突然，地面上的碎石悬浮起来，所有人再次警惕起来，时刻准备抵挡。

然而，这些悬浮的碎石朝四周有深坑的墙壁飞去，融入深坑中。

片刻后，洞穴内的所有墙壁恢复平整，似乎刚才什么都没有发生过。

"咻——"林雷他们这才真正地松了一口气。

"活着的人更少了。"迪莉娅低声说道。

洞穴内，大家都觉得压抑。

刚才那一轮攻击只是小菜而已，真正的大菜还没上来，护送队伍中的中位神却不足十个了。

上位神使徒斯伯里朗声说道："各位，我们——"

他的话还没有说完，三条电蛇猛然从远处冲出来，迅速袭向白色长角银发老者。每一条电蛇的蛇首上都有一道刀光。

"嗯？"萨洛蒙眉头微微一皱。

白色长角银发老者身体一晃，顿时分出三百多个分身悬浮在半空。每一个分身都散发出同样的灵魂气息，让人一时间无法辨别哪一个是真身。

"哈哈——"张狂的大笑声响起，那三条电蛇化为三个人，正是埃德华兹三兄弟。

"埃德华兹三兄弟，你们要干什么？"白色长角银发老者的所有分身同时怒喝道。

怒喝声不断在洞穴内回荡着，竟然蕴含了一股奇异波动。

林雷等一些中位神不禁感到脑袋眩晕。

"声乐奥义。"林雷清醒过来。

埃德华兹三兄弟此刻已经分开，分别站在洞穴口的三个方向，阻止白色长角银发老者逃窜。

"干什么？"埃德华兹三兄弟中的老大冷笑一声，旋即张开嘴巴。

"嗷——"一声吼叫，无数电光出现，覆盖了整个洞穴。

随即，这些电光分成两部分，在洞穴内形成了一个特殊的磁场，笼罩了林雷等一大群使徒。

"林雷、贝贝，这是雷电系元素法则中的一种物质攻击，比较奇特，你们保护好自己。"萨洛蒙神识传音。

萨洛蒙双手张开，只见两道黑光弥漫开来，分别将妮丝和迪莉娅笼罩住了，用来防护对方的物质攻击。

"谢了。"林雷对萨洛蒙神识传音。

萨洛蒙能帮忙保护迪莉娅就很不错了。

一瞬间，林雷就感到有一股惊人的奇异电力试图穿透自己身上的脉动铠甲。

不过，脉动铠甲防御力惊人，林雷硬是扛住了。

砰砰的声音不断响起，白色长角银发老者的三百多个分身逐一爆裂开来，一些中位神使徒一一倒下。

最终，除了林雷一行人外，只有两个中位神使徒撑下来了，其他中位神使徒都殒命了。

"二弟、三弟，你们也帮帮忙。"埃德华兹三兄弟中的老大说道。

于是，另外二人也张开了嘴巴吼叫。

伴随着吼叫声，电光越来越多了，分别向之前的两部分电光聚集而去。两部分电光之间的磁场越来越强，其中的电力也越来越强。

一声惨叫，另外两个中位神使徒化为了齑粉，两枚神格从半空落下。

"哼！"萨洛蒙低哼一声，笼罩妮丝和迪莉娅的黑光越发耀眼。

萨洛蒙面目狰狞，喝道："这三个浑蛋疯了！"

贝贝身体强悍至极，即使此刻电力变强，他也依旧能扛下，可是林雷体表的脉动铠甲有些扛不住了。

"不好。"林雷看到无数细小的电光在穿透自己体表的脉动铠甲。

危急关头，林雷变为龙血战士形态。

"嗯！"埃德华兹三兄弟大吃一惊。

青金色鳞甲覆盖全身，隐隐有青色光晕流转，一股强大的古老气息从林雷龙化后的身体上散发出来，令一旁的一些上位神使徒为之侧目。

林雷龙化后的身体丝毫不惧这电光。

"他是？"埃德华兹三兄弟相视一眼，心中有了一些推测。

对方的身体如此强悍，气息那般骇人，绝对不是那些一般的龙人。

"不管他是谁，我们的目标只是那个白角老头而已。兄弟们，动手！"埃德华兹三兄弟几乎同时跃起，手上都持着一柄很薄的短刀，隐隐有电光在上面流转。

白色长角银发老者怒喝一声，将手中长棍劈向埃德华兹三兄弟。

刺啦一声，空间出现了裂痕。

"老家伙一路上隐藏了自己的实力！"埃德华兹三兄弟脸一沉。

砰的一声，埃德华兹三兄弟中的老大手中的短刀直接和长棍相撞。

轰的一声，仿佛雷电轰鸣，白色长角银发老者手中的长棍上电光流转，他整

205

个人微微一颤。

埃德华兹三兄弟中的另外二人趁机疾速攻击白色长角银发老者。

林雷眉头一皱，不禁看向旁边的萨洛蒙。

白色长角银发老者是萨洛蒙的老仆人，可是萨洛蒙一点出手的意思都没有，只是沉默地看着。

显然，萨洛蒙根本不想插手，或者说没有足够的能力插手。

"唉，这老仆人要没了。"林雷在心底感慨。

"嗷——"一声吼叫，一条雷电巨龙咆哮着将那个白色长角银发老者一口吞下了。

白色长角银发老者在死亡来临的一刻疯狂地喊了一声，接着几声爆炸响起，雷电巨龙消散，白色长角银发老者躺在了地上，一动不动。

埃德华兹三兄弟中的老大立即捡起了那枚空间戒指，他们三人的脸上都露出了笑容。

"终于得到了！"埃德华兹三兄弟激动不已。

在沸腾的金色岩浆发出的金光的照耀下，那枚空间戒指显得那般夺目。

林雷看了一下旁边的萨洛蒙和妮丝，萨洛蒙依旧很冷静，妮丝眼角却有泪花。

"萨洛蒙绝对不想暴露身份。现在那两个仆人都没了，这次护送任务已经没有了雇主。"林雷在心底暗道。

林雷瞥了一眼激动不已的埃德华兹三兄弟，他很清楚，真正的重宝在萨洛蒙的身上。

"哈哈——"一阵笑声突然在洞穴中响起。

在场的所有使徒立即转头看去，只见一个全身笼罩在黑袍中的人从一条通道中走了出来。

黑袍人面色苍白，手中抱着一只金色小猫，淡然说道："你们三兄弟也妄想得到博伊家族的重宝？”

此言一出，埃德华兹三兄弟脸色剧变。

“乖乖将那枚空间戒指放下，我阿斯奎恩可能会饶你们一命，放你们离开。”阿斯奎恩冷冷地说道。

林雷等人都很自觉地退到洞穴的角落。

“看来，越来越精彩了。”贝贝双眼放光。

林雷则一直在注意旁边的萨洛蒙。

萨洛蒙的脸上此刻有一丝冷笑，埃德华兹三兄弟现在的遭遇让他很解气。

不过，林雷心中十分疑惑：“萨洛蒙难道不担心那个阿斯奎恩会对他动手吗？”

“你做梦！”埃德华兹三兄弟中的老大怒喝道。

他们三兄弟几乎同时化为三条巨型电蛇，轰然冲向阿斯奎恩。

阿斯奎恩左手抱着金色小猫，右手向前伸出。

他的右手戴着一个透明手套，透过透明手套能清楚地看到那只右手——泛黑、焦黄。

满是死气！

这右手一掌拍过去，只见那三条巨型电蛇的身上出现了裂痕，猛地变回了埃德华兹三兄弟。

只一次交手，埃德华兹三兄弟就确定他们完全不是那个黑袍人的对手，实力差距太大了。于是，他们毫不犹豫地选择逃窜。

“他至少是七星使徒，甚至有可能是退隐的修罗！”埃德华兹三兄弟惊恐至极。

“逃？”阿斯奎恩淡然一笑，“普斯罗！”

“喵——”那只金色小猫叫了一声。

突然，通向洞穴的通道完全闭合了。

埃德华兹三兄弟见到这一幕愣住了，于是转身相互对望。

随后，埃德华兹三兄弟中的老大恭敬地说道："阿斯奎恩大人，我们三兄弟不要这重宝了，献给大人你，希望阿斯奎恩大人能饶我们一命。"

"哦？又不要了。"阿斯奎恩笑了。

埃德华兹三兄弟连忙点头。

"可惜，我只给人一次机会！你们刚才没抓住那个机会，那就……"阿斯奎恩顿时化为数百道幻影围向埃德华兹三兄弟。

"化影分身术！"贝贝吃惊地瞪大眼睛。

阿斯奎恩使用这一招，威力明显远超贝贝，无论是在速度上还是在化影的数目上。

埃德华兹三兄弟一时间根本无法判断哪一个是真身。

阿斯奎恩的右手拍在埃德华兹三兄弟中一个人的头上，砰的一声，那个人倒下了。

"三弟！"其他两个人顿时喊道，同时还在闪避着。

化影分身术很可怕，因为真身可以随意地在每一个影子中移动。他们能避开一个影子，可是能避开所有的影子吗？

"很快就到你们了。"阿斯奎恩还在说着。

砰的一声，又一个人倒下了。

"二弟！"

埃德华兹三兄弟仅剩一人了。

砰的一声，埃德华兹三兄弟中的老大也倒下了。

随即，所有影子凝聚在一起，阿斯奎恩依旧抱着金色小猫。

洞穴中，林雷他们连大气都不敢喘一下。

太可怕了！

"难道阿斯奎恩是七星使徒，抑或是曾经的修罗？"林雷忍不住猜测。

林雷看得出来，阿斯奎恩的速度很快，他一掌出去，让埃德华兹三兄弟根本无法反应过来。

不仅如此，阿斯奎恩的实力很强，埃德华兹三兄弟的联手一击被他简简单单的一掌拍散了！

"这三个笨蛋还想得到博伊家族的重宝，连正主都没弄清。"阿斯奎恩嗤笑一声。

此话一出，萨洛蒙脸上的肌肉一跳。

阿斯奎恩转头看向萨洛蒙，淡笑道："博伊家族的小子，你以为你躲在使徒群中我就找不出你吗？将你家族的财富交给我吧。我同样给你一次机会，宝贝给我，我放你走！"

萨洛蒙瞬间脸色煞白，转过头怨恨地看向林雷。

他的身份只告诉过林雷一人！

第497章
萨洛蒙的怒火

萨洛蒙面目狰狞，心中燃起怒火。

他萨洛蒙只是博伊家族的一个私生子，进入家门仅仅一天就被赶了出来。

他后来被遣送到他老师那里，他的老师是一位避世强者，但是十分残忍。

"当年，被赶出家门的耻辱我忍了，在老师那里受的折磨我也忍了。我梦想有一日能站在地狱的巅峰，将那些瞧不起我的浑蛋全都踩在脚下！"萨洛蒙不禁回想起自己这么多年的生活。

当得到两个老仆人带来的消息，知道博伊家族完蛋了，家主的直系血脉只剩他一个时，他一点都不难受，反而欣喜若狂。

他萨洛蒙的机会来了！

两个老仆人带着巨额财富来找他了。

按照他父亲临死前安排的计划，他在他老师身边学习。待学习了一身本领后，他才带着两个老仆人和懵懂的妹妹出发前往碧浮大陆。

此次回去，萨洛蒙是要展翅高飞，成为人上人的！

原本，这一切计划都很完美。

当见到林雷变身时，萨洛蒙就猜到了林雷的身份。为了和林雷拉好关系，他报出了自己的全名。

萨洛蒙认为，待日后林雷知道了博伊家族的事情，一定会认为他很真诚，因为在那么危险的情况下，他还告诉了林雷他的全名。虽然这有点风险，但是能换取林雷的信任，他认为很值得。

最重要的是——

第一，他认为林雷暂时不会知道博伊家族的事情；

第二，林雷舍命救他妹妹一事让他明白，林雷应该不是那种贪图朋友钱财的人。

原本，萨洛蒙算计得很清楚。

没承想，沙漠古堡一役，博伊家族事情泄露，林雷和贝贝忍不住猜疑萨洛蒙。

为了消除猜疑，萨洛蒙告诉了林雷他的真正身份。

在萨洛蒙看来，林雷应该不会泄密。

可是此刻，这个黑袍人一眼就认出了他。

"博伊家族的人完蛋了，两个老仆人也没了，在地狱谁知道我的身份？一定是林雷！对，是林雷！是林雷在宜兰城城外泄露的，一定是这样！"萨洛蒙心底怨恨林雷至极。

"你这个浑蛋伪装得真好，连我都骗过了，我看错你了！"萨洛蒙怨恨地看着林雷，仿佛要将林雷吞了一样。

他的梦想，他无数年努力的目标，很可能因为林雷一朝成空！

他如何能不怨恨林雷？

林雷瞠目结舌，他没有泄露萨洛蒙的身份啊！

"林雷，你……你好啊！"萨洛蒙咬牙切齿，眼睛泛红。

"我——"林雷觉得十分冤枉。

他猜到萨洛蒙认为他泄密了，可是他从来没说过啊。

"萨洛蒙……"林雷想解释。

"你不用说了！"萨洛蒙的眼中满是怨毒。

一旁的妮丝感到心悸，这还是她那个亲切温和的哥哥吗？

"萨洛蒙，你盯着我老大看什么看！你那是什么眼神、什么态度？"贝贝怒喝道。

在贝贝心中，林雷如父母如长兄，他容不得他人这样对待林雷，即使对方是他喜欢的人的哥哥。

洞穴中，金色岩浆湖依旧在翻滚沸腾着。

不过，气氛很诡异。

"博伊家族的小子，别浪费时间，我的耐心是有限的。"阿斯奎恩抱着金色小猫，淡笑着说道。

萨洛蒙突然转头看向阿斯奎恩。

"想要得到我博伊家族的财富？我告诉你——"萨洛蒙面目狰狞，"你做梦！"

阿斯奎恩苍白脸上的笑容瞬间就没了，只剩下冷漠。

他冷冷地看着萨洛蒙："看来你是寻死了。"

"你杀了我也没有。"萨洛蒙昂首说道。

"哼。"阿斯奎恩冷笑一声，整个人仿佛瞬移一样，瞬间出现在萨洛蒙的面前，右手朝萨洛蒙拍去。

萨洛蒙眼睛瞪得滚圆，疾速后退，手中射出一缕黑光，目标是那只右手。

噗的一声，声音很小。

阿斯奎恩右手一颤，连忙收了回来，没有一丝损伤。

"你这是？告诉我，你的老师是谁？"阿斯奎恩惊讶地看着萨洛蒙。

萨洛蒙嗤笑道："问我老师干什么？难道我这小小手段令你怕了？"

阿斯奎恩苍白的脸上浮现出一丝恼怒，冷哼一声："给你机会你不要！"

阿斯奎恩再次缓缓伸出右手。

这一次，他的右手渐渐变得赤红，也渐渐变得比平常人的头颅还要大。

阿斯奎恩将怀中的金色小猫放在脚下，旋即抬头看向萨洛蒙："你以为你那点手段能威胁到我？"

话音刚落，阿斯奎恩化为数百道幻影，几乎充斥了整个洞穴。

黑暗系元素法则——化影分身术！

"难道真的要用那一招？"萨洛蒙心底踟蹰。

突然，一只蒲扇般大小的赤红大手朝他的脑袋挥来。

赤红大手所过之处，空间如同旋涡一般扭曲，还隐隐有黑色烟雾萦绕。

萨洛蒙脸色剧变，双手一翻，覆盖了黑光的右手直接朝赤红大手拍了过去。

砰的一声，洞穴震动起来。

萨洛蒙被震飞了，狠狠地砸在墙壁上，然后倒在地上，全身没一处好的，口中鲜血直流。

"哥！"妮丝惊呼道。

林雷、迪莉娅、贝贝都是眉头一皱。

"林雷，萨洛蒙怎么那么看你？难道他怀疑是你泄露了他的身份？"迪莉娅神识传音。

林雷心底发苦，神识传音："应该是这样吧，可是我——"

"我知道。"迪莉娅知道林雷不会泄露。

在地狱中，林雷才认识多少人？他即使想传给外人也没那个途径。

林雷看着受了重伤的萨洛蒙，知道自己无论说什么，萨洛蒙都不会相信。

这时，萨洛蒙站起来喊道："别杀我！"

"又不想死了？"阿斯奎恩嗤笑一声，同时一挥手，那只金色小猫飞回他的怀中，他的右手也恢复到原来的模样，"怎么，准备将博伊家族的财富交给我了？"

其实，阿斯奎恩担心萨洛蒙将财富放在其他地方没带在身上，因此他不想直接解决萨洛蒙。

"我的老师叫伊莱·克特拉！"萨洛蒙连忙说道。

阿斯奎恩眉头一皱，一副很厌恶的模样："果然是伊莱这个家伙，看到你使用毁灭之光我就知道了。博伊家族的小子，你能当他的弟子，还真是有承受力啊！"

阿斯奎恩嗤笑了两声。

萨洛蒙脸色阴沉，想到了在老师身边的日子，那的确非常痛苦。

"博伊家族的财富呢？在哪里？"阿斯奎恩继续说道。

萨洛蒙一僵，他刚才认为对方听到他老师的名字可能会放弃，可是对方并不在意他的老师。

阿斯奎恩看到萨洛蒙的表情就明白了，冷笑一声："怎么？难道你认为报出你老师的名字我就怕了？以你老师的性格，你就是没了，他也不可能为你出头。就算你老师过来，我阿斯奎恩也不怕他！"

萨洛蒙迟疑片刻，看到阿斯奎恩越发阴沉的脸色，连忙说道："阿斯奎恩先生，请给我点时间。"

"好。"阿斯奎恩微微点头。

他不想太逼迫萨洛蒙，毕竟他还不知道萨洛蒙将财富放在哪里了。

洞穴中，除了林雷他们几人外，还有其他几个一直保持沉默的上位神使徒。

这几个上位神使徒听了这一番对话后，也猜出了此次护送的宝贝是什么。

"那家伙竟然是博伊家族的人。"那几个上位神使徒都看向萨洛蒙。

萨洛蒙却盯着林雷，低声说道："林雷，你知道我为了实现目标等了多少年吗？"

"萨洛蒙，我没有——"林雷想解释。

"你不用说了。"萨洛蒙冷冷地说道，看向林雷的目光中有一丝怨毒，"林雷，我为了这一天已经修炼了上百万年，上百万年啊！你知道这多么漫长吗？而且我还要忍受伊莱·克特拉那个家伙的折磨！"

阿斯奎恩的眼中竟有一丝笑意："百万年？这个小子的忍受力还真是够强的。"

萨洛蒙眼睛发红："我一直在隐忍，在等待！我萨洛蒙信任你，告诉你我的身份，可是我万万没想到，你竟然泄露出去了！你林雷竟然要断绝我萨洛蒙唯一的希望！"

"我看错人了！"萨洛蒙咬牙切齿，"你这个贪婪的恶狼，我看错了!!!"

萨洛蒙转头看向阿斯奎恩，说道："阿斯奎恩先生，我真的很惊讶，你竟然在我的使徒队伍中安插了林雷这么一个棋子。我真是佩服，佩服得五体投地！"

萨洛蒙的每一句话中都蕴含着怨气。

阿斯奎恩眉毛一扬，笑了，没有否认。

在萨洛蒙看来，阿斯奎恩的笑容是一种得意的笑容，这令他愈加愤怒。

"林雷大哥，真的是你？"妮丝到了此刻才明白是怎么回事，她看向林雷，"你真的是这个阿斯奎恩的人？是你将我哥哥的身份泄露出去的？"

之前妮丝不明白阿斯奎恩为什么会知道自己哥哥的身份，现在她明白了。

林雷心底苦涩，开口说道："萨洛蒙、妮丝，我说我没有泄露过，你们相信吗？"

"妮妮！"贝贝脸上满是怒色，"我老大说了没有就绝对没有！更何况，我们根本就不认识这个黑袍家伙，我敢用我的性命保证！妮妮，难道你连我也不信？"

"可是我哥他……"妮丝很清楚自己大哥这些年的努力。

一旦这次成功了，她大哥就能一飞冲天。

"哼！"萨洛蒙冷冷地瞥了贝贝一眼，"妮妮，你难道看不出来，这个贝贝和你亲近，估计就是事先计划好的！"

　　妮丝听了脸色一白。

　　萨洛蒙转头看向阿斯奎恩："阿斯奎恩先生，我知道林雷是你的人，但是我希望你解决他；否则，你休想得到我家族的财富！"

此话一出，林雷脸色剧变。

萨洛蒙如果不是顾忌阿斯奎恩，早就解决了林雷。在他看来，林雷是阿斯奎恩一方的人，他自然不能轻易解决林雷。

"萨洛蒙你这个浑蛋！"贝贝立即愤怒地吼道，"我都说过了，我老大绝对没有泄露你的秘密！你怎么非得认定是我老大泄露的？你还想解决他？你真是浑蛋，浑蛋！！！"

贝贝此刻气得想去对付萨洛蒙，可是他的实力远不如萨洛蒙。

"萨洛蒙，林雷一路上几乎都在金属生命内，怎么可能有机会将你的秘密泄露出去？"迪莉娅也急了。

林雷却沉默地看着萨洛蒙。到了此刻，林雷算认清萨洛蒙这种人了。

萨洛蒙这种人为了计划能隐忍、能装好人，一旦计划失败，就会变得疯狂。

"你林雷、你的妻子、你的兄弟贝贝，都别想活着！！！"萨洛蒙如同疯子一样，指着林雷、迪莉娅和贝贝吼道。

听到这话，妮丝急了。

"哥，贝贝他……"妮丝十分焦急。

"妮丝！"萨洛蒙怒喝道，"你到现在还没看清他们三个的真面目？贝贝接近你就是不怀好意！"

妮丝不禁转头看向贝贝。

贝贝目光冷厉，盯着萨洛蒙："萨洛蒙，我最讨厌被人污蔑。你不但污蔑我，还想解决我老大，那你……"

贝贝看了妮丝一眼："妮丝，别怪我。"

"贝贝，你要干什么？"林雷感觉贝贝的状态不对。

贝贝冷着脸，手中出现了一柄黑色匕首，正是贝鲁特给他的那柄匕首。

"这是——"阿斯奎恩眼睛一亮，吃惊地看了贝贝一眼。

紧接着，贝贝嘴巴一张，一颗黑漆漆的圆珠飞了出来。

这颗黑漆漆的圆珠飞向黑色匕首的手柄位置，陷入刀柄的一个凹槽中，大小刚好。

顿时，这柄黑色匕首表面有一股青色气流萦绕，咻咻声响起，令空间震颤。

"这是什么玩意？"

萨洛蒙、妮丝，还有幸存的上位神使徒斯伯里等人大吃一惊，都感受到了这柄黑色匕首对他们的威胁。

林雷认为，以贝鲁特对贝贝的重视，绝对有给贝贝保命的底牌。

现在看来，应该就是这柄黑色匕首了。

不过，林雷不知道贝贝还有什么底牌。

看着那柄黑色匕首，林雷在心底暗道："太可怕了，这气息，恐怕连上位神也扛不住吧。"

"贝贝，不要！"妮丝连忙喊道。

贝贝冷冷地看着萨洛蒙，猛然甩出手中的黑色匕首。

刺啦一声，一道黑光闪过，空间出现了一道豁口。

萨洛蒙脸色一变，黑光速度太快了，他来不及逃。

突然，一只赤红大手出现，空间扭曲。

砰的一声，黑色匕首和赤红大手掌撞击在一起。

黑色匕首飞回了贝贝的手中，贝贝的脸色变得有些苍白，他吃惊地看向阿斯奎恩。

阿斯奎恩连续后退了数十米，旋即吃惊地看着贝贝手中的匕首，在心中暗道："没想到，贝鲁特竟然将这样的宝贝都给他了。这个小家伙和贝鲁特的关系非同一般。"

贝鲁特的可怕，阿斯奎恩是很清楚的。

阿斯奎恩思考片刻，瞬间打定了主意："现在，不能解决这个小家伙。不然，要是被贝鲁特知道了，那可麻烦了。"

其他人也是大吃一惊，阿斯奎恩的实力有多么可怕，他们可是看到了的。

埃德华兹三兄弟在阿斯奎恩面前毫无反抗之力，可是贝贝的这柄黑色匕首竟然击退了阿斯奎恩。

"贝贝，你这是？"林雷十分震惊。

贝贝灵魂传音："我没那么厉害。能击退那家伙，是因为那颗圆珠中蕴含了贝鲁特爷爷的力量。说起来，是贝鲁特爷爷击退了他。"

阿斯奎恩看了贝贝一眼，旋即瞥向萨洛蒙："萨洛蒙，为了保护你，我使用了一件亿万年的上位神器，可是被毁掉了。"

此刻，林雷他们才注意到阿斯奎恩右手上的透明手套已经裂开了。

"贝鲁特还真是名不虚传。"阿斯奎恩心中一颤。他虽然是避世强者，但是和传说中突然崛起的那位强大人物贝鲁特相比，还是有很大差距的。

阿斯奎恩此刻心底也满是怒气，盯着萨洛蒙。

对修炼者而言，一件被滋养了亿万年的上位神器何等珍贵！更何况，这件上位神器是阿斯奎恩自己滋养的。

"我说了，那个迪莉娅，还有这个贝贝，都不能活！"萨洛蒙低声说道。

"那个贝贝得活着，其他人都可以解决。萨洛蒙，你别挑战我的底线。"阿斯奎恩淡漠地说道。

"好吧。"萨洛蒙点头，"可以饶了那个小鬼。"

毕竟萨洛蒙最恨的是林雷。

"普斯罗，动手吧。"阿斯奎恩淡漠地说道。

"喵——"那只金色小猫轻轻叫了一声。

突然，洞穴内的石壁猛然朝中间移动，林雷他们见了，脸色剧变。

看着眼前不断靠近的石壁，那几个上位神使徒咆哮着向石壁砸去。

轰隆声不断响起，好不容易被砸出的一个直径半米的小坑，瞬间就复原了。

仅仅片刻，洞穴内的空间就缩小了七成，石壁一直移动到了金色岩浆湖边上。也就是说，洞穴内的人根本没有地方站立，只能悬浮在金色岩浆湖上方。

"迪莉娅，快让死神傀儡在下面挡着。"林雷担心迪莉娅会被拖入金色岩浆湖中。

"嗯。"迪莉娅轻轻点头。

"阿斯奎恩大人、萨洛蒙，我们可没插手你们的事，放了我们吧。"斯伯里等五个上位神使徒说道。

此刻，心中满是怒火的萨洛蒙瞥了他们一眼，冷冷地说道："哼，都别想活。"

"普斯罗。"阿斯奎恩淡漠地说道。

"喵——"金色小猫轻轻叫了一声，声音中似乎蕴含着一丝欢快。

顿时，下方原本只是翻滚沸腾的金色岩浆湖中冒出了大量的金色液体巨手，朝上方的使徒们抓去。

所有使徒凭借速度努力躲闪，金色岩浆湖上空是窜来窜去的人影。

唯有阿斯奎恩、萨洛蒙、妮丝还有贝贝没有动，因为没有金色液体巨手去抓他们。

"贝贝，你去迪莉娅那边。"林雷灵魂传音。

"知道，老大。"贝贝立即飞向迪莉娅。

在贝贝与迪莉娅挨在一起后，那些金色液体巨手就有所顾及了，会尽量避开贝贝。

不过，一些金色液体巨手竟然会绕弯去抓迪莉娅。

但是总的来说，有贝贝在，迪莉娅就安全一些了。

"这样持续下去没个尽头啊。"林雷在心中暗道。

这周围没有任何通道，他们躲得了一时，躲不了一世，总会被抓住的。

"啊！"一个上位神使徒被一只金色液体巨手抓住了。

瞬间，这个上位神使徒被冒出的大量金色液体巨手包裹住了，被直接拖入了金色岩浆湖中。

这一幕，令林雷他们脸色剧变。

"老大！"贝贝焦急的声音在林雷的脑海中响起。

林雷掉头看过去，看到迪莉娅也被金色液体巨手包裹住了。

迪莉娅虽然有贝贝帮忙，但是实力弱，终究还是被金色液体巨手抓住了。

一旦被金色液体巨手抓住，几乎无法挣脱开来。

迪莉娅的身体渐渐被拖向金色岩浆湖中，她的视线一直在林雷的身上。

林雷愣住了，仿佛傻了一样。

"林雷，照顾好自己。"迪莉娅的声音在林雷的脑海中响起，

"迪莉娅！"林雷的眼睛瞬间变红，整个人如一支利箭毫不犹豫地冲向迪莉娅。

林雷的眼中只有迪莉娅，迪莉娅的眼中也只有林雷。

此刻，迪莉娅的身子已经沉进了金色岩浆湖中，只有脑袋还冒在外面。

二人的距离越来越近，林雷的脑海中不禁浮现出二人过去在一起的无数场景——

少年时代，在学院一起上课；相隔十年，在奥布莱恩帝国相见；混乱之岭，

结婚生子……到了地狱后，迪莉娅跟随自己闯荡，默默提升自己的实力……

见到林雷毫不犹豫地冲过来，迪莉娅的眼泪流了下来。

砰的一声，金色岩浆四溅。

林雷跳入金色岩浆湖中，一把抱住了迪莉娅。他体表的土黄色气浪涌出，迅速地包裹住迪莉娅，在迪莉娅的体表也形成了一层脉动铠甲。

可是，金色岩浆的腐蚀力很强，一直在腐蚀着脉动铠甲。

于是，林雷借用地系神分身的神力形成脉动铠……

金色岩浆湖内。

土黄色气浪包裹着林雷和迪莉娅，然而一根根精神力细丝朝林雷和迪莉娅的灵魂而去。

那些细丝竟然在林雷的灵魂海洋中寻找到了灵魂防御主神器的豁口，然后通过豁口奔向林雷的灵魂。

林雷和迪莉娅都感到昏昏沉沉的。

"林雷，你好傻。"迪莉娅的眼中有着泪花。

"我们一起闯荡地狱，即使死，也要一起死。"林雷轻声说道。

迪莉娅不禁露出笑容，说道："林雷，我这一辈子很满足了。"

在失去意识的最后一刻，林雷的脑海中再次闪过一幕幕场景——

在玉兰大陆，和德林爷爷相遇，解决芬莱王国国王，在奥布莱恩帝国扬名立万，建立巴鲁克帝国，闯荡众神墓地，灭掉光明圣廷……

在地狱，迪莉娅一直陪着他，一起参加使徒考核，一起接使徒任务，一起执行使徒任务……

"我也一样，这一辈子很满足。"

旋即，林雷彻底没了意识。

第499章
黑色令牌

金色岩浆湖不断翻滚，金色液体巨手朝剩下的三个上位神使徒抓去。

如今，只剩下他们三个了！

"萨洛蒙这个浑蛋，我们就算死也要带上他！"斯伯里给另外二人神识传音。

"好！"他们知道自己躲不过了。

嗖嗖声响起，这三个上位神使徒几乎同时朝萨洛蒙冲去。

可是他们还没靠近萨洛蒙，一只泛黑、焦黄的手就拍了过来。

砰的一声，其中一个上位神使徒被击中，直接落入了金色岩浆湖中。

"阿斯奎恩！"另外两个上位神使徒大吃一惊。

显然，阿斯奎恩不会让他们对付萨洛蒙。

"解决他妹妹！"斯伯里神识传音。

于是，这两个上位神使徒避开金色液体巨手，直接朝妮丝冲去。

此刻，贝贝还沉浸在林雷、迪莉娅双双陷入金色岩浆湖的震惊中。

片刻后，贝贝眼中有一丝惊喜："老大还活着！我感知到了老大的灵魂！"

贝贝和林雷魂相连，贝贝自然清楚林雷的状况。

这时，那两个上位神使徒已经到了妮丝的身前。

看着眼前劈来的模糊刀影，妮丝的脸色瞬间就白了，闭上了眼睛。

锵的一声，金属撞击声响起。

妮丝感觉自己被人紧紧抱着，睁开眼睛一看，吃惊地说道："贝贝！"

正是贝贝为她扛住了一击。

"啊！"其中一个上位神使徒被震得反弹出去，顿时被下方的金色液体巨手抓住了。

他虽然努力挣扎，但是依旧被金色液体巨手拖进了金色岩浆湖内。

大量金色液体巨手仿佛花朵合拢一样，将最后一个上位神使徒斯伯里直接拉入了金色岩浆湖内。

"贝贝，你没事吧？"妮丝担忧地问道。

说完后，妮丝想起了萨洛蒙说的话，突然觉得有些尴尬。

"没事，这个浑蛋竟然使用灵魂攻击。"贝贝脸色有些苍白，旋即一愣，他注意到了妮丝的表情。

贝贝苦涩地一笑，还是轻轻放开了妮丝。

妮丝离开那怀抱，突然觉得心中一空。

贝贝摸了摸自己的鼻子，说道："我自作多情了。"

妮丝听了很难受，关于泄露秘密的事情宛如一根刺扎在她心里，可是她转念一想："如果贝贝真的骗我，他刚才就不会救我了。"

"照顾好自己，妮妮！"一个声音在妮丝的耳边响起，旋即便是扑通一声。

等妮丝反应过来后，贝贝已经进入金色岩浆湖中了。妮丝顿时就蒙了！

她脑海中浮现出了那个喜欢嬉闹又真诚关心她的戴着草帽的少年的样子。

"贝贝死了吗？"妮丝觉得自己的心仿佛裂开了。

"妮丝，你干什么？"萨洛蒙喝道，同时疾速飞到妮丝的身边。

"哥，贝贝他……"妮丝的眼中升起一层水雾。

萨洛蒙喝道："你在想什么？那个贝贝根本是故意的。他身体强硬，完全能扛住那一刀！你要记住，林雷他们是我们的仇人，幸好他们死了，否则……"

萨洛蒙心中还满是怨恨。

"可……可贝贝如果不关心我，他完全可以不救我啊。"妮丝还在为贝贝说话。

"他就是要让你这样想。"萨洛蒙冷冷地说道，"妮丝，这个贝贝心思狡诈着呢。"

这时，轰隆隆的声音响起，洞穴内的石壁恢复成原来的样子了。

阿斯奎恩抱着金色小猫落到了平地上，萨洛蒙也拉着自己妹妹落了下来。

金色岩浆湖底部，有一处的岩浆竟然自动避开，形成了一个真空区域，林雷和迪莉娅闭着眼睛躺在里面。

片刻后，林雷和迪莉娅醒了。

"这……这是怎么回事？"迪莉娅立即用神力修复好身体，同时疑惑地看向林雷。

林雷摇头："我也不知道。"

旋即，林雷和迪莉娅都笑了。

"林雷，我以为我没命了。"迪莉娅轻声说道。

"我也以为自己没命了。"林雷感慨道。

在死亡线上走了一遭，这种感觉震撼心灵。

"林雷，"迪莉娅靠在林雷的怀中，仰头看着林雷，"经过这一次，我释然了。虽然在地狱中会面对许多危险，但是只要有你陪着，不管在什么地方我就不会害怕了。"

林雷拥着迪莉娅没有出声，心中满是幸福。

"你们夫妻俩还真是舒服啊！"一个低沉的声音在林雷、迪莉娅的脑海中响起。

林雷、迪莉娅顿时大吃一惊。

"你是？"林雷开口问道。

"掉入这液态金炎湖的，除了你们二人，其他人没一个活着的。"那声音继续说道。

林雷、迪莉娅瞬间明白了此人的身份。

"你是火焰巨人。"林雷开口说道。

"对，你可以称我普斯罗。"那低沉的声音说道。

"普斯罗。"林雷想起了阿斯奎恩怀中的那只金色小猫。

"你是四神兽家族的，最重要的是，你和那个贝贝的关系不浅，所以主人让我饶你们一命。你们在液态金炎湖中，外人都以为你们没命了，可以暂时迷惑一下那个萨洛蒙。"

"你们现在就在这里面待着，我不会要你们的小命。想必你们也知道，我随时可以解决你们。"

随即，那个声音便消失了。

林雷和迪莉娅相视，笑了。

迪莉娅说道："林雷，之前我见阿斯奎恩不敢对贝贝动手，我就想他会怎么对我们。原来，阿斯奎恩是这么打算的啊。"

林雷也笑了。

之前，掉进金色岩浆湖中的人殒命了，这让萨洛蒙认为凡是进入金色岩浆湖中的人都不能活命。

其实，金色岩浆湖由普斯罗控制，进入金色岩浆湖中的人的生死全掌握在他的手中。

"普斯罗的实力也很可怕。"林雷在心中暗道。

当时，他感知到不属于自己的精神力细丝直接穿过了灵魂防御主神器的豁口。他早就知道强大的上位神能做到这一步，这一次就被他遇上了。

扑通一声，一个人影疾速朝林雷二人游来。

林雷灵魂传音："贝贝，你下来干什么？"

仅仅片刻，贝贝就到了这片真空区域。

"老大，你们果然没事。"贝贝见到林雷和迪莉娅，顿时大喜。

"你们还真是麻烦！"普斯罗的声音再次响起。

"他是谁？"贝贝脸色一变。

林雷解释道："这是火焰巨人普斯罗。"

"普斯罗？难道是那只猫？"贝贝眼睛一亮。

"别跟我提猫！"普斯罗愤怒的声音响起，"好了，你们三个都给我乖乖待在里面，别出去。外面的声音可以完全传进来，你们谈话的声音不会传出去。"

林雷、迪莉娅、贝贝果然听到了上面传来的声音。

阿斯奎恩抱着金色小猫，淡笑着看着眼前的萨洛蒙："萨洛蒙，那些人都没了，我这么给你面子，你现在应该将你家族的财富给我了吧。那笔财富是在你的身上，还是在其他地方？"

妮丝此刻显得有些紧张。

萨洛蒙却淡笑着说道："我承认我是博伊家族的人，可是阿斯奎恩先生，我必须告诉你一个消息。"

"说。"阿斯奎恩眉头一皱，感觉情况不对。

"我身上的金钱和包括放在外地的金钱加起来，不超过一百亿块墨石！"萨洛蒙淡笑道。

对普通上位神而言，一百亿块墨石很多，可在阿斯奎恩看来算不上什么。

"你在耍我？"阿斯奎恩脸色一变。

萨洛蒙连忙说道："不，不，我不是耍你。实话告诉你吧，我的那两个老仆人当年的确给我带来了一笔巨大的财富，可是我把这笔巨额财富献给了一个人！"

"给谁？"阿斯奎恩眉头一皱，"你可别欺骗我。"

"艾肯大人！"萨洛蒙回答道。

阿斯奎恩脸色一变："艾肯？"

阿斯奎恩不禁怒气上涌，怒喝道："萨洛蒙，艾肯大人是厉害，我阿斯奎恩确实不敢惹他，可是，你以为随便报出个名字就能让我放弃？你为什么不说贝鲁特，不说伟大的主神紫荆君主呢？报名字，谁都会报！"

萨洛蒙一翻手，手中出现了一块黑色的令牌，上面有着复杂的纹路。

"你应该认识这块令牌吧。"萨洛蒙说道。

"嗯！"阿斯奎恩脸色一变，顿时沉默了。

他认出来了，这的确是艾肯大人的令牌。

萨洛蒙既然持有这块令牌，那就和艾肯的关系不一般，或者说萨洛蒙奉艾肯之命在做某件事情。

在紫荆大陆上，艾肯的实力是数一数二的，有人怀疑他已经到了大圆满的境界。

艾肯曾经当过修罗，后来主动退位，让另外一个七星使徒继任。

不会有人认为艾肯实力不够，相反，大家都清楚艾肯的可怕之处。虽然艾肯不是修罗，但是他的实力已经超过了绝大多数修罗。

紫荆大陆的艾肯和血峰大陆的贝鲁特，都是地狱中最耀眼的人物。

洞穴中突然安静下来，只有金色岩浆湖翻滚沸腾的声音。

片刻后，阿斯奎恩转头看向后方："伊尼戈，你说怎么办？"

后方的石壁上陡然裂开一条通道，从里面走出一个人，正是伊尼戈。

"虽然萨洛蒙拥有艾肯大人的令牌，但是不代表他没有家族财富。"伊尼戈开口说道。

"你是——"萨洛蒙、妮丝都盯着伊尼戈。

"我在沙漠古堡见过你。"妮丝惊呼道。

伊尼戈一怔，而后笑着说道："萨洛蒙，我就是追杀你的人，怎么了？"

"那这次？"萨洛蒙有些反应过来了。

"对，你的身份是我告诉阿斯奎恩大人的。"伊尼戈嗤笑一声，"当年，你在凉安府被博伊家族赶出门，正好被我看到。"

萨洛蒙一怔。

"可怜了那个叫林雷的小子，被你冤枉得不清啊！"伊尼戈笑了起来。

被冤枉了

金色岩浆湖湖底，林雷他们三人清晰地听到了上方传来的声音。

"林雷，他们总算知道你是被冤枉的了。"迪莉娅此刻很开心。

贝贝愤愤不平地说道："萨洛蒙那个浑蛋，发现他的身份泄露就认定是老大做的，这种人根本不值得做朋友！"

自从萨洛蒙要阿斯奎恩解决林雷、迪莉娅，贝贝就极度厌恶萨洛蒙了。

"萨洛蒙，不值得为他生气。"林雷摇头说道，"只可惜，妮丝还是不错的。"

"妮妮？"贝贝一怔，回忆起之前妮丝的尴尬表情。

忽然，哭泣声从上方传来。

"是妮妮。"贝贝仰头，却只能看到一片金色岩浆。

液态金炎让整个洞穴的温度变得极高，空间也开始扭曲了。

"林雷是冤枉的？"萨洛蒙站在原地，一时间沉默了。

然而，妮丝压抑了许久的悲痛完全爆发了，猛然跑向金色岩浆湖。

萨洛蒙大惊，赶紧上前一把抓住妮丝："妮丝，你要干什么？寻死吗？"

那是液态金炎，强大的上位神或许还能在里面撑一段时间，但是中位神进入必死无疑。

"是我的错，是我的错！我该相信贝贝的，我该相信他的！"妮丝哭泣着。

此刻，妮丝心中充满了无尽的悔恨。

之前，贝贝冲进金色岩浆湖中时，妮丝感到悲痛；但是，当时她心中还有一个声音——贝贝是故意接近她的，是骗她的！

现在，妮丝知道了林雷是被冤枉的。

她错了，林雷是被冤枉的，贝贝对她是真心的！

"贝贝没有骗我，贝贝从来没有骗过我。贝贝为救我不顾性命，可是我竟然怀疑他，不相信他。"妮丝的脸上满是泪痕。

她试图靠近金色岩浆湖，可是萨洛蒙怎么可能看着自己的妹妹去送死？

萨洛蒙硬是抓住妮丝的手，焦急地说道："妮丝，贝贝他们已经死了，已经死了！后悔也没用了。"

"死了？"妮丝一怔，随即瘫在金色岩浆湖湖边，脑中回想起了她和贝贝的一些对话——

"妮妮，为什么有人说你们女人既美丽又愚蠢呢？"

"女人美丽是为了让你们男人爱上我们啊。至于女人愚蠢，估计是为了让我爱上你啊！"

"愚蠢才爱上我？"

"不愚蠢怎么会爱上你？"

妮丝一翻手，手中出现了一顶草帽，那是贝贝送给她的。

贝贝的话犹在耳边，贝贝却不在了。

妮丝看着手中的草帽，觉得心在颤抖。

一瞬间，无尽的悔恨仿佛虫子一样在咬着她的心脏。

妮丝哭了，无声地哭了。

萨洛蒙见到这一幕后悔了，毕竟妮丝是他唯一的亲人。他虽然会算计别人，但是从不会这样对待自己的妹妹。

"妮丝……"萨洛蒙跪坐下来，伸手扶住妮丝的肩膀，安慰道，"别伤心了，贝贝已经死了，一切都晚了。是哥的错，对不起。"

"死？"妮丝看着眼前沸腾的金色岩浆，忽然回忆起贝贝被上位神硬砍一刀都没事的场景，立即转头看向阿斯奎恩，"阿斯奎恩先生，贝贝身体的防御力那么厉害，一定能扛得住这液态金炎的！他在这湖底，没死，对吧？你告诉我贝贝他没死，阿斯奎恩先生！"

妮丝满是泪水的双眸盯着阿斯奎恩。

妮丝心中满是悔恨，现在只想贝贝活着出现在她的面前。

阿斯奎恩却摇头，淡漠地说道："妮丝小姐，我告诉你，那个叫贝贝的，他死了。那些上位神，还有林雷夫妻二人，凡是掉进湖中的人都死了。"

"妮丝，如果贝贝还活着，他会不出来吗？"萨洛蒙连忙劝说道。

妮丝低头看着手中的草帽，心中满是悲痛。

金色岩浆湖湖底。

"妮妮！"贝贝哭了。

听到妮丝的哭声、话语，他也哭了。

贝贝猛然朝外冲去，砰的一声，贝贝似乎撞到了什么，反弹回来了。

"你找死啊！"低沉的声音在林雷他们三人的脑海中响起，"我警告过你们，暂时别从这液态金炎湖中出去。这一次是警告，如果再有下一次，你们三个都别活了！"

贝贝一怔，回头看了看林雷、迪莉娅。

"老大，对不起。"贝贝低声说道。

贝贝明白，他们的生死现在掌握在普斯罗的手中，他刚才那么做，完全让林雷、迪莉娅陷入了危险境地。

林雷拍了拍贝贝的肩膀，不知道该说什么。

"贝贝，"迪莉娅安慰道，"别太担心。等出去后，你还是能和妮丝见面的，忍一忍。"

"嗯。"贝贝微微点头。

林雷见贝贝这样，在心中暗叹："妮丝很不错，可她的哥哥萨洛蒙……即使出去再见面，双方也已经产生了隔阂。"

毕竟萨洛蒙之前要解决林雷他们。

"嗯，又开始说博伊家族的财富的事情了。"林雷仰头，听着上方传来的声音。

洞穴中，几个人正激烈地争论着。

伊尼戈看着萨洛蒙，冷冷地说道："阿斯奎恩大人，萨洛蒙是有艾肯大人的令牌，这只能说明萨洛蒙和艾肯大人有些关系罢了，但不能说明他将家族财富献给了艾肯大人！"

萨洛蒙脸色阴沉，伊尼戈却嗤笑道："阿斯奎恩大人，你相信萨洛蒙舍得将那么一大笔财富献给对方？"

"我不相信。"阿斯奎恩淡漠地看着萨洛蒙。

萨洛蒙心中一紧："难道真的要逼我使用最后一招？"

萨洛蒙表面镇定，朗声说道："我已经说得很清楚了，我将家族财富献给艾肯大人了。我用这笔财富换取了艾肯大人的信任，艾肯大人才会让我前往虹阳府办大事。如果你们解决了我，一旦被艾肯大人知道，哼！"

阿斯奎恩不屑地冷笑一声。

伊尼戈也嗤笑道："萨洛蒙，艾肯大人是厉害，可是还没有厉害到能知晓未来。我们解决了你，然后毁尸灭迹，艾肯大人怎么会知道是我们动手的？"

萨洛蒙淡然笑道："对，对，我明白，被艾肯大人发现的概率是不大，可是如果真的被发现了，那你们就惨了。我明确告诉你们，我身上的金钱加起来不足一百亿块墨石。难道你们为了一百亿块墨石就要得罪艾肯大人？"

"一百亿？"伊尼戈笑道，"谁会相信？"

阿斯奎恩盯着萨洛蒙，忽然开口说道："萨洛蒙，你将你的空间戒指给我，让我检查一遍。如果真的如你所说，我放你走，如何？"

"好，那就如你所说！"萨洛蒙朗声说道。

阿斯奎恩接着说道："对了，还有你那根空间腰带，也一并给我看看。我差点看走眼，没想到你那根腰带也能储存物品。"

储存东西的物品可以做成戒指的模样，自然也可以做成其他模样。只是戒指携带方便，空间戒指才会极为常见。

不过，阿斯奎恩何等实力，自然注意到了萨洛蒙的腰带。

"腰带？"萨洛蒙脸色一变。

阿斯奎恩和伊尼戈见到萨洛蒙的表情，笑了。

显然，萨洛蒙的空间腰带中可能藏有博伊家族的财富。

"看在艾肯大人的面上，我只检查你的空间戒指和空间腰带。如果真的如你所说，我直接送你离开。"阿斯奎恩微笑着看着萨洛蒙，"我想，我的态度已经很好了。"

"怎么，不敢取出来给我们看？"伊尼戈嗤笑道。

一旁的妮丝开始担忧萨洛蒙了。虽然她心中还很愤恨，但是不管如何，萨洛蒙终究是她哥哥。

"哥……"妮丝低声说道。

萨洛蒙目光冷厉，看向伊尼戈和抱着金色小猫的阿斯奎恩："阿斯奎恩先生，我真的不想与你为敌，可你一再逼迫我。好吧，我就给你看看博伊家族的财富。"

阿斯奎恩和伊尼戈的眼睛都亮了。

"果然在他的身上。"阿斯奎恩在心底暗道。

伊尼戈笑着说道："阿斯奎恩大人，我早就说过，萨洛蒙舍不得将家族财富献给艾肯大人。"

阿斯奎恩赞同地微笑点头。

同时，他们二人都盯着萨洛蒙，看他会取出什么。

可是，当看到萨洛蒙手中的物品时，他们二人表情一滞。

"看到了吧，这就是我们博伊家族的所有财富！"萨洛蒙手中有一滴黑色水滴。

他冷笑着看向阿斯奎恩、伊尼戈："想必二位也知道这是什么。"

"主……主神之力？"伊尼戈结结巴巴地说道。

阿斯奎恩的脸色变得极为难看。

萨洛蒙看着手中的黑色水滴，眼睛发亮，轻声说道："对，这就是主神之力！一滴主神之力再加上我领悟的奥义，足以解决你们两个吧。"

阿斯奎恩、伊尼戈的脸色越发难看。

"你怎么会有主神之力？难道是艾肯大人？"阿斯奎恩猜测。

萨洛蒙轻声说道："我根本没有撒谎，我家族的所有财富的确献给了艾肯大人。艾肯大人欠我博伊家族一个人情，我用那笔惊人的财富让艾肯大人帮忙炼化了一滴主神之力！所以，这就是我家族的财富。"

"虽然每一块墨石、湛石中蕴含的主神之力十分稀少，但是无数的墨石、湛石聚在一起，其中蕴含的主神之力不会少，还是能够炼化出一滴主神之力的！"萨洛蒙轻声说道。

主神之力如果是气态，会自然散发，只有液态才能保存。

一滴主神之力看似不多，但是炼化一滴主神之力所消耗的墨石、湛石十分多，更重要的是，要炼化主神之力非常难。

"在地狱中，能够炼化主神之力的强者太少了，幸好艾肯大人有这个实力。"萨洛蒙说着,看向阿斯奎恩、伊尼戈。

萨洛蒙本不想拿出这滴主神之力的,这是他最大的依仗。一旦他用了这滴主神之力,原来的计划就无法进行。他一个上位神怎么可能重建博伊家族?

如果他不用,阿斯奎恩放他走后,有关这滴主神之力的消息肯定会传出去。

不管是哪一个结果,对他都不利。

第501章

主神之力

萨洛蒙拿出这滴主神之力，不管是使用主神之力解决对方还是令对方感到恐惧，他都可以让自己和妮丝安然离开。

不过这样一来，这滴主神之力就不再是他的底牌了。

萨洛蒙想到这里，就感到愤恨。

萨洛蒙瞥了一眼阿斯奎恩、伊尼戈，知道这二人很眼馋这滴主神之力，可是他们没把握来夺取。

萨洛蒙轻声说道："地狱中的湛石、墨石都是主神们制造的，自然蕴含了主神力。这一滴由无数湛石、墨石炼化成的黑色水滴蕴含了毁灭主神之力，我修炼的就是毁灭规则。毁灭主神之力配合毁灭规则，这威力不言而喻。"

这主神之力既与地、火、水、风、雷电、光明、黑暗这七大元素法则有关，也与死亡、毁灭、命运、生命这四大规则有关。

在地狱中，七星使徒算是超级强者，修罗更是纵横地狱的超绝人物。不过，修罗始终只有一百零八个，七星使徒却有很多。

能够从这些强者中脱颖而出的，无非就是以下几种情况——

第一，如艾肯这种能够炼化主神之力的强者；

第二，拥有主神器的强者；

第三，融合了一种元素法则中的所有奥义，达到大圆满境界的上位神；

第四，其他一些特殊情况，如一个七星使徒的本体是神兽，拥有神兽的天赋神通，如灵魂变异等。

总之，这些人都有各自的依仗。

阿斯奎恩只能算是比较不错的七星使徒，他没有主神之力，也没有主神器，更没达到大圆满境界。

因此，他现在感到为难。

使用主神之力来攻击和使用上位神之力来攻击，差距可是一个天一个地。这就好像一个懂得剑法的婴儿和一个力大无穷的壮汉对决，这有可比性吗？

"怎么，你们还想得到这一滴主神之力？"萨洛蒙嗤笑道。

"阿斯奎恩先生。"伊尼戈转头看向阿斯奎恩。

伊尼戈的实力本就不如萨洛蒙，萨洛蒙一旦使用主神之力，解决伊尼戈只是瞬间的事情。

阿斯奎恩迟疑片刻，旋即低叹一声："主神之力虽然只有这么一滴，但是蕴含着十分可怕的力量。"

阿斯奎恩的话语中带着一丝羡慕，他多么希望自己能有一滴主神之力。

金色岩浆湖湖底，林雷一动不动，似乎在想什么。

贝贝和迪莉娅都发现林雷不对劲了。

"老大他在想什么呢？"贝贝不解，"不就是听到上面说主神之力吗？老大也不必这样吧？"

迪莉娅低声说道："没听萨洛蒙说吗？主神之力炼化起来极为艰难，整个地狱中能炼化主神之力的强者极少。炼化主神之力还要消耗无数的墨石、湛石。耗尽博伊家族的所有财富啊，才炼化出那么一滴主神之力。"

此刻，林雷的精神力进入盘龙戒指中了。

盘龙戒指中还有两滴青色水滴。

"水滴，主神之力……"林雷即使再迟钝也联想到了，"我太笨了，一滴青色水滴就能够让我的身体蜕变，达到硬扛上位神器攻击的地步。如此逆天的水滴，除了主神之力还会是什么！"

"啊，我太愚笨了。那件残破的灵魂防御主神器……显然，盘龙戒指过去的主人就是一位主神！既然是主神，这水滴自然是主神之力。"林雷在心中暗道。

除了主神，谁会在陨落之前在盘龙戒指内留下三滴主神之力？

如果是上位神，估计战斗的时候就用掉主神之力了。对伟大的主神而言，主神之力不算什么，毕竟主神拥有无尽的主神之力。

"我已经用掉一滴了，还剩下两滴。如果卖掉这两滴，那会是什么价格啊？"林雷随意地想着。

当然，他只是想想而已，不会去卖，毕竟一滴主神之力就是无价之宝。

看看，博伊家族无数年累积的财富，加上当初艾肯欠博伊家族的一个人情，这才让艾肯帮忙炼化出一滴主神之力。

实际上，对艾肯这种强者而言，人情反而比财富重要得多。

若非如此，即使别人献上再多的财富，艾肯估计都不会炼化。

因为主神之力被炼化出来后，将来某一天，很有可能落入自己敌人的手中。

"黑色水滴是毁灭主神之力，我这青色水滴应该是水系主神之力。"林雷可以感知到青色水滴中蕴含的水属性气息。

过去，林雷一直好奇这青色水滴到底是什么，竟然能让自己的身体变得如此厉害。

现在，林雷明白了。

"我如果用主神之力施展迷影这一招，威力会有多大？"林雷在心中暗道。

一招的攻击力，其实包含了神器、能量、元素法则中的奥义或四大规则这几部分。其中，任何一部分达到极致，攻击力就会很强。

林雷拥有上位神器紫血神剑，还有主神之力，在元素法则方面，他已经融合了两种奥义。这三者配合起来，或许对付达到大圆满境界的上位神还很危险，但是对付阿斯奎恩应该是没有问题的。

不过，这是以消耗一滴主神之力为前提的。

"不到关键时刻，绝对不能用主神之力。这可是关键时刻能保命、改变命运的宝贝。"林雷自然知道这主神之力的重要性。

一段时间后，林雷才从自己的思绪中脱离出来，看到贝贝、迪莉娅都在看着他。

"看什么？"林雷笑着问道。

此刻，林雷的心情很不错。

在地狱这种危机重重的地方，不管是谁突然拥有了主神之力，都会心情好的。这可是真正的王牌啊！

"老大，你刚才站在那里一动不动，而且还在笑，难道有什么大喜事？"贝贝问道。

"我笑了？"林雷不禁笑得更灿烂了。

"嗯？阿斯奎恩放弃了。"林雷忽然仰头。

贝贝和迪莉娅也仔细聆听上面的谈话。

洞穴内，阿斯奎恩虽然不甘心，但最终还是点了点头："萨洛蒙，放心，我阿斯奎恩还没有贪婪到要夺你主神之力的地步。我相信你也舍不得使用吧。"

萨洛蒙当然舍不得用，用了可就没了。这滴主神之力可是他用博伊家族的所有财富加一个人情换来的。

"如果你逼我，那就没法子了。"萨洛蒙说道。

"普斯罗，打开火山群通道，放他们离开。"阿斯奎恩直接下令。

他怀中的金色小猫轻轻叫了一声："喵——"

顿时，火山群裂开了一条巨大的通往地底洞穴的通道。

萨洛蒙抬头就看到了外面已经昏暗的天空，显然，此时已经是傍晚时分了。

萨洛蒙松了一口气，在心中暗道："还好阿斯奎恩没逼我。"

"妮丝，我们走吧。"萨洛蒙转头看向妮丝。

妮丝回头看了一眼金色岩浆湖，忍不住又掉下了眼泪。

"别看了。"萨洛蒙轻声说道。

"贝贝……"妮丝低头看了看手中的草帽，旋即点头说道，"走吧，哥。"

妮丝和萨洛蒙沿着那条裂开的通道朝上方飞去，瞬间便消失了。

"白忙活一场！"阿斯奎恩低声哼了一声。

他现在憋了一肚子火。他原本认为可以得到博伊家族的财富，没想到所谓的财富是一滴主神之力！那的确是宝贝，却不容易得到，只能眼睁睁地看着萨洛蒙离开。

伊尼戈突然施展神之领域，隔绝了周围的声音，阿斯奎恩不禁疑惑地看向他。

伊尼戈低声说道："阿斯奎恩大人，我知道那个叫贝贝的现在就在液态金炎湖湖底。那个贝贝手中的武器可是宝贝啊，夺过来，这一次也不算吃亏。"

虽然伊尼戈当时不在场，但是发生的一切事情，普斯罗都通过影射之术让伊尼戈知晓了。

阿斯奎恩恍然大悟，怪不得要隔绝声音，原来伊尼戈担心湖底的林雷他们三人听到。

"贝贝的武器？那的确是重宝。"阿斯奎恩感叹道，"那可是贝鲁特才能炼制的武器，是完全由神格炼制成的兵器，最坚硬、锋利，威力远超一般的上位神器，只比主神器差一些罢了。"

神格武器只有贝鲁特才能炼制，是贝鲁特的招牌。

神格坚不可摧，只有噬神鼠才能消化，而贝鲁特和贝贝是无数位面中仅有的两只噬神鼠。如今，贝贝只能做到消化神格，还不懂得如何炼制，可是贝鲁特能做到。

在地狱中，一件神格武器是天价。

"可是，这个贝贝能得到贝鲁特大人的神格武器，与贝鲁特大人的关系肯定不一般。如果解决了贝贝，有可能会惹恼贝鲁特。你应该知道贝鲁特的可怕之处。"阿斯奎恩有些迟疑。

伊尼戈在心底暗骂："我怎么不知道贝鲁特的可怕之处？"

这突然崛起的贝鲁特，或许一些普通神级强者还不清楚，可是一些大家族和一些避世强者都是知道的。

如果用一个词来形容贝鲁特，那就是——强横！

许多人认为，血峰大陆君主之下的第一强者便是贝鲁特。

"阿斯奎恩大人，我知道贝鲁特大人可怕，可就算他像主神一般厉害，也不可能知晓过去未来吧？只要我们解决了贝贝，然后毁尸灭迹，贝鲁特大人怎么会知道是我们动手的？"伊尼戈说道，"如果阿斯奎恩大人担心那件神格武器太显眼，会被贝鲁特大人发现，可以拿到黑沙城堡卖掉，换一笔巨额财富啊！"

第502章
再次出现

听着伊尼戈的一番话，阿斯奎恩皱起眉头沉思起来。

"阿斯奎恩大人，你还担心什么呢？贝鲁特大人绝对不会发现的。"伊尼戈继续说道。

阿斯奎恩怀中的那只金色小猫也说道："喵——主人，这伊尼戈说得有道理。就是强大的主神，也不可能知道过去未来。解决了那个贝贝，贝鲁特大人几乎不可能发现的。"

阿斯奎恩低哼了一声："解决贝贝？普斯罗，让林雷他们三个先出来。"

金色小猫眼睛一亮，立即叫了声："喵——"

顿时，沸腾翻滚的金色岩浆湖湖面直接分开，露出了湖底的林雷、迪莉娅、贝贝，他们眼中满是惊讶。

"老大，不知道他们刚才在悄悄议论什么。"贝贝神识传音。

林雷也感到担忧。

他们三人在金色岩浆湖湖底是能听到上面谈话的。之前，当听到阿斯奎恩放萨洛蒙、妮丝走时，贝贝就有些焦急，想出去却无法出去，只能无奈地待在湖底。

可是后来，他们三人就听不到上面说话的声音了。

林雷神识传音："伊尼戈、阿斯奎恩都在上面，绝对不会一言不发傻傻地站在那里。我估计他们将声音隔绝了，防止我们听到。他们讨论的事情或许和我们有关。"

"和我们有关？难道在讨论是否解决我们？"迪莉娅神识传音。除了这个，迪莉娅想不到其他的。

此时，迪莉娅、贝贝都有些担忧，毕竟他们三人的性命在别人手上。虽然对方之前没解决他们，但是不代表会放走他们。

相比于迪莉娅、贝贝，林雷还是有一丝底气的，底气就来自那两滴主神之力。

"如果威胁到了性命，就算舍不得，也要使用一滴主神之力。"林雷在心底暗道。

他已经做好了准备。

看着已经分开的金色岩浆，林雷开口说道："我们出去吧。"

林雷他们三人飞出了金色岩浆湖，落在了洞穴的地面上。

这时候，林雷他们三人才发现洞穴上方那条巨大的直通外界的通道。

这正是放萨洛蒙、妮丝离开的那条通道。

林雷他们三人站在原地不动，没有逃窜。如果对方想解决他们，就凭林雷他们三人的速度，根本逃不掉。

"阿斯奎恩先生，感谢你对我们三人手下留情。"林雷微微躬身说道。

阿斯奎恩一怔，而后在心底暗笑："这个叫林雷的小子真是个人精，知道先来奉承我。如果是看重面子的人，还真不好开口说解决他。不过，我也没想解决他。"

阿斯奎恩回头瞥了伊尼戈一眼。

杀贝贝，夺神格武器？

"我脑子发热才会那么做。"阿斯奎恩在心中嗤笑。

的确，将贝贝解决了，贝鲁特或许不知道谁是凶手；可是，如果贝鲁特真的要查下去，还是能查到凶手的。届时，他阿斯奎恩必然殒命。

"如果真的夺到了一件神格武器，我也不敢使用。一旦使用，不就代表凶手是我的概率很大？即使卖掉，也就赚一些财富。神格武器可没主神之力贵重，为了这小小财富丢掉性命不值得。"阿斯奎恩算得很清楚。

"解决贝贝，被发现的概率不高，可一旦被发现，我必死无疑。"阿斯奎恩可不想惹贝鲁特。

"阿斯奎恩大人。"伊尼戈开口提醒道。

阿斯奎恩怀中的金色小猫则轻轻地甩着猫尾巴。

林雷警惕着，时刻准备将一滴主神之力引入体内。

"希望你别让我浪费一滴主神之力。"林雷在心底暗道。

阿斯奎恩冷冷地瞥了伊尼戈一眼，旋即看向林雷他们三人，苍白的脸上难得有了一丝笑容："林雷、贝贝，对吧？不好意思，这一次让你们牵扯其中，你们三位现在可以走了。"

伊尼戈感到愕然。

阿斯奎恩怀中的金色小猫则仰头看着它的主人。

"阿斯奎恩大人！"伊尼戈喊道。

"嗯？你有意见？"阿斯奎恩看向伊尼戈。

伊尼戈只能挤出一丝笑容："没意见。"

但是他在心底怒骂："我这一次损失了上百亿财富以及那么多手下，却什么都没得到。这些浑蛋，该死，都该死！"

伊尼戈迁怒于林雷他们三人，但是在阿斯奎恩的面前，他不敢出手。

林雷、迪莉娅、贝贝大喜。

"那实在是太谢谢阿斯奎恩先生了。"林雷连忙说道。

"不用谢，你们路上小心。"阿斯奎恩笑容可掬，表现得非常友好。

有一些人就是这样，不想得罪对方时就会非常友好，一旦想杀人夺宝，就会毫不留情。

林雷、迪莉娅、贝贝相视一眼，林雷笑道："我们走吧！"

不用消耗主神之力，林雷自然高兴。

于是，林雷、迪莉娅、贝贝朝上方的通道飞去。

他们三人才飞了一会儿，一道黑色的剑影从林雷的身前掠过，让林雷体表的鳞甲发出清脆的响声。

"什么玩意？"林雷吓了一大跳。

林雷他们三人顿时停下，朝旁边看去，只见一个穿着长袍，手持长剑的男子从一旁的石壁中飞了出来。

正是许久不见的六星使徒——里尔蒙斯。

里尔蒙斯瞬间就发现了林雷他们三人，低头又发现了下方洞穴中的阿斯奎恩、伊尼戈。

"其他人呢？"里尔蒙斯问道。

"都没了。"林雷回答。

里尔蒙斯略感惋惜地摇了摇头，不过见到林雷他们三人还活着，还是有些高兴的。毕竟林雷在护送途中努力修炼的表现，让里尔蒙斯很欣赏他。

嗖的一声，里尔蒙斯直接朝下方飞去。

林雷他们三人现在距离下方洞穴不足十米，能够将洞穴中的情景看得一清二楚。

"老大，我们先看看吧。"贝贝说道。

林雷和迪莉娅不急着离开，反正现在的两方人都不会对付他们，何不先观看一番？

"是你？"里尔蒙斯见到伊尼戈，眉头一皱。

显然，里尔蒙斯想到了之前的沙漠古堡一役。那时候，他看到过伊尼戈。

伊尼戈见到里尔蒙斯，不禁脸色一变，不过想到旁边有阿斯奎恩，还是挤出了一丝笑容："伊尼戈见过里尔蒙斯先生。"

"普斯罗！"阿斯奎恩却不满地喝道。

"喵——主人，他好厉害的，轻易劈开了石壁。我已经很努力地引导他走其他路了，可他还是赶到了这里。"金色小猫很委屈地低声说道。

里尔蒙斯转头看向阿斯奎恩："我叫里尔蒙斯，请问你是？"

"阿斯奎恩。"阿斯奎恩淡然说道。他并没将里尔蒙斯放在眼里，即使他从伊尼戈这里听说了里尔蒙斯的实力。

"阿斯奎恩！"里尔蒙斯眼睛一亮，"你就是当年的七星使徒阿斯奎恩？"

里尔蒙斯对地狱中的一些绝世强者比较熟悉，毕竟他是要挑战他们的。

"哦，你认识我？"阿斯奎恩眉毛一扬。

里尔蒙斯眼睛发亮，朗声说道："我里尔蒙斯，六星使徒，如今最想做的事就是挑战七星使徒！"

阿斯奎恩不禁眉头皱起。

地狱中有一群人非常好战，就喜欢挑战强者，阿斯奎恩很讨厌这些人，因为这些人很难缠。

显然，里尔蒙斯就是这种人。

"今天我心情不好，不想再出手，你滚吧。"阿斯奎恩淡漠地说道。

"难得遇到一位七星使徒，我怎么会放弃？"里尔蒙斯却笑了，"你旁边的这个伊尼戈应该就是袭击我们的主谋之一吧。自从我成为六星使徒，还从来没有任务失败过。"

话音刚落，嗖的一声，一道灰蒙蒙的剑气突然出现，直接掠过阿斯奎恩，袭向伊尼戈。

伊尼戈震惊得立即飞退，手中出现了一柄软剑。

锵的一声，剑气和软剑相撞。

伊尼戈瞬间脸色煞白，整个人无力地倒在地上，已然没了气息。

伊尼戈未合上的眼睛中还有一丝惊骇与不甘。

"还是这一剑！"在上方通道中偷偷观看到这一幕的林雷感到心悸，"当年，里尔蒙斯就是这样轻易解决了十余个上位神，太可怕了。"

林雷虽然不止一次见过这一剑，但是依旧感到震惊。

洞穴内。

"一剑灭掉了他两个灵魂！"阿斯奎恩也有些吃惊。

里尔蒙斯微笑着手持长剑，说道："阿斯奎恩，我里尔蒙斯，六星使徒，今日正式向你发出挑战。"

里尔蒙斯做梦都想挑战修罗，即使他如今的实力还没到那个地步。

阿斯奎恩冷哼一声："毁灭规则，你修炼得不错，可是，你以为凭借这个就能赢我？"

其实，阿斯奎恩现在心里很不爽。

之前，他不仅没拿到一笔巨大财富，还损失了自己的上位神器。

在和贝贝战斗的时候，他的那只透明手套被毁了，那是他用精神力滋养了很久的一件上位神器。

神器被毁，现在又有人来挑战自己，阿斯奎恩自然心里不爽。

"阿斯奎恩，莫非你胆怯了？"里尔蒙斯微微仰头。

"哼！"已经憋了一肚子火的阿斯奎恩终于怒了。

他一翻手，手中出现了一根黑色的长鞭。

一个强者一般不止一件攻击神器，如林雷就有紫血神剑、黑钰重剑。

这根黑色长鞭虽然不及那只透明手套，但也是阿斯奎恩经常使用的上位神器。

"你既然找死，那我就送你去死！"阿斯奎恩怒喝道。

"哈哈！"里尔蒙斯见到这一幕，却兴奋得大笑起来，"阿斯奎恩，这地方太小，我们何不出去大战一场？"

　　"好。"阿斯奎恩冷笑着应道。

　　于是，里尔蒙斯、阿斯奎恩就沿着那条裂开的通道飞了出去，从林雷他们三人身边掠过，瞬间就到了外面。

　　一个六星使徒，一个七星使徒，一场大战即将展开。

　　下方的林雷他们三人都认真地看着，特别是林雷，眼睛都发亮了。

　　强者之战，岂能错过？

第503章

高手对决

夜空下，紫月的光芒如同轻纱笼罩着大地。

火山群上空，阿斯奎恩、里尔蒙斯各自手持武器凌空对峙；下方，林雷他们三人和那只金色小猫都仰头看着。

"林雷，他们谁会赢？"迪莉娅轻声问道。

林雷仰头看着半空的二人："不确定，我感觉阿斯奎恩强一些。不过，里尔蒙斯的攻击也很厉害。"

林雷眼睛一眨不眨地看着空中，唯恐错过一点。

金色小猫普斯罗则悬浮在一旁，轻轻甩着尾巴，仰着小脑袋看着。

"我里尔蒙斯，无数年来挑战过十八个六星使徒，每战必胜！这一次，是我第一次挑战七星使徒。"里尔蒙斯悬浮在半空，朗声说道。

平时，里尔蒙斯显得十分冷漠；此刻，里尔蒙斯战意十足。

阿斯奎恩的战意也被激出来了。

"哼，你击败的只是六星使徒罢了，今天我就让你知道六星使徒和七星使徒的差距！"阿斯奎恩身上的黑色长袍猎猎作响，手中那根黑色长鞭如同灵蛇一般轻轻舞动着。

挑战七星使徒阿斯奎恩，里尔蒙斯相当于接受了一个七星级任务。

七星级任务是使徒城堡中最难完成的任务，若完成了七星级任务，就能成为七星使徒。

不过无数年来，地狱中的七星使徒并不多。

里尔蒙斯虽然成功挑战过十八个六星使徒，但是也没把握击败阿斯奎恩。

不过对里尔蒙斯而言，这样才有挑战性。

"哈哈！"里尔蒙斯大笑起来。

哧哧声响起，灰蒙蒙的剑气萦绕在里尔蒙斯体表。

旋即，一柄灰蒙蒙的虚幻巨剑出现，里尔蒙斯处于虚幻巨剑的核心部位，萦绕的剑气已然令空间震荡。

"果然，你将毁灭规则修炼到了极高境界。"阿斯奎恩感慨道。

话音刚落，阿斯奎恩周围方圆百米瞬间变得漆黑，无一丝光芒。同时，这片区域开始扭曲起来。

一片黑暗中，唯有阿斯奎恩清晰可见。

"哼，有什么得意招数，你尽管施展出来，否则死了可就没机会了。"阿斯奎恩淡然说道。

里尔蒙斯笑道："那你就先接我十三剑！"

瞬间，十三道黑色剑影出现。

十三道剑影如同十三条蛟龙划过长空，所过之处，空间惊现道道裂痕，最终都直指阿斯奎恩。

这十三道剑影带来的剑气非常凌厉，如同噬人巨兽一般，欲将阿斯奎恩绞成碎片。

面对这凌厉至极的剑气，阿斯奎恩只是哼了一声，轻轻挥动手中的黑色长鞭。

此时，这根黑色长鞭好似一条舞动的黑色大蟒蛇，散发出许多黑色丝带模样的雾气。

哧哧声响起，黑色长鞭旋绕起来，形成了一块巨大的盾牌，上面的黑色雾气缠向袭来的剑气。

砰砰声响起，许多缠绕剑气的黑色雾气顿时断裂，但又很快凝聚在一起。

断裂、凝聚，断裂、凝聚……终于，剑气消散。

以柔克刚，这剑气再凌厉也被消磨掉了。

"就这点本领？"阿斯奎恩淡然说道。

"好！"里尔蒙斯却眼睛一亮，"你这一招，最起码融合了黑暗系元素法则中的三种奥义！阿斯奎恩，黑暗系元素法则的六种奥义，你融合了几种？"

阿斯奎恩嗤笑道："为什么要告诉你？刚才只是开始罢了，你的那点攻击还没资格让我使用绝招！"

默默观战的林雷还在分辨阿斯奎恩那一招蕴含的奥义："嗯，里尔蒙斯说那一招蕴含了黑暗系元素法则中的三种奥义，除了黑暗元素、邪恶两大奥义外，还有什么呢？"

林雷暂时只发现了这两种奥义。

忽然，林雷笑了："对了，里尔蒙斯的攻击是蕴含灵魂攻击的，既然他的攻势被抵消了，那么阿斯奎恩的攻击中肯定也蕴含了灵魂方面的奥义。"

简单一招，蕴含了三种奥义，说明阿斯奎恩至少融合了黑暗系元素法则中的三种奥义。

"不管是风系元素法则还是地系元素法则，我都只融合了两种奥义。看来，我要走的路还很长啊。"林雷在心中暗道。

"嗯！"林雷忽然眼睛一亮。

半空，里尔蒙斯竟然激动地大笑起来："哈哈——"

在大笑声中，里尔蒙斯疾速移动起来，化为无数幻影冲向阿斯奎恩，每一道幻影都携带凌厉的剑气。

"比速度？真是可笑。"阿斯奎恩怎么可能怕这个？

只见阿斯奎恩身影一晃，数百个幻影顿时出现在周围，正是化影分身术。

阿斯奎恩的本尊完全可以是数百个幻影中的任何一个。

阿斯奎恩也大笑道："哈哈，你根本碰不到我！"

"我可不是和你比速度！"里尔蒙斯的声音响起，同时他的幻影瞬间消散。

里尔蒙斯向后飞退，无数剑影突然出现。

里尔蒙斯刚才疾速移动的时候，已经连续劈出数百剑，每一剑都有所不同。

当他劈出最后一剑时，半空的无数剑影竟然形成了一朵盛开的莲花。

此刻，这朵由剑影形成的莲花正在合拢，莲花中央正是阿斯奎恩。

"嗯！"阿斯奎恩脸色一变，发现自己无处可逃，只能硬挡。

"里尔蒙斯果然厉害。"阿斯奎恩在心底暗道。

旋即，阿斯奎恩一翻右手，泛黑、焦黄的右手顿时变得赤红，犹如蒲扇般大小。

阿斯奎恩冷哼一声，右手猛然朝上方撑去！

砰的一声，剑影完全消散了，阿斯奎恩赤红的手掌上流出鲜血，他竟然受伤了。

"要不是我那透明手套被毁了，我岂会受伤？"阿斯奎恩心头一阵愤怒。

此次，阿斯奎恩来夺博伊家族的财富就已经吃大亏了，现在又被里尔蒙斯挑战，还受了伤。

一次次地吃亏让阿斯奎恩真的暴怒了，他不再见招拆招，而是主动攻击。

阿斯奎恩仿佛一只巨鹰，猛地朝远处的里尔蒙斯冲去，神识传音："里尔蒙斯，你也来接我一招！"

阿斯奎恩手中的黑色长鞭甩动起来，瞬间变得赤红，竟然化为一条赤红色的巨蛇袭向里尔蒙斯，蛇口大开，露出了里面的黑色毒牙。

赤红巨蛇破空来袭，令空间震动。

"好！"里尔蒙斯眼中满是兴奋，陡然刺出手中的长剑。

这一剑看似普普通通，却令周围空间出现了一个黑色的窟窿。这个黑色窟窿其实是一个圆形的空间裂缝。长剑穿过这道空间裂缝，以这个黑色窟窿为圆心，空间裂缝不断向外延伸，所过之处，哧哧声响起。

"星点爆——"里尔蒙斯的最强一击，是在沙漠古堡中击败青袍老者的那一招。

阿斯奎恩看到这一招，心中一惊，旋即一咬牙，再次挥动手中赤红长鞭。

那条赤红巨蛇竟然变化出九个脑袋，而且每一个蛇首都张开血盆大口。

里尔蒙斯这势不可当的一剑刺中了一个蛇首。

这一剑继续深入，刺中了赤红九头蛇内部的那根长鞭，赤红九头蛇顿时震颤起来。

砰的一声，赤红九头蛇的身体爆裂开来，化为那根黑色长鞭，然而，那九个蛇首却疾速冲向里尔蒙斯，试图咬住里尔蒙斯。

剑影闪动，八声爆炸几乎同时响起，里尔蒙斯被炸得飞了起来，然后落到了下方的火山群表面。

片刻后，里尔蒙斯站了起来，脸色苍白，嘴角还有血丝。

"厉害、厉害，融合了四种奥义。"里尔蒙斯的身上也有血迹，他仔细看了一眼阿斯奎恩，"你竟然接住了我这一招，我输了。"

此时，虽然阿斯奎恩的脸色比过去更加苍白了，但是他的伤没到里尔蒙斯的那个程度。

在下方观战的林雷他们三人还有那只金色小猫都有些惊讶。

"里尔蒙斯输了？"贝贝嘀咕道，"他这就认输了？"

林雷则继续观察着二人。

半空，阿斯奎恩吃惊地看着里尔蒙斯："你……你竟然尝试将毁灭属性神力和火属性神力融合在一起！你……你是灵魂变异的？"

接了星点爆这一招后，阿斯奎恩才勉强感知到这一招真正蕴含的能量。

那不是单独的毁灭属性神力，而是融合了毁灭属性神力和火属性神力的神力。

"对，可惜即便如此，我还不是你的对手。"里尔蒙斯摇头说道。

"灵魂变异，难得一见。"阿斯奎恩惊叹道，"只有这样的人，才能将不同属性的神力融合在一起使用。我只是听说过神力融合在一起，威力就会变大。今天我看到了，果然是这样。"

阿斯奎恩瞥了里尔蒙斯一眼："说实话，你的实力应该达到七星使徒的级别了。不过，你比我还是差一些。那么，你就受死吧！"

说着，阿斯奎恩身影变幻，数百道幻影冲向受了重伤的里尔蒙斯。

黑暗系元素法则——化影分身术！

空中两大高手的对话，林雷听得并不是特别清楚，但还是捕捉到了一些关键词："神力融合？这跟当初奥利维亚能同时运用黑暗系元素法则和光明系元素法则有点像，不过很明显，神力融合后威力更大。"

现在，他感知到了毁灭属性神力，不知道另一种神力是什么。

里尔蒙斯这一招的威力，从表面上看不出什么，只有被这一招攻击了，才能知道这一招的厉害。

"不同属性的神力融合在一起，威力竟然那么大。那神力要怎么融合呢？根据阿斯奎恩所说，不同属性的神力要融合，修炼者必须灵魂变异才行，否则根本做不到。"

林雷一边想着，一边朝半空看去："里尔蒙斯不会就这么没了吧？"

第504章

神力融合

自知敌不过阿斯奎恩，里尔蒙斯选择逃命。

"哈哈，你还想逃？"阿斯奎恩的大笑声从每一道幻影口中传出，一根如赤红巨蟒的鞭子抽向里尔蒙斯。

里尔蒙斯则猛然刺出一剑——星点爆！

砰的一声，赤红长鞭和划破长空的一剑相撞。

阿斯奎恩右手一震，身体向后退去，而里尔蒙斯被撞得也向后退去。

半空，里尔蒙斯脸色煞白，喝道："阿斯奎恩，你不要太过分了！"

里尔蒙斯知道自己的速度不及阿斯奎恩，很难逃掉。

阿斯奎恩嗤笑道："没想到，你还有足够的精神力施展这一招。我倒要看看你还能施展几招。"

显然，阿斯奎恩不想放过里尔蒙斯。阿斯奎恩的肚子里满是怒火，怎么会放里尔蒙斯走？

"要我死？"里尔蒙斯深吸了一口气，手持长剑凌空而立，说道，"那我也会让你付出代价！"

"付出代价？"阿斯奎恩嗤笑一声。

这种话他过去不知道听说过多少次了，许多被他解决的人临死前都会说让他付出代价；可惜，他们最后都会被他解决，而他阿斯奎恩依旧活得好好的。

里尔蒙斯全身的气息收敛，冷冷地看着阿斯奎恩。忽然，他眼睛一亮，旋即闭上了眼睛。

"嗯？"阿斯奎恩感到错愕。

不单单是他感到错愕，连下方观战的林雷他们也感到错愕。

关键时刻，里尔蒙斯竟然闭上了眼睛。

"临死还吓唬人！"阿斯奎恩在心中冷笑，再次挥出了手中的长鞭。

他虽然心底不屑，但还是施展出了他的最强攻击。他手中的长鞭再次化为一条赤红九头蛇，每一个蛇口大开，露出了里面的黑色毒牙。

赤红九头蛇划过长空，朝那闭着眼睛一动不动的里尔蒙斯咬去。

轰的一声，里尔蒙斯前方的空间竟然碎裂开来，露出了一个直径数米的恐怖黑色窟窿。同时，一道暗红色的剑光从黑色窟窿中穿出，穿过了赤红九头蛇的身体。

旋即，赤红九头蛇爆裂开来。

暗红色剑光瞬间就到了阿斯奎恩的面前。阿斯奎恩脸色剧变，根本来不及闪躲，只能用他那只赤红如蒲扇大小的右手拍过去。

扑哧一声，暗红色剑光没入他的掌心，进入他的身体。

"啊——"阿斯奎恩全身震颤，竟然冒出了红光。

砰的一声，阿斯奎恩的身体爆裂开来，两枚上位神神格以及一枚空间戒指从半空坠落下去。

观战的林雷他们三人还有那只金色小猫都愣住了。

很明显，之前是阿斯奎恩处于上风，里尔蒙斯甚至想逃跑，没承想，里尔蒙斯最后反败为胜。

"里尔蒙斯赢了！"林雷很吃惊，"刚才那道暗红色剑光不单单散发着毁灭属性神力的气息，还有火属性神力的气息。"

林雷疑惑不解。之前攻击阿斯奎恩的那一剑，他只感知到了毁灭属性神力，并没感知到火属性神力。现在，他明显感知到了火属性神力。为什么突然会变成这样呢？

"哈哈！"里尔蒙斯在半空大笑，"我终于创出这一招了！哈哈，我终于将毁灭属性神力、火属性神力融合了。果然，将不同属性的神力融合，施展出的招数威力才最大！"

里尔蒙斯非常激动。

其实，不同属性神力的融合，说明地、火、水、风、雷电、光明、黑暗这七大元素法则中的不同奥义能相互融合，说明死亡、毁灭、命运、生命这四大规则中的不同奥义能相互融合，说明七大元素法则和四大规则中的不同奥义也能相互融合。

听着半空激动的声音，林雷想到了自己的修炼之路。

修炼至今，林雷能融合地系元素法则中的一些奥义，也能融合风系元素法则中的一些奥义；但是，他从没想过将地系元素法则中的奥义和风系元素法则中的奥义融合。

里尔蒙斯的这番话也令贝贝、迪莉娅还有那只金色小猫大吃一惊。

里尔蒙斯低头看了林雷他们一眼，明白他们在疑惑什么，笑道："你们就别想了。融合不同属性的神力，只适合我们这种灵魂变异的人，不适合你们。"

林雷则一直思考着，明白了一些事情。

原来，神力和奥义是对应的。

如地系元素法则中的奥义，用地属性神力来施展，威力最大；用风属性神力来施展，威力会变小。

若是不同属性神力融合，效果就不一样了。

如里尔蒙斯，融合了毁灭属性神力、火属性神力，这融合之后的神力还包含毁灭规则和火系元素法则中融合了的奥义。一旦用这神力施展招数，威力极为可怕。

仅是将神力融合，施展出的招数威力就已经很大了，再加上奥义融合……怪不得里尔蒙斯能解决阿斯奎恩。

"咻——"里尔蒙斯舒了一口气，虽然脸色苍白，但是眼中有喜色。

经过一番激烈战斗，他的精神力几乎消耗完了，但是他实力大进，完全达到了七星使徒的级别，心里十分高兴："这一次回去就去接七星级任务，到时候再挑战修罗！"

"这阿斯奎恩刚才还想解决我，可现在……"里尔蒙斯摇头叹息。

世事难料。如果不是阿斯奎恩逼里尔蒙斯，里尔蒙斯怎么会在生死关头顿悟、突破？

"阿斯奎恩的空间戒指中估计有不少钱财。"里尔蒙斯直接朝下方飞去。

虽然他不贪财，但是阿斯奎恩是被他解决的，阿斯奎恩留下的东西算是他的战利品。对此，里尔蒙斯是不会拒绝的。

就在这时，火山群突然消失了，原本落在火山群表面的阿斯奎恩的空间戒指消失不见了。

"阿斯奎恩的物品，你也想要？"一个低沉的声音响起。

火山群消失了，却多出了一个人！

"你是谁？"里尔蒙斯转头一看，不禁一惊。

对方身高足有三米，身上穿着火红色铠甲，赤红色长发随意飘扬，显然是一个壮汉。

赤红长发壮汉盯着里尔蒙斯，朗声说道："说来，我还要感谢你！"

"感谢我？"里尔蒙斯不解。

赤红长发壮汉笑道："对，感谢你解决了我的主人。"

此刻，悬浮在半空的林雷他们三人大吃一惊："解决了他的主人，难道他是？"

林雷转头一看，果然，那只金色小猫不见了："他是普斯罗，是那只金色小猫！"

"他是普斯罗？"贝贝瞪大眼睛。

"他是普斯罗、那只小猫？怎么可能？"迪莉娅也觉得难以置信。

谁会将一只可爱的小猫和一个巨汉联系起来？

林雷也感到吃惊。

那么可爱的金色小猫竟然会变成一个壮硕的大汉，声音还如此洪亮。

"为了感谢你解决我的主人，你就去陪他吧！"普斯罗大笑着说道。

里尔蒙斯脸色一变，一翻手，手中出现了一颗灵魂金珠，他旋即将其吞了下去。

这颗灵魂金珠中的灵魂精华能滋养灵魂、强大灵魂，还能恢复精神力。

普斯罗不急着动手，在一旁等着。

片刻后，普斯罗笑道："可以了吗？"

里尔蒙斯非常吃惊，普斯罗竟然等他恢复。他如今的实力绝对比得上七星使徒。

"可以了。"里尔蒙斯应道。

"那你可以去陪他了！"普斯罗手中突然出现了一柄巨斧，上面燃烧着火焰。

普斯罗猛然一挥斧头，爆炸声不断响起。

巨斧所过之处，空间爆裂开来。

在他的面前，地狱位面的空间宛如易碎的纸张。

里尔蒙斯脸色一变，猛然施展出自己的最强一剑。

暗红色剑光同样令空间爆裂开来，如闪电般穿过碎裂的空间，冲向那柄巨斧。

砰的一声，巨斧一震，威力大减，同时，大量斧头幻影出现，袭向里尔蒙斯。

里尔蒙斯在施展出最强一剑后，迅速朝远处逃逸，即使被两道斧头幻影击中了，也依旧拼命逃窜。

一眨眼，里尔蒙斯就消失不见了。

普斯罗持着那柄巨斧，无奈地撇了撇嘴："跑得真快。将神力融合后，连逃跑的速度都快了好几倍……"

观战的林雷他们三人惊呆了。

片刻后，林雷反应过来，说道："迪莉娅、贝贝，这普斯罗有问题，我们快走！"然后，他带着迪莉娅、贝贝快速逃跑。

"嗯，你们想逃？"普斯罗猛然朝林雷他们三人追去。

论速度，普斯罗不及里尔蒙斯，但肯定比林雷他们这三个中位神快。

嗖的一声，普斯罗就出现在林雷他们三人的面前了。

林雷他们三人看着前方的普斯罗，只能停下。

林雷心底忐忑："这普斯罗太诡异了，实力这么强，可是之前没出手帮助他的主人。他主人能放我们走，不知道他会不会放。"

林雷心底警惕得很。

"你们逃什么？"普斯罗似乎有些愤愤不平。

林雷他们三人只能停在半空。

贝贝嘀咕道："谁知道你怎么回事？你还这么强！"

"强？"普斯罗突然愤怒地咆哮起来，"强有什么用啊？强得过主仆契约吗？"

林雷他们三人一怔，主仆契约？

强大和主仆契约有什么关系？

普斯罗继续咆哮道："我当年处于圣域境界的时候就被阿斯奎恩收服，定下了主仆契约！不知道过了多少亿年，他从一个下位神成长到了七星使徒。

"后来，我比他厉害多了。火系元素法则中的六种奥义，我已经融合了五种。更何况，我是火焰巨人，在火系元素法则方面的天赋高。我就是当修罗也不是问题！"

普斯罗气急败坏地说道："可是，我厉害又有什么用？他是我的主人，我不能反抗他。这主仆契约的约束力太可怕了！"

"可是……"贝贝开口。

"闭嘴，听我说！"普斯罗吼道。

林雷他们三人吓了一跳，只能继续听着。

普斯罗继续咆哮："我是火焰巨人啊，最勇猛的火焰巨人！可这个阿斯奎恩喜欢猫，竟然让我变成猫，而且还要变成可爱的金色小猫。他还要我每天待在他的怀里，任他抚摸！"

普斯罗脸上的肌肉在抽搐，他咆哮道："啊——这日子度日如年啊！啊——我快疯掉了！可他是我的主人，我只能忍，只能忍啊！！！"

咆哮声在天地间回荡。

林雷他们三人虽然心中惊惧，但是觉得普斯罗很可怜。

普斯罗的确可怜。一个原本强壮勇猛的火焰巨人不仅变成了小猫，还要被当成猫一样给人家抚摸，时间长达亿万年之久。

"你们知道我那时候的感受吗？"普斯罗瞪大眼睛看着林雷他们三人。

林雷他们三人只能保持沉默。

"我就算厌恶，也只能忍着。我隐藏了实力，表现出来的实力只有真实的十分之一罢了。"普斯罗冷笑道，"我一直在想要是有人能解决他就好了。可是他一直待在火山群里不出去，又是七星使徒，能解决他的人太少了。我一直找不到机会解决他。这一次，机会来了！"

"原本，我想让他解决你。"普斯罗指着贝贝，"到时候，我再传消息出去，让贝鲁特来解决他。那样，我就解脱了。"

"贝鲁特，你认识贝鲁特爷爷？"贝贝很吃惊。

在贝贝看来，贝鲁特爷爷的名声只是在玉兰大陆位面传开罢了。

"我不认识，但是我听说过。对了，我让你闭嘴的，你又开什么口！"普斯罗又咆哮起来。

贝贝立即闭嘴。

"这个疯子。"贝贝在心底暗道，"我贝贝不跟疯子计较。"

普斯罗继续说道："可是阿斯奎恩这个胆小鬼竟然不敢对你下手，竟然放走你，那我只能引导里尔蒙斯来对付他了。"

忽然，普斯罗兴奋地笑起来："哈哈，我本来以为里尔蒙斯解决不了他，没想到，里尔蒙斯竟然解决了他，哈哈……"

普斯罗一把抓住贝贝："你知道吗？我真的没想到啊，没想到里尔蒙斯能解决他。"

普斯罗抓得很用力，幸亏他抓的是贝贝，如果是迪莉娅，恐怕身体早就散架了。

"嗯，我明白。"贝贝连忙点头。

他都有点畏惧这个看似疯癫的普斯罗了。

普斯罗忽然仰头大叫："啊——"

这吼声仿佛响雷一般在天地间回荡，饱含了他亿万年的悲愤、不甘！

一亿万年了，那种感觉简直快将他折磨死了。

他普斯罗每天都要装得那么可爱，还要喵喵叫！

"我讨厌猫！！！"普斯罗面目狰狞，怒吼道，"我再也不当猫了，再也不当了，啊——"

过了许久，吼声渐渐消失,普斯罗的表情慢慢恢复正常。他深吸了一口气，回头看向林雷、迪莉娅、贝贝。

林雷、迪莉娅、贝贝还处于震惊中，不知道眼前这个疯子会做出什么事情来。

"咻……我好多了。"普斯罗却对林雷他们三人笑了。

林雷他们三人不禁愣住了，但很快又明白了。普斯罗压抑了亿万年，确实需要好好发泄一下。

林雷光是想象一下普斯罗的日子，就能感受到普斯罗的痛苦，完全可以明白普斯罗的心情。

不过，林雷在心中暗道："没想到这契约的力量这么恐怖，即使如普斯罗这般强大，也只能变成小猫。"

"亿万年来，我心中的压抑、愤怒不能说，这种滋味你们能想象吗？"普斯罗心平气和地说道，"现在，我终于解脱了，也能全部说出来了，心里好受多了。"

林雷他们三人都点了点头。

"哈哈……"普斯罗笑容灿烂，"我终于自由了，我终于自由了啊！"

普斯罗转头看向林雷他们三人："谢谢你们三个听我说了这么多，其实我平时话很少的。嗯，这次有这么多中位神、上位神殒命，我就把他们的空间戒指给你们吧，就当你们听我唠叨的奖励！"

普斯罗一挥手，上百枚空间戒指朝林雷飞去。

虽然林雷、迪莉娅、贝贝感到讶异，但是林雷一翻手，还是将这些空间戒指卷住了："普斯罗先生，这……"

"哈哈，你是这亿万年来第一个叫我普斯罗先生的。"普斯罗畅快至极，"单凭这一点，这些玩意你就受之无愧。你也别想太多，那些空间戒指中没多少财富。最珍贵的两个是阿斯奎恩和伊尼戈的，在我自己这里呢。"

"好了，你们之后就保护好自己吧！我普斯罗现在自由了，可不想待在一个地方，我要闯遍地狱——"声音还在回响着，但普斯罗已经消失在远处了。

林雷、迪莉娅、贝贝只能相互看了看。

第505章
出发还是留下

"普斯罗还真是够怪异的。"贝贝眨巴两下眼睛，依旧感到有些蒙。

林雷低头看着悬浮在手掌上方的上百枚空间戒指，其中有不少是中位神的，还有不少是上位神的："这么多的空间戒指，这回真是财从天降了。"

林雷十分高兴。

"普斯罗竟然给了这么多空间戒指给我们。"迪莉娅也惊叹道。

"所以说那家伙的脑子坏掉了。不过，坏了好啊。"贝贝嬉笑道。

林雷摇头说道："贝贝，不能这么说，普斯罗的经历和我们不同。他能隐忍亿万年，绝非一般人。一朝得以解脱，自然会好好发泄一场。"

迪莉娅也微微点头。

无论是对里尔蒙斯动手还是对林雷他们说上一堆，都是普斯罗在发泄情绪。

"哦。"贝贝恍然大悟，眼睛发亮，"他发泄完就随意扔些玩意给我们，也太小气了。他怎么不将阿斯奎恩的空间戒指给我们呢？那个家伙的财富绝对惊人。"

林雷、迪莉娅无话可说。

"开玩笑啦。"贝贝嬉笑道，旋即看向林雷手掌上方悬浮的上百枚空间戒指，"老大，这么多空间戒指啊。你说，里面有多少宝贝？我们先看看啊。"贝贝很期待，"我最喜欢检查空间戒指中的财宝了。"

"急什么？"林雷一翻手，将这些空间戒指收了起来。

"我们现在先确定下一步该干什么吧，这空间戒指等会儿再看。"林雷环顾周围，火山群消失，四周恢复了原先平原的模样。

夜空中，紫月洒下迷蒙的月光，笼罩着大地，一股古老的气息扑面而来。

迪莉娅微微蹙眉："林雷，这地狱里到处是危机，我们三个要靠自己的能力抵达虹阳府蓝枫城，很难啊。"

林雷赞同。他们三人虽然是使徒，但只是中位神使徒，实力一般。

在地狱中，强盗团伙一般不敢惹使徒，但若是使徒实力不强，那就不一定了。

"要接任务也要去城里，可是地狱中每一座城池相隔很远，我们现在没办法接任务啊。"贝贝无奈地说道。

林雷环顾周围，回想书上关于地狱的地理信息，然后说道："是有些麻烦，距离我们最近的城池也有近八千万里的路程。八千万里，这路上不知道会有多少危险。"

"八千万里！"贝贝、迪莉娅也感到头疼了。

林雷看向迪莉娅，不禁回忆起自己和迪莉娅陷入金色岩浆湖中的情景。

"为了迪莉娅，不能随意冒险了。"林雷在心中暗道。

此时，迪莉娅和贝贝都看向林雷，等着林雷做决定。

林雷遥看远处，开口说道："这样吧，前面有一条大型山脉，我们就到那里暂时居住下来，安静修炼。等迪莉娅炼化了那枚上位神神格，我们再出发！"

"居住在那里？"贝贝有些吃惊。

"怎么？"林雷看向贝贝。

贝贝当即摇头说道："没什么。老大，你说得有道理。等迪莉娅达到了上位神境界，在外人看来，她就是上位神使徒了。届时，我们再出发，路上会安全很多。"

这也是林雷的想法。就算迪莉娅只是一星使徒，又有多少人可以看出来？外人只能确定她是上位神使徒。

强盗团伙最不愿意对付上位神使徒，毕竟他们不知道对方是几星的，若是碰上了一个七星使徒，他们就完了。

"嗯？"林雷察觉到迪莉娅在拉自己的手，不禁转头看向她。

迪莉娅对林雷使了个眼色，林雷这才注意到贝贝的状况有些不对。

很快，林雷就明白了："贝贝恐怕在想妮丝。"

"贝贝。"林雷开口说道。

"嗯？"贝贝抬头，疑惑地看着林雷。

林雷直接说道："贝贝，要不我们现在尽快赶到一座城市，这样就能接任务，或者买一个金属生命，尽早赶到虹阳府蓝枫城。"

贝贝明白，萨洛蒙和妮丝要回碧浮大陆，首先就要去虹阳府蓝枫城。

林雷这么说也是希望贝贝有机会追到妮丝。

不过，这么匆忙赶路，途中肯定会遇到强盗团伙，谁知道会有多少危险？

如果只是遇到一般的强盗团伙，林雷和贝贝还能抵挡，可如果遇到由数千个中位神组成的强盗团伙，该怎么办？

太危险了！

"老大，谢谢！"贝贝感激地说道，旋即摇头叹息道，"不过，不用了。"

林雷和迪莉娅相视一眼。

贝贝继续说道："匆忙赶路本来就很危险，还是按照老大一开始说的，暂时先住下来吧。至于妮妮，说实话，提到她我就会想到萨洛蒙。我现在还很厌恶萨洛蒙！我虽然厌恶他，但是我知道妮妮跟着他，至少安全不成问题。至于我和妮妮什么时候能再见，看命运吧！"

贝贝虽然想和妮妮在一起，但是知道匆忙赶路，对林雷、迪莉娅都有危险，贝贝自然不会这么做。

林雷他们三人朝着东北方向前进了大概数百里，就看到了那一条山脉。

在这条古老山脉中，高达千米、需要数十人才能环抱住的大树随处可见，各种古怪的植物也遍布各处。

在飞向山脉的途中，林雷他们三人在下方的平原上看到了一个个小型部落。这种小型部落是由地狱中的圣域级强者组成的。

由神级强者组成的部落，一般能控制方圆数千里区域。

林雷、迪莉娅、贝贝选了一处不起眼的半山腰。

林雷用紫血神剑把半山腰掏空了一大块，形成了一个洞穴府邸，作为三人的临时住所。

这个洞穴府邸一建成，林雷、迪莉娅、贝贝就围坐在一起，检查那些空间戒指。

"好少，这个空间戒指里才数十万块墨石，肯定是一个中位神使徒的。"贝贝似乎将妮妮的事情甩在脑后了，正兴奋地检查着那些空间戒指，"这个厉害，竟然有好几亿块墨石，肯定是一个上位神使徒的！"

"我连续检查了七个空间戒指，都没超过千万。"迪莉娅开口说道。

"别急，你检查的估计都是中位神使徒的。嗯？这个厉害，竟然有两百亿块墨石！"林雷被手中这枚空间戒指的财富给吓了一大跳，这是他看到的最多的一个。

"两百亿块墨石？"贝贝、迪莉娅都看了过来。

他们之前的资产加起来也就一亿多罢了。两百亿，这个数字确实惊人。

其实，普斯罗只将阿斯奎恩、伊尼戈的空间戒指带走了，留给林雷的空间戒指可是有白色长角银发老者的，还有埃德华兹三兄弟的。当初，黑色长角银发老者的财富就超过了三百亿，白色长角银发老者的肯定差不到哪里去。至于埃德华兹三兄弟，他们都是五星使徒，财富肯定也不会少。

"不急，我们现在检查的数量还不到三十个，还有很多，慢慢来。"林雷笑道。

不得不承认，检查一枚枚空间戒指中的财富，的确让人充满期待，乐此不疲。

"啊，老天，我这个有三百多亿。"贝贝惊呼道。

"怎么回事？到现在，我最多的一个才七十多亿块墨石。"迪莉娅无奈地笑道。

"我又有一个两百亿的。"林雷笑着将一枚空间戒指放到一旁。

一段时间后，上百枚空间戒指全部检查完毕，其中，财富最多的有六百多亿，最少的只有十几万，差距大得很。

"加起来，算上这些，"贝贝双眼发亮，"啊，竟然超过两千亿了！"

这是一个很惊人的数字！

"上百亿的竟然有六个！我估计是埃德华兹三兄弟、白色长角银发老者以及斯伯里那两个上位神使徒的。"林雷说道。

空间戒指虽然有上百枚，但是真正算是有财富的只是其中六枚。这六枚空间戒指的财富加起来就超过两千亿了，其他空间戒指的财富加起来还不足两百亿。

"重质不重量！"贝贝感叹道，"他们还只是五星使徒、四星使徒，就这么有钱。如果是六星使徒呢？特别是阿斯奎恩那个七星使徒，不知道他有多少财富。"

越是强者，积累的财富就越夸张。

"我估计我们这些加起来，只是阿斯奎恩的财富的一个零头。"林雷说道。

和绝世强者、大家族比，超过两千亿的资产不值一提；可是和普通的上位神比，他们也算是富豪了。

于是，林雷他们三人在这个洞穴府邸中安心修炼起来。

　　林雷他们三人所在的山脉范围很大，而在地狱中，一般方圆数千里内就会有一个部落或者强盗团伙。

　　林雷他们三人所在的这一条山脉当然也不例外，正好有一个强盗团伙。

　　"整整一年没开张了。"一个绿色长发男子飞在半空遥望远处，嘴里低骂着，"这地狱中的强盗团伙也太多了，敢单独出来闯的人越来越少了。即使有人出来，也是跟着上位神一起出发。看来，今天又要白跑一趟。算了，回去。"

　　绿发男子在山脉上空飞行，打算直接飞回老巢。

　　"嗯？有人！"绿发男子突然如一阵风消散，旋即出现在一棵大树上。

　　他朝远处的一处半山腰看去："我刚才看到有人飞进去了，难道那里有人居住？"

　　"这山脉啥时候来新人了？"绿发男子脸上露出一丝笑容，"管他是谁，我先回去和首领汇报一下，希望是一些有钱的！"

　　绿发男子不再详细查探，立即飞向老巢。

第506章
祸从天降

昏暗的洞穴府邸，宽阔的大厅中。

三个林雷盘膝坐着，分别穿着土黄色长袍、淡青色长袍、天蓝色长袍。

穿着土黄色长袍的林雷时而出现在大厅这一处，时而出现在大厅那一处。

这个洞穴府邸是林雷用剑掏空形成的，地面、墙壁上还有剑痕。

此时，林雷、迪莉娅都在静心修炼，贝贝却无聊至极。

"修炼好复杂啊。"贝贝头上斜戴着草帽，坐在大厅地面上，靠着石壁，喃喃道，"为什么我就沉不下心来修炼呢？我如果能像老大一样修炼得笑起来，那该多好。"

贝贝看着三个林雷嘀咕着。

他不喜欢修炼。当初在玉兰大陆位面的黑暗之森，他修炼得最轻松的黑暗系元素法则都是靠贝鲁特帮忙的，而且花费了近二十年才成功。

贝贝将草帽拿在手中，他看着草帽想到了妮妮，眼中掠过一丝悲伤："不知道妮妮她现在怎么样了。"

片刻后，贝贝一翻手，又将草帽戴在头上："算了，不想了，越想越难受，还是认真修炼！"贝贝一咬牙，"我就不相信我修炼不好，我可是噬神鼠，而且贝鲁特爷爷都帮我那么多了。如果是老大，恐怕能很轻松地连续领悟三种奥义吧。我也得认真点，不能太丢脸。"

贝贝闭上眼睛开始修炼起来。

过了一会儿，穿淡青色长袍的林雷站了起来，在心中暗道："原来，声波奥义能做到这个地步，引起物质的内部振动，同时对物质进行表面攻击。内外结合，的确是极为可怕的物质攻击。只是，声波奥义是如何做到攻击灵魂的呢？"

林雷正思考着，突然看到了在认真修炼的贝贝，不禁笑了："难得贝贝也会认真修炼。"

可就在这时——

"老大，你修炼结束了？"贝贝睁开了眼睛。

"我刚还夸你认真修炼了。"林雷笑道。

贝贝站了起来："老大，你又不是不知道，我修炼这黑暗系元素法则，对周围动静很敏感，你一站起来我就醒了。对了，老大，你的地系神分身不断移动是怎么回事？"

"你还记得当年黑德森好似瞬移的那一招吗？"林雷却笑着问道。

"记得。这么说来，你刚才那样做和那一招是蛮像的。老大，你修炼成了？"贝贝惊喜地说道。

"早着呢，我才入门。"林雷笑道。

这一招运用了地系元素法则六大奥义中的地行术。地行术奥义和土之元素奥义是有一定联系的，入门并不难。

土之元素奥义要练至大成，必须十分熟悉地系元素。

地行术奥义要练至大成，则要求修炼者完全融入地系元素中，然后通过地系元素瞬间出现在远处。从外表看，就好像瞬移。

如果土之元素奥义练至大成，那么修炼地行术奥义就比较容易成功。

"贝贝，我记得你在火山群地底洞穴中时，那一招就将阿斯奎恩的上位神器毁掉了，那是怎么回事啊？"

对于这一点，林雷一直很好奇，但是没来得及仔细询问。

贝贝撇嘴说道："那是贝鲁特爷爷给我的救命玩意，能够对付一般的上位神。不过，贝鲁特爷爷当初告诉我，那颗黑色圆珠内的能量只能使用三次。我已经使用了一次，只剩下两次了。"

林雷微微点头。

那一招威力的确很强，将阿斯奎恩的上位神器都毁掉了。如果是一般的五星、六星使徒面对这一招，恐怕会直接殒命。

"嗯？"贝贝忽然朝洞外看去，"老大，我感觉到外面有动静。"

林雷脸色一变，顿时将所有神分身融合为一。

这一次，林雷直接使用本尊，并在体表形成了一层脉动铠甲。

就在这时候，一道神识从外面进入，瞬间覆盖了整个洞穴。

"哈哈，三个中位神罢了！"一个爽朗的大笑声从洞外传来，"你们三个都给我快点滚出来！"

"滚出来！"

"滚出来！"

"滚出来！"

顿时，洞外一片喧哗。

林雷眉头一皱，听声音，外面似乎来了不少人。

如今，林雷的实力比初来地狱时强了很多。特别是他本尊变为龙血战士形态后，再配上残破的灵魂防御主神器，他都有把握对付普通的上位神。更何况，他还有两滴主神之力，自然不惧外面的那群人。

"出去看看。"林雷说道。

于是，贝贝跟着林雷一同朝洞外走去。

到了洞口，林雷看到洞外悬浮着一大群人。

这一大群人形成一个包围圈，已然将洞穴口包围住了。

林雷直接展开神识，然后在心中暗道："八十二个人，其中有三个下位神，其他都是中位神。"

即使有那么多的中位神，林雷也不畏惧。

"老大，他们竟然把算盘打在我们身上了。"贝贝虽然嘴角有一丝笑意，但是心情并不好。

前段时间，萨洛蒙露出的真面目以及妮丝的离去，都让贝贝心情不好。不过，在林雷、迪莉娅的面前，贝贝表现出一副无所谓的样子。

实际上，贝贝心底很难受。现在，看到这群人，他觉得他们来得正好。

这个强盗团伙中，为首的那个银色短发独角男子哈哈大笑道："怎么就你们两个出来？里面的那个女人呢？难道你们认为她跑得掉？"

"女人啊！大哥，那个女人就给我吧。"旁边一个同样有着银色短发的独角壮汉说道。

"没问题！"强盗首领大笑道。

顿时，这群强盗发出了大笑声。

林雷眉头一皱，贝贝却摸了摸鼻子，目光变得冷厉。

"我给你们一个机会。"强盗首领说道，"看你们也是中位神，这样，你们将空间戒指献上来，我就让你们加入我们。放心，抢来的财富，到时候也会分你们一份。"

林雷暗自摇头。

这些强盗还真有意思，劫他的财富还让他加入？不过，这种事情在地狱中的确常见。

强盗首领开口说道："考虑好了……"

"说什么废话！"贝贝打断了他的话。

这群强盗一愣，旋即，强盗首领脸色一沉，说道："兄弟们，既然他们不要命，那就解决他们！"

强盗首领一挥手，手下们冲了上去。

显然，他们都没把这两个中位神放在眼里。

冲上来的这群强盗或是化为幻影，或是化作闪电，或是化作火光，将自己的本领都施展出来了。

贝贝将那顶草帽收入了空间戒指中，手持那柄黑色匕首，瞥了一眼一窝蜂冲来的强盗，然后施展化影分身术冲了上去。

一个中位神强盗刺到了贝贝，可是他手中的神剑发出锵的一声，根本没有伤到贝贝。

贝贝反手一刀，刺中了这个中位神强盗。

接着，贝贝又冲向另外一个人，根本不躲避对方的攻击。

另一边，林雷站在原地，挥舞手中的紫血神剑。紫光亮起，一道迷蒙的紫色幻影出现，给人一种时快时慢的感觉。

扑哧一声，两个中位神强盗被同时击中，两枚中位神神格从半空坠落，那道紫色幻影消失了。

"太弱了。"林雷在心底暗道。

他这一招迷影，是他现在最强的物质攻击，是能威胁到上位神的攻击，用来对付中位神自然轻而易举。

一瞬间，强盗团伙这一方已经有八人丧命。

不管是冲杀的强盗们还是在后面观战的强盗首领，都大吃一惊。没想到，对方竟然是硬茬。

强盗首领立即大声喝道："兄弟们，群体攻击！"

顿时，强盗们后退，然后聚集在一起。

林雷和贝贝依旧站在洞口。

"你们竟然让我的八个兄弟丧命了。"强盗首领目露凶光，"兄弟们，一起上！"

无论是对付强者还是弱者，这些强盗都有不同的应对办法。

这一次，强盗们又一窝蜂冲上来，看上去和之前的进攻方式很像，可实际上是不同的。

这群强盗各自所在的位置是被特殊安排过的。

在冲过来时，强盗们挥舞起了自己的武器。

见识过黑龙部落和其他部落的混战，林雷和贝贝很清楚这种集体性攻击的可怕之处。

"贝贝，一起上！"林雷瞬间变为龙血战士形态。

强大至极的身体赋予了林雷惊人的速度、力量。他运用速度奥义，宛如一道青金色幻影疾速冲向聚集在一起的强盗。

强盗们对林雷的变身丝毫不惊讶，毕竟，地狱中的族群种类很多。

还活着的七十四个强盗都施展出了自己的招式，其中，有二十多招是灵魂攻击，其余的是物质攻击。

不过，林雷的速度实在太快，只被两招灵魂攻击击中。

两招灵魂攻击，而且只是中位神的灵魂攻击，对林雷一点影响都没有。

至于物质攻击，虽然林雷中了五招，但是他的鳞甲没有一片损坏。

不光林雷是这样，贝贝也是这样。

"不好！"见到这一幕，强盗首领脸色一变。

林雷沉着脸，将紫血神剑劈向银色短发独角壮汉。

银色短发独角壮汉根本来不及闪躲，被紫血神剑劈中，瞬间从空中坠落。

林雷的右腿狠狠地踢向一个绿发男子的腹部，砰的一声，绿发男子爆裂开来，一枚中位神神格向下坠去。

这一腿蕴含了大地脉动奥义，再加上林雷龙血战士形态的强大力量，普通中位神根本承受不住。

嗖的一声，一个中位神强盗持着战刀划过长空，直接劈向林雷。

青金色光芒闪过，赫然是林雷的龙尾。

锵的一声，这条龙尾直接将那把战刀击飞了，同时将那个中位神强盗砸向地面。

龙血战士形态下的林雷简直是一个人形兵器，比死神傀儡更加可怕。

不过，和贝贝比起来，林雷下手还是比较轻的。

第507章
火之元素

砰的一声，一个身体撞在山壁上，然后坠落。

"你们来得正好！"贝贝面目狰狞，凭借化影分身术，时而出现在这里，时而出现在那里。

贝贝眼中有一丝疯狂："那个浑蛋萨洛蒙，他是浑蛋！"

"如果不是萨洛蒙乱来，妮妮怎么会怀疑我？"他一边在心中想着，一边对付着冲上来的强盗。

贝贝想着妮丝，想着萨洛蒙，下手的速度逐渐变快。

他多么想和妮丝在一起。每当看到林雷和迪莉娅，他就想起了自己和妮丝。

可是，妮丝要去碧浮大陆，地狱这么大，谁知道他们何时才能再相见？

想到这些，贝贝下手的速度更快了。

"逃……逃啊！"此刻，还活着的强盗们惊恐地叫着，一个个朝四面八方逃窜，特别是那个强盗首领。此时，他脸色苍白，从来没想过竟然会有这么厉害的中位神。

"完蛋了，我的人都完了。"强盗首领感到悲哀，可一见到林雷、贝贝就吓得心中一颤，"无论如何，我先保住自己的性命再说。"

强盗首领不顾其他人，直接逃窜了。

当看到其他强盗朝四面八方逃窜时，林雷就懒得追了；贝贝却怒吼一声，一道噬神鼠幻影出现在贝贝的身后。

贝贝张开嘴巴，盯着远处的强盗首领和他身旁的一人。

"啊！"强盗首领陡然发现自己不能动了，他身旁的一个中位神强盗也是如此。

仅仅片刻，这两个中位神强盗的神格就飘了出来。

强盗首领的体内竟然飞出了两枚神格，他旁边手下的体内只飞出了一枚神格。这三枚神格飞入贝贝的口中，而他们两个人的身体直接从半空坠落下去。

林雷有些担忧地看着贝贝，很明显，贝贝的状态不对。

"贝贝。"林雷飞了过来。

贝贝掉过头，甩了甩脑袋，旋即笑道："老大，别担心，我现在没事了。这些强盗也是不长眼，竟然来抢劫我们！"

林雷看到贝贝此刻的表情，这才松了一口气。

"这些强盗恐怕不敢再来惹我们了。"林雷说道。

其实，对于今天这种情况，林雷早就有了心理准备。毕竟在地狱中，总会碰上一些势力。

一些荒凉的地方通常会被普通的强盗团伙、部落占据；而比较繁华的地方会被大势力，如一些家族占据。

经过此番战斗，林雷估计这附近没人敢惹他们了。

"哎呀，差点忘了还有不少空间戒指，这钱再少也不能浪费啊！"贝贝朝下方飞去。

见贝贝没什么事了，林雷不禁笑了，心情也变好了，大声喊道："贝贝，等我。"

林雷也朝下方冲去。

至于那些逃窜的强盗，已经不足三十人了。

之后，他们或许会战战兢兢地扩大自己的团队，会去抢劫其他人，但是绝对不会来打扰林雷他们，甚至都不敢靠近林雷所在的那半山腰。

时间如流水般逝去，这是林雷他们三人在这条山脉中的第十六年了。

嗡的一声，天地法则突然降临。

在洞穴府邸中，迪莉娅和贝贝既惊喜又忐忑地看着眼前的一幕。

林雷悬浮在半空，被天地法则的奇异能量包裹着，大量的火系元素悬浮在他的头顶上，而后凝聚成一枚火属性神格。

"在火系元素法则方面，老大也达到神域境界了。"贝贝十分喜悦。

迪莉娅也很是激动、开心。

修炼路上，天赋还是很重要的。如果在某一方面没有天赋，即使修炼很久也不一定能成功。在地系元素法则、风系元素法则两方面，林雷天赋极高，修炼起来也很快。相比这两个，在火系元素法则方面的天赋就弱一些了。

不过，林雷现在的灵魂比过去强大了不少，来到地狱后也一直刻苦修炼，终于让他练成了火系元素法则中最简单的火之元素奥义。

这一次，林雷再次选择了将灵魂一分为二。毕竟他现在拥有大量的紫晶，恢复灵魂并不难。

咻咻声响起，穿着火红色长袍，有着火红色长发的林雷诞生了，正是林雷的火系神分身。

片刻后，天地法则消散，火系神分身也融入了林雷本尊体内。

在林雷本尊的灵魂海洋中，强大的精神力轻轻荡漾着，一个七彩剑形灵魂悬浮在灵魂海洋上方。

在七彩剑形灵魂的下方，灵魂海洋的表面，悬浮着三个林雷，分别散发出土黄色光芒、淡青色光芒、火红色光芒。

一段时间后，林雷睁开了眼睛，看到了满脸喜色的迪莉娅和贝贝。

"老大，你现在有三个神分身了，加上你本尊，你有四个身体了。"贝贝摸着鼻子说道，"和你比起来，我贝贝就丢脸了。到现在，我加上本尊也就两个身体。"

"贝贝，你还有两个，我只有一个，岂不是更丢脸？"迪莉娅说道。

林雷不禁笑了起来。

迪莉娅、贝贝从心底为林雷高兴，多一个神分身，就代表多一条性命，同时，也代表将来的成就会更高。

"我这个火系神分身还只是下位神，实力还很弱。现在，我还是要靠地系中位神神分身、风系中位神神分身。"林雷清楚，他目前也只能拥有四个身体，不会再多了，因为他对其他的元素法则一窍不通。

"没有天赋，连相关的元素法则都感知不到，怎么修炼？"林雷明白了为什么修炼越往后越难。

他在地系元素法则方面，已经将大地脉动奥义和土之元素奥义练至大成了，这十六年来，地行术奥义也修炼得不错。

"地系元素法则中一共有六种奥义，我才修炼到第三种。目前的修炼速度快，后面的速度恐怕会变慢。"林雷十分清楚自己的修炼情况。

当初他修炼土之元素奥义时，如果不是为了要融合大地脉动奥义，恐怕两年就练成了。

那时，林雷的灵魂比现在弱得多。

火系元素法则中最简单的火之元素奥义，在他灵魂变强了的情况下，他都修炼了足足二十年。

这就是天赋差距。

在领悟方面，或许与一个人的刻苦程度、心灵敏感度等方面有关。如有的人见到一幕场景就会在心中有所联想，或许就会突然领悟了什么。这和元素亲和力没关系。

不过，对某一种元素的感知程度与元素亲和力有关，这是天赋决定的。比如，地系元素亲和力高，那修炼者就可以明显地感知到地系元素；如果地系元素亲和力低，那感知到的地系元素就会很少。

"老大，想什么呢？"贝贝打断了林雷的思考。

"没什么，乱想一些东西。走，我们去大厅庆贺一下。"说着，林雷转头看向迪莉娅。

"迪莉娅，你的神格炼化得怎么样了？"林雷问道。

"我现在已经完全领悟了风系元素法则中的八种奥义，估计再过几年，就能领悟第九种奥义。届时，那枚上位神神格就能完全炼化。"迪莉娅微笑着说道。

"那再过几年，我们就可以走了。"贝贝有些期待地说道。

林雷看了一眼贝贝，有些愧疚。

贝贝在这里待了十六年，估计妮丝和她哥哥萨洛蒙已经抵达了蓝枫城，甚至已经出发前往碧浮大陆了。

贝贝与妮丝再相见，不知要何时。

"贝贝，走，我们去喝酒。"林雷将右手搭在贝贝的肩上，两兄弟一起朝外面走去。

转眼间，又过去了近五年。

迪莉娅终于完全炼化了那枚风属性上位神格，达到了上位神境界。

看到迪莉娅胸前的那枚使徒勋章，外人都会知道她是一个上位神使徒。

上位神使徒，这个称呼还是很厉害的。

"在这个地方待了二十年，都有些感情了。"林雷回头看了看这洞穴府邸。

迪莉娅不禁开玩笑道："怎么，你还想住在这里啊？要不，我们再住个几十年？"

"哈哈，走吧！"林雷一挥手，一个黑豹形状的金属生命突然出现在半空。

林雷他们三人飞入其中，金属生命立即化作一道光朝东方前进。

现在，林雷他们三人有很多金属生命，都超过十个了，是从那些空间戒指中发现的。

金属生命内，林雷他们三人坐在椅子上，透过透明金属看着外面的景色，喝着美酒。

"老大，这些金属生命好怪异。一般的人类、魔兽是无法被收入空间戒指的，可是金属生命可以。我感觉他们的智力不高。"贝贝说道。

林雷微微点头，这一点他也注意到了。

"金属生命或许有些特殊吧。"林雷说道。

其实，林雷不知道，凡是用来进行交易的金属生命，都经过了特殊改造，只拥有简单的思维。

半个月后。

金属生命再次停了下来，林雷对迪莉娅笑了笑："迪莉娅，只能麻烦你再出去一趟了。"

迪莉娅无奈一笑："强盗团伙不仅多，还很烦人，施展神识都发现不了我。等我一出去，他们就一哄而散。"

迪莉娅走出了金属生命。

上百个中位神强盗看到多出的一个人有些讶异，再定睛一看，看到了对方的使徒勋章。

"是上位神使徒！"这一群强盗吓得立即四散逃跑。

迪莉娅再次回到了金属生命中："继续前进吧。"

贝贝大笑道："哈哈，迪莉娅，上位神使徒这个身份真好用！"

迪莉娅点头说道："这很正常，使徒考核本来就难，优胜劣汰。更何况，使徒接的任务也都比较危险。执行过几次任务还活着的上位神使徒，一般都是有实力的。"

林雷听了微微点头。

"当然还有一种情况，这个上位神使徒实力弱，但是在一个实力不错的团队中。"迪莉娅笑道，"这样，不清楚情况的强盗们遇到这种上位神使徒，还是会立即逃窜。"

（本册完）

更多精彩尽在《盘龙 典藏版12》！